에일리에겐 아무 잘못이 없다

# 에일리에겐 아무 잘못이 없다

**초판 1쇄 발행** | 2019년 1월 14일

**지은이** 최형아
**발행인** 이대식

**편집** 김화영 나은심 손성원 김자윤
**마케팅** 배성진 박상준 **관리** 홍필례
**디자인** 모리스

**주소** 서울시 종로구 평창길 329(우편번호 03003)
**문의전화** 02-394-1037(편집) 02-394-1047(마케팅)
**팩스** 02-394-1029
**홈페이지** www.saeumbook.co.kr
**전자우편** saeum98@hanmail.net
**블로그** blog.naver.com/saeumpub
**페이스북** facebook.com/saeumbooks
**인스타그램** instagram.com/saeumbooks

**발행처** (주)새움출판사
**출판등록** 1998년 8월 28일(제10-1633호)

• 이 책은 2018 아르코문학창작기금 수상 작가의 작품입니다.
• 잘못된 책은 바꾸어 드립니다.
• 책값은 뒤표지에 있습니다.

최형아 장편소설

에일리에겐 아무 잘못이 없다

새흙

# 차례

# 1

## 형의 실종

**필리핀에서 한인 사업가 실종, 올해에만 여섯 번째 발생**

필리핀 팔라완에서 한국인 사업가 박 모 씨(42)가 실종되어 현지 경찰이 조사에 착수했다.

외교부 당국자는 30일 "이틀 전 필리핀에서 한국인 사업가가 납치되는 사건이 발생했다. 현지 경찰은 이번 사건이 단순 실종 혹은 원한에 의한 범행인지 다양한 각도의 가능성을 열어두고 수사를 진행하고 있다"고 밝혔다.

필리핀 주재 한국대사관의 비공식적 루트를 통해 확인한 바에 따르면 이번에 납치된 박 씨는 14년 전 필리핀으로 건너와 마닐라와 따가 이따이 인근에서 호텔과 물류사업을 활발히 해온 사업가인 것으로 전해졌다.

아직 정확한 수사 결과가 나오지 않았지만 이번 사건은 2000년부터 꾸준히 증가해온 필리핀 내 한국인 대상 범죄의 연속선상에 있다는 점에서 적잖은 파장이 일 것으로 보인다.

게다가 필리핀은 여전히 사법 시스템이 취약한 편이며, 100만여 정의 총기류가 불법적으로 거래되고 있는 데다 지금까지 발생한 강도, 살인 사건의 대부분이 미제로 남거나 용의자의 신병도 확보하지 못한 상태인 것으로 확인되었다.

문제는 이러한 사건의 유형이 갈수록 다양해져 돈을 목적으로 한 단순 범죄로만 보기에는 의심스러운 정황이 점점 증가하고 있다는 것이다. (중략)


내가 그 신문 기사를 본 건 이틀 전 새벽이었다.

잠시 제목만 훑었을 뿐 나와 아무런 상관 없는 포털 뉴스들이 늘 그렇듯 그것은 빠르게 나의 뇌리에서 지워졌다. 곧 잠이 들었기 때문이었다.

다음 날 아침 일찍 나를 불러낸 아버지는 난데없이 형이 사라졌다고 말했다. 그러고는 귀퉁이가 가지런히 접힌 신문 조각을 내밀었다. 전날 새벽 내가 본 바로 그 기사였다.

외교부 당국자의 말까지 인용해 나름대로 정보의 신빙성을 높인 그 기사가 제대로 눈에 들어오기 시작했던 건 바로 그 순간이었다.

그런데 참으로 이상한 일 아닌가. 14년 전 내 곁에서 이미 사라진 사람이 다시 사라지다니. 문득 그런 생각이 들어서였는지 모르겠다. 처음인 듯 아버지와 마주한 어색한 침묵 속에서 나는 아주 잠깐 형을 생각했다.

언제부터인가 내게 그런 형이 존재했던가 의심스러울 만큼 낯선 존재. 지금까지 그래왔듯 앞으로 죽 안 보고 살아도 하등 이상할 게 없을 만큼 멀어진 존재. 십수 년이라는 긴 시간이 흘렀음에도 아직까지 희뿌연 어둠으로 떠오르는 존재.

손도 대지 않은 음식들이 식탁 위에서 식어가는 중이었다. 맞은 편에 앉아 눈을 부릅뜬 아버지는 기사를 훑고도 아무 말이 없는 나를 책망하듯 중얼거렸다.

"불안하구나."

웬일인지 아버지는 혼자였다. 오랫동안 그림자처럼 아버지 곁을 지키던 비서도, 어머니도 보이지 않았다. 하지만 그게 그날 아버지를 불안하게 하는 원인이 아니라는 것쯤은 쉽게 눈치챌 수 있었다.

뭐가요? 하고 되묻긴 하였지만 아버지가 그 이유를 대놓고 설명해주리라 기대한 건 아니다. 개인적으로 나의 아버지인 그는 대외적으로 사선의 관록을 지닌 국회의원으로 거의 언제나 뭔가를 설명하는 것보다 지시하는 일에 더 익숙한 사람이었기 때문이다. 이어진 우리 부자의 대화가 그걸 증명하고도 남았다. 아버지가 말했다.

"네가 좀 가봐야겠다."

"어딜요?"

"마닐라. 거기 대사관에서 장을 만난 뒤 팔라완으로 가면 된다."

"……."

잠시 말문을 잃은 내 앞으로 아버지는 항공사 로고가 선명히 찍힌 봉투를 내밀었다.

"내일 아침 비행기다. 네 식구에게는 따로 일러두었으니 걱정할 필요는 없어."

새해가 얼마 남지 않은 12월, 대학은 방학 중이었으나 강의 없이 휴식을 만끽하려던 나의 계획은 그것으로 물거품이 되어버렸다. 농담이 아니었던 것이다. 나는 항변하지 않을 수 없었다.

"대체 무슨 말씀을 하시는 겁니까, 아버지? 장은 뭐고 팔라완은 또 뭔데요? 그게 형이랑 무슨 상관이란 말입니까? 차근차근 알아듣게 설명을 해주셔야 이해를 하든지 말든지 할 것 아⋯⋯."

"이해하고 말고 할 것도 없다. 너는 그냥 가서 어떻게 된 일인지 알아보고 나에게 알려주기만 하면 돼. 내가 직접 가보고 싶지만 선거를 코앞에 두고(실제로 선거는 1년도 더 남았으나 아버지는 임기 내내 다음 선거가 코앞이라고 말하는 사람이었다) 그럴 수 없는 상황이라는 걸 너도 잘 알고 있겠지. 미리 연락해뒀으니 장의 도움을 받되 필요할 경우 네 선에서 적당히 알아서 처리해. 어쨌든 장도 타인이니 타인들이 알아서 좋은 내용이 아니라면. 알겠니? 그게 다야. 그러니 쓸데없이 기운 뺄 필요는 없어."

"아버지!"

외마디 소리를 지르고 아버지를 향해 눈을 부릅떠보았지만 그 순간 거짓말처럼 내 몸에서 힘이 빠졌다. 거의 대화가 오가지 않는 식사를 하는 동안 아버지는 내게 몇 가지 정보를 더 얹어주었다. 사라지기 직전 형의 마지막 휴대폰 신호가 감지된 곳이 팔라완

에일리에겐 아무 잘못이 없다

이라는 것과 그동안 없는 자식 취급을 하긴 했어도 아주 관심을 끊은 게 아니라는 것. 사람을 붙여놓기라도 했단 말인가. 아버지는 그런 내 머릿속 의문마저 환히 꿰뚫었다.

"장을 만나보면 알겠지만 최근에 여자를 만난 것 같더구나. 네 형 말이다. 도착하자마자 대사관으로 곧장 가라. 가면 장이 알아서 네가 알아봐야 할 것들을 알려줄 게다."

극도로 말을 아끼는 아버지를 보니 불현듯 장이라는 남자의 얼굴이 궁금해졌다. 하지만 이내 고개를 젓고 말았는데 쓸데없이 형의 여자까지 꿰고 있는 걸 보니 장은 외관상 대사관 직원일 뿐 아버지의 사람일 공산이 컸다. 한국에는 언제나 그런 일을 하고 싶어 안달인 사람이 많았다.

그런데 형과 여자. 이건 무슨 의미일까. 애초부터 형은 싱글이 아니었던가. 그런 형에게 여자가 있다는 사실이 그토록 의미심장해야 할 이유가 무엇이란 말인가. 의문이 꼬리를 물던 어느 순간 아버지는 마지막 당부를 하듯 중얼거렸다.

"알겠지만 나는 이 일이 최대한 조용히 마무리되길 바란다."

최대한 조용히. 어쩐지 주문 같았던 아버지의 말을 들을 때만 해도 나는 이 일이 가져다줄 심리적 무게를 과소평가하고 있었음이 분명하다. 까짓것 휴가 가는 셈 치지 뭐, 하는 자포자기적 심정으로 아버지의 집을 나오자마자 김에게 전화를 건 걸 보면.

"한잔할까?"

김은 기다렸다는 듯 튀어나왔다. 같은 대학 출신으로, 여의도의 한 정치연구소에서 근무하는 그와 취하도록 마신 뒤 집으로 들어갔을 때는 자정에 가까운 시간이었다. 손가락 하나 까닥하기 싫은 피곤이 몰려왔다. 하지만 그런 와중에서도 그즈음 새로 장만한 골프가방을 머리맡에 놓아두는 걸 잊지 않았다.

탐정도 아닌 마당에 내가 무슨 수로, 어떤 일을 알아서 처리한단 말인가.

회의가 들수록 술기운이 올라오는 게 느껴졌지만 그날 밤 나는 다른 때보다 짧고 달콤한 잠을 잤다. 아침 일찍 일어나 트렁크를 챙길 때는 정말 어딘가로 여행을 떠나는 사람처럼 콧노래를 부르기도 했던 것 같다. 하지만 막상 탑승이 시작되고 이륙 중인 비행기의 날개를 물끄러미 바라보았을 때부턴 뜻밖의 두통이 몰려왔다.

\*

비행기는 꼬박 네 시간을 날아가 오후 2시 무렵 필리핀 공항에 착륙했다. 이어폰을 빼고 자리에서 일어서자마자 열대의 후끈한 공기가 코끝에 스쳤다.

마닐라 니노이아키노국제공항.

암살당한 지도자 이름이 붙여진 탓인지 처음 본 공항은 인천공항과 많이 다른 느낌이었다. 고개를 돌리는 곳마다 시야를 가로막는 벽들은 음침한 회백색이었고, 나는 그 음울한 느낌이 싫어 오만상을 찌푸렸다. 그나마 도로 쪽으로 놓인 창문들이 열려 있는 것이 다행이었는데 등불처럼 환한 열대의 한낮이 한 움큼 그 문을 통해 쏟아졌다. 나는 천천히 그 빛 속으로 빨려 들어갔다.

필리핀, 이 낯선 땅에 대해 아는 것은 별로 없다. 고작해야 내가 일곱 살이던 무렵 과부가 된 코라손 아키노가 대통령이 되었고 얼마 전까지 그의 아들 베니그노 아키노 3세가 대통령이었다는 정도? 그가 독재자의 자식이 아니라 민주투사의 아들이라는 점이 우리와 대조되는 부분이었지만 그렇다고 어떤 특별한 감동을 받은 건 아니었다. 그래봐야 여기는 미국의 정신적인 식민지이고 한국 같은 신생 강국과 비교될 수 없는 개발도상국이었으니까. 스페인과 미국, 일본을 거친 오랜 식민지와 독재를 경험했다는 점에서 우리와 동병상련의 나라임이 분명했지만 그것에 대해 형제애를 느낄 만큼 나는 인류애적인 사람도 못 되었다.

나는 잠시 청사 밖 플랫폼의 혼란 속에 서 있었다. 호텔로 직행하자니 아직 남은 오후의 햇살이 아까웠고 곧바로 장과 약속을 정하자니 모처럼 혼자가 된 시간이 아까웠다. 한순간 어디로 가야 할지 모르겠다는 혼돈이 밀려왔다. 김과 함께 올 걸 그랬나. 공연히 그런 생각이 들어서였는지 모르겠다. 전날 술에 취한 김이 의기양양한 표정으로 지껄이던 말들이 또렷이 되살아났다.

"혹시 운전기사가 필요하면 연락해. 연결해줄 테니까. 이런 일일수록 현지 동포들의 도움이 필요하다는 것 정도는 알고 있겠지? 게다가 박 의원님이 만나보라고 했던 장이라는 사람, 대사관에 근무하는 영사라며? 그런 사람이 뭘 알아. 가보면 너도 알게 되겠지만 현지 교민들에게 대사관은 우군이 아니라 방관자라 해도 과언이 아니지. 뭐든 하는 척만 하고 제대로 하는 게 없으니까. 아닌 밤중에 홍두깨도 아니고 갑자기 왜 네 형님이 사라진 건지 모르겠다만 사업을 하셨다면 그쪽으로 나름 인맥이 있을 거야. 그걸 파보라고. 생각보다 교민사회라는 게 좁고 나쁜 소식은 금세 퍼지는 법이거든."

"그래? 참고할게. 박식하기도 하지. 말하는 게 꼭 현지인 같네."

내가 칭찬인지 비아냥인지 모를 말을 건네자 김은 맘대로 생각해도 좋다는 듯 껄껄껄 웃음을 터트리며 자랑스럽단 표정을 지어 보였다.

"이게 다 그동안 우리 연구소 선배님들 모시고 코피 터지게 봉사한 결과 아니겠냐. 노력한 만큼 얻는 게 있다 이거지. 덩달아 점수도 따고 인맥도 넓히고. 너처럼 빽으로 교수 자리까지 꿰찬 놈이야 알 턱이 없겠지만 나 같은 놈에겐 그게 다 재산이더라 이 말씀이야. 어쨌든 말만 해. 이 전화기 안에는 말이지, 네가 생각지 못할 별별 사람들이 다 들어 있거든. 무슨 말인지 알아들어?"

"물론."

나는 그전부터 김이 종종 필리핀을 드나든다는 걸 알고 있었다. 대부분은 그가(또는 그의 연구소 선배들과) 친분을 맺고 있는 의원이나 그 밑에서 일하는 보좌관들과 어울려 골프를 치다 오는 게 주목적인 여행이었다. 과도한 지출을 피하고 원 없이 놀다 오기에 필리핀만 한 곳이 없다는 게 김의 주장이었지만 혹시 모를 일이라는 생각이 든 게 한두 번이 아니었다. 현지에, 한국 여자들처럼 까다롭지 않으면서 어여쁘기까지 한 애인들을 다수 숨겨놓고 있었는지. 버릇처럼 쓴웃음이 번지는 것을 삼키며 택시로 달려가던 나를 김이 불러 세웠다. 그러고는 진짜 중요한 말을 잊어버릴 뻔했다는 듯

숨을 골라가며 조심스럽게 물었다.

"참, 언제가 좋을까? 박 의원님과 말이야. 저녁식사 한번 하기로 했잖아? 아무래도 너 거기 다녀오고 나서가 좋겠지?"

의미 없는 끄덕임으로 김의 질문에 응수해주고 돌아오는 길. 캄캄한 서울의 밤하늘을 쏘아보며 형의 얼굴을 떠올려보려 애썼지만 잘되지 않았다.

생각해보면 형이 서울로 대학을 간 이후 제대로 얼굴을 본 적이 없었다. 그래도 가끔 집에 와 어머니와 나를 보고 갔던 것도 14년 전까지의 일이었으니까. 시간이 흘러 내가 서울로 올라갔을 때 형은 군 생활 중이었고, 제대한 형의 결혼 얘기가 오갈 무렵엔 내가 군에 있었다. 그러다가 완전히 형의 얼굴을 못 보게 된 건 탈 없이 진행되는 줄 알았던 형의 결혼이 파혼으로 끝났을 때였다. 얼떨결에 형수가 될 뻔한 여자의 이름이 수연이었다는 것을 알려주었을 뿐 어머니는 이후 작정한 듯 입을 다물었고, 형은 아예 낯선 땅에서 새 삶을 선택했다. 이 덥고 냄새나는 열대의 나라 필리핀에서. 얼굴을 보여주기는커녕 그 흔한 안부를 주고받은 일도 없이.

그런데 무슨 수로 내가 형을 찾는단 말인가. 설사 그를 찾는다 한들 나는 그의 얼굴을 알아볼 수나 있을까. 타인처럼 그저 밋밋한 악수나 건네게 되지 않을까. 아무런 감정도 감동도 회한도 없이 말이다. 그걸 피를 나눈 형제의 재회라고 할 수 있을까. 생각해볼수록 내가 그 문제를 피하고 싶어 한다는 사실만 또렷해졌다.

그런데 왜 나는 지금 여기 와 있는가.

쉬운 질문은 아니었다. 그러나 한 가지 사실만은 분명했다. 내가 아직 아버지를 두려워하고 있다는 것. 그래서 아직 살아 있는 아버지의 눈에 들기 위해 노력하고 있다는 것.

힘 있는 아버지를 둔 자식들이 모두 그럴 린 없겠지만 빤히 보이는 쉬운 길을 두고 고생을 자초하기란 어려운 일이다. 아버지라는 넘을 수 없는 큰 산을 너무 일찍 깨달아버린 탓이었다. 그 산이 주는 그늘에 머물러 있는 것만으로도 인생이 무난하게 흘러가리라는 걸 자라면서 몸소 배워버린 탓이었다. 단맛에 오래 길들여진 사람이 그 맛을 쉽게 끊지 못하는 것과 마찬가지로 이 피곤한 세상에서 굳이 쓴맛을 경험할 필요를 느끼지 못하게 되는 것이다. 오래도록, 어쩌면 평생 동안 그의 자식들은 스스로 성장하지 않고 있다는 걸 알면서도 성장하지 못한다.

어쨌거나 나는 아직 그의 자식이었다. 부연하자면 오래전 우리 가족에서 빠져버린 형을 대신해온 1인 2역의 자식이기도 했다. 그런데 감히 거역이라니, 당치 않은 소리! 마음을 가다듬고 다시 주위를 돌아보니 그때서야 노란 택시들이 줄지어 선 승강장이 금세 눈에 들어왔다. 손님을 태우고 행선지를 묻는 택시기사의 그을린 얼굴을 바라보며 나는 짧게 대답한다.

"한국대사관."

*

얼굴이 검게 탄, 키가 작고 뚱뚱한 여직원이 소파로 다가왔다.

"어쩌지요. 지금부터 30분쯤 더 걸린다고 하네요. 오늘따라 시내에서 차가 몹시 막히는 모양입니다. 안 그래도 오후에 손님이 올 것이라고 말씀하셨는데 중간에 일이 생기신 것 같습니다. 기다리시는 동안 뭐 마실 거라도 한 잔 드릴까요?"

"네, 감사합니다. 물 한 잔 부탁합니다."

필리핀 주재 한국대사관. 리빙룸에 앉아 장을 기다리고 있던 나는 여자로부터 시선을 떼고 탁자에 놓인 교민신문을 뒤적이기 시작했다. 그러나 기사들은 눈에 들어오지 않았고 택시를 타고 오는 동안 보았던 거리의 풍경들만 두서없이 떠올랐다 사라졌다. 금방이라도 물속에 처박힐 듯 위태로워 보이던 수상 가옥과 판잣집. 무질서한 거리 곳곳 시멘트 바닥에 아무렇게나 누워 낮잠을 자는 아이들.

한국의 강남만큼 화려한 마카티시를 지나 도착한 이곳 맥킨리힐에 신축된 한국대사관은 외국 정부 기관답게 단조롭고 깔끔한 현대식 건물이었다. 뜨거운 바깥의 공기 탓인지 너무 세게 틀어놓은 에어컨 아래에선 몇 초 사이로 기침이 터져 나왔다. 우습게도 안에서 일하는 현지인들은 대부분 긴 옷을 입고 있었다. 냉방병이라도 걱정하는 것인가. 긴 옷을 입고 에너지를 낭비하는 이들이 누더기 옷을 입은 아이들과 같은 동포라는 게 믿기지 않았다. 한쪽에선 굶고 한쪽에선 늘 배가 부르다. 세계 어느 나라에도 있는 이 차이가 유독 이 나라에 두드러져 보이는 이유는 뭘까. 한 나라에 완전히 서로 다른……

두 얼굴. 갑자기 머릿속으로 떠오른 단어였다.

그러고 보니 택시 안에서도 계속 이 단어를 떠올리고 있었던 것 같다. 왜였을까. 의문을 느끼면서도 끈질기게 생각을 이어가다가 평소 보이는 모습과 실제 모습이 다른 사람들의 얼굴들을 하나씩 떠올려보았다. 하지만 갑자기 너무 많은 사람들의 얼굴이 떠오르는 바람에 금세 난감해져버리고 말았다.

하지만 뭐, 형은 아니겠지. 내 기억이 맞는다면 형은 여러모로 모범적인 사람이었으니까. 그런데도 그렇게 불안해하다니, 이제는 아버지도 늙어 분별력을 잃어버린 것일 테지.

생각을 밀어내고 기대에 의지하는 순간 다시 기분이 좋아졌다. 장은 그로부터 10분쯤 뒤에 왔다. 하얀 와이셔츠에 정장 바지를 받쳐 입은 그는 사십대 초반의 묘한 품위가 느껴지는 남자였다. 그래서인지 초면에 실례가 될 만큼 뚫어지게 그의 인상착의를 살피고 말았는데 장은 그에 아랑곳없이 악수를 청하며 말했다.

"오셨군요. 나가시죠."

자석에 이끌리듯 장을 따라 나가 우리가 자리를 잡은 곳은 졸리비라는 햄버거 집이었다.

"보시다시피 대사관 건물이 외떨어져 근처에 갈 만한 곳이 별로 없어요. 게다가 제가 지금 시간을 많이 낼 수 있는 입장도 아니어서 말이지요."

오호라, 시간이 없으시다? 그게 지금 비행기를 네 시간, 대사관에 와서도 두 시간을 기다린 사람에게 할 소린가. 나는 갑자기 불쾌감이 치솟는 걸 느끼며 말했다.

"그것 참 유감이로군요."

그러나 그는 그런 내 감정 따윈 상관없다는 듯 바로 본론으로 들어갔다.

"들으셔서 알겠지만, 오늘로 형님은 실종 4일째입니다. 집안일을 해주던 가정부가 하루 지나 신고를 했으니 정확히 말하면 5일째입니다. 물론 아직까지 단서가 될 만한 정보를 찾지 못했고요. 하지만 여기 경찰국 코리안데스크팀에서도 적극 수사를 하는 중이니 곧 어떤 소식이 오겠지요. 최대한 안전하고 정확하게 일을 처리하도록 대사관에서도 계속 노력하고 있습니다. 공교롭게도 최근 이런 일이 많아진 데다 코리안데스크팀에 한두 명 있는 한국인 경장들마저 다른 일로 자리를 비우는 바람에 필리핀 형사가 이 사건을 도맡게 되었습니다만, 형님의 경우 사라지기 직전 현장에서 총격전이 일어나거나 다친 사람이 있는 것도 아니고, 또 평소 리틀 박이, 아, 여기선 다들 형님을 그렇게 부릅니다. 누구에겐가 개인적인 원한을 살 만한 일을 한 것도 아니니 아직 희망이 있다고 봐야겠죠?"

리틀 박. 박정훈. 서로 다른 극처럼 동떨어진 두 이름이 혀끝에서 맴돌았다.

"듣고 있습니까?"

나는 고개를 끄덕였다. 하지만 갑자기 머리가 어지러워지는 바람에 덧붙이지 않을 수가 없었다.

"네. 들으면서 아버지가 왜 날 여기로 보냈을까 생각하는 중입니다."

그때서야 장은 플라스틱 의자에 등을 기대며 피식 웃음을 터트렸다. 그래? 그럼 어디 한번 말해봐. 당신 아버지가 당신을 여기로 왜 보냈을까? 하고 도리어 내게 되묻고 싶다는 듯이. 처음 봤을 때는 몰랐는데 꽤 거만한 얼굴이라는 생각이 들었다. 내가 속으로 그런 생각을 하는 사이 장이 다시 몸을 앞으로 숙이며 물었다.

"그래서 답은 찾으셨습니까?"

"아뇨, 이렇게 충실한 협조자가 있는데 역시나 괜히 왔다는 생각이 들 뿐입니다. 아시는지 모르겠지만 저에게 형은 없는 사람이나 마찬가지였으니까요. 자그마치 14년 동안이나 말이죠."

말을 뱉고 보니 14년이라는 어마어마한 시간이 문득 14분만큼이나 짧게 느껴졌다. 공허. 14년간의 아무것도 없음. 무의미. 커피 맛이 매우 썼다. 나는 잠시 입으로 가져갔던 커피잔을 내려놓고 인상을 찌푸렸다.

"알고 있습니다. 리틀 박 또한 이곳에서 오랫동안 가족이 없는 사람처럼 행동했으니까요. 하지만 그저 그렇게 행동했다는 것일 뿐 그에게 아주 가족이 없는 게 아니라는 게 이렇게 증명되고 있지 않습니까. 그러니 그런 말로 교수님이 여기까지 온 이유를 애써 부정하실 필요는 없습니다. 어차피 교수님이나 저나 지금은 같은 마음일 테니까요."

"같은 마음?"

"어서 빨리 문제가 해결되어 다시 평화로운 일상으로 돌아가고 싶다는 것. 어찌 되었든 신경 쓸 일이 많아지면 흰머리가 늘고 머리가 아파지는 법이니까요."

틀린 말은 아니지만 웬일인지 아까부터 따박따박 맞는 말만 하는 게 뱃이 꼬였다. 나는 문득 장을 골려주고 싶은 마음이 들었다.

"언제부터입니까?"

"뭘요?"

"언제부터 아버지에게 형의 일거수일투족을 보고했느냔 말입니다."

순간 장의 얼굴이 차갑게 굳어지는 게 느껴졌지만 예상만큼 쾌감이 크진 않았다. 평소 아버지에게 못한 말을 엉뚱한 곳에 퍼붓고 있다는 자괴감이 더 크게 몰려와버렸으니까. 하지만 그것 또한 내게는 익숙한 감정이었다. 나는 한 발 물러나는 대신 반 발 앞으로 나가 보았다.

"아닌가요?"

장이 대답했다.

"글쎄요. 사실 여부를 떠나 그렇게 보셨다니 유감이군요. 하지만 일거수일투족이라는 말은 좀 너무했군요. 교수님은 대사관이 그렇게 한가한 곳이라고 생각하나요?"

나는 아무런 대답을 하지 않았다. 꼭 그런 이유로 질문을 한 게 아니라는 걸 그도 알고 나도 알고 있었다. 장이 말을 이었다.

"적어도 그런 일을 하려면 직업을 포기해야 한다는 걸 아실 텐데요. 그렇지 않겠습니까? 한 사람이 언제 일어나 몇 시에 밥을 먹고 누구를 주로 만나고 어떤 여자와 사랑을 나누는지 일일이 알아내려면 말이에요. 매일매일 그 사람이 눈을 뜨기 전에 일어나고 그 사람이 잠든 후에야 잠이 들어야 할 테니까요. 그게 저처럼 대한민국 공무원으로 엄연한 직책을 가진 사람이 할 수 있는 일이라 보십니까? 대학에 계시니 어쩌면 저보다 더 잘 알겠군요. 대학교수에겐 대학교수의 본분이 있듯 저에겐 저만의 본분이란 게 있는 법이죠. 더불어 필리핀에 거주하는 교민이 리틀 박 한 분만이 아니라는 사실도 알려드리고 싶네요."

말을 멈춘 장이 나를 물끄러미 바라봤다. 도대체 아버지는 왜 이 작자를 만나보라고 한 걸까. 의아스러웠지만 나는 그만 화제를 돌려야 할 때라는 걸 본능적으로 직감했다. 어쩌면 이자는 생각보다 나를 공격할 무기를 많이 갖고 있고, 그런 사실을 드러내는 일에 있어서도 고단수일지 모른다. 대학교수라는 나의 신분을 은근슬쩍 상기시키는 것만 해도 그렇지 않은가. 마치 내가 정상적이지 않은 방법으로 그 자리를 꿰찬 인물이라는 사실을 알고 있다는 투였다. 나는 마른침을 모아 목젖으로 밀어넣은 뒤 조금은 누그러진 목소리로 말했다.

"실례가 되었다면 죄송합니다. 다시 형 얘기로 돌아가보죠. 제가 알고 있는 사실은 두 가지뿐입니다. 형이 최근 여자를 만났다는 것과 사라지기 직전 마지막 휴대폰 신호가 감지된 곳이 팔라완이라는 것. 그 두 가지 사실에 어떤 연관이라도 있는 걸까요?"

장이 입술을 지그시 깨물며 고개를 가로저었다.

"글쎄요, 그건 저도 아직."

그렇지만 보여줄 게 있다는 듯 가방을 뒤지더니 손바닥만 한 사진을 꺼내 탁자 위에 올려놓았다. 이제 막 단장을 마친 듯 화장기 짙은 얼굴에 긴 머리를 단정히 뒤로 묶은 여자였다. 대사관으로 오는 동안 수없이 보았던 필리피노들처럼 까무잡잡한 얼굴이었고 짧은 반팔 티에 스키니 진을 걸친 차림이었다. 하지만 어딘지 몹시 부조화스러운 느낌이 드는 바람에 나이를 가늠하긴 쉽지 않았다. 장이 설명했다.

"최근 형이 만났다는 에일리라는 술집 아가씨입니다. 지금 경찰에서 조사를 받고 있는데 만나보시겠습니까? 원하신다면 안내해드리겠습니다."

속전속결. 거침이 없다. 단번에 질러 묻고 반응을 기다리는 동안 상대방을 읽고 있다. 질문을 받았으니 대답을 해야 한다면 나는 물론 그 여자를 만나고 싶지 않았다. 그러나 장은 어쩐지 나를 그 여자 앞에 데려다 놓고 싶은 눈치였다. 마치 그것만이 지금 자신이 할 수 있는 최선이라는 듯이. 하지만 그러면서도 어딘가 나에게 거리를 두는 느낌이 들었는데 왜 그런 느낌이 드는지는 알 수 없는 일이었다. 내가 한참 대답을 못하고 망설이는 사이 장이 다시 뭔가를 내게 내밀었다. 이번에는 사진보다 작은 종이쪽지였다.

"아참, 잊어버릴 뻔했군요. 이거, 형님이 살던 집 주소입니다. 사건이 접수되고 경찰이 가정부를 내보내서 지금은 비어 있죠. 현재 가드만 남기고 출입 통제 중이지만 교수님은 동생분이시니 원하신다면 들어가볼 수도 있겠네요. 혹시 문제가 생기면 제게 전화를 주세요."

### #083 벨벳 뷰 4, 따가 이따이 시티, 필리핀

형이 살던 형의 집. 기분이 묘했다. 나는 공항에서 가져온 지도를 꺼내 형이 산다는 곳의 위치를 확인해보았다. 따가 이따이, 형이 살던 곳. 팔라완, 형이 사라진 곳. 나와 장은 마닐라시티에 앉아 팔라완까지 갔다가 사라진 형에 대한 얘기를 나누고 있다. 세 곳의 위치를 동그라미로 표시하고 선을 그어보니 세 변의 길이가 모두 다른 둔각삼각형이 그려졌다. 트라이앵글. 이것은 또 무엇을 의미하는 걸까. 내가 골똘히 생각에 잠겨 있자 장이 물었다.

"단독주택들이 여러 채 들어서 있는 빌리지입니다. 왜요, 무슨 문제가 있나요?"

"아닙니다. 그냥 조금 낯설어서요."

"차차 익숙해지시겠지요. 그럼 일어나실까요? 그래도 얼굴은 봐야죠. 참고인 조사 중이라 지금 안 만나보시면 나중에 술집으로 그녀를 찾아가야 할지도 모릅니다. 물론 그녀가 형님이 당하신 일과 어떤 관계가 있는 것이라면 말이지요."

그때서야 아직 풀지 못한 내 짐이 대기 중인 노란 택시 안에 있다는 데 생각이 미쳤다. 뜨거운 태양 아래 에어컨도 켜지 않고 손님을 기다린 기사는 아무런 불평 없이 자신의 트렁크에 있는 짐들을 장의 자동차로 옮겨주었다. 장은 내가 애초에 주기로 했던 요금 외에 더 많은 팁을 기사에게 얹어주는 모습을 시큰둥한 모습으로 바라보았다.

"좀 과하셨네요. 그럴 필요까진 없는데."

그것은 힐난이었을까. 나는 문득 고개를 돌려 장의 얼굴을 바라보았다. 장은 아랑곳없이 차를 출발시켰다. 대사관을 벗어난 장의 카니발은 한적한 아스팔트를 시원스럽게 달려 나갔다. 번잡한 시내를 벗어나자 곳곳에 쓰레기가 쌓인 골목들이 끝없이 나타났다 사라졌다. 나는 다시 '두 얼굴'이라는 낱말을 떠올렸다. 그리고 잠시후 만나게 될 형의 여자에게(그녀가 정말 형의 여자가 맞다면) 무엇을 물어보는 게 좋을지 생각해보았다. 아무것도 떠오르지 않았다. 대답을 구하듯 고개를 돌려 장을 바라보았지만 그는 운전에만 집중하는 모습이었고 가끔씩 누군가에게 온 문자를 확인하듯 휴대폰을 살폈다.

햇빛이 너무 눈부셔서 선글라스를 썼다.

＊

사진 속의 모습보다 여자는 훨씬 작고 어려 보였다. 그것이 나를 당혹스럽게 했다.

건물에 들어서자마자 화장실을 찾던 장이 시야에서 멀어졌을 때였다. 맞은편 복도의 방문이 열리고, 조금 전까지 여자와 함께 있었던 것으로 보이는 사내들이 분주한 몸짓으로 내 옆을 스쳐 지나갔다. 방 안에 앉아 있던 여자가 천천히, 아주 천천히 몸을 일으켰다. 실내의 형광등이 환히 켜져 있었다. 거리가 매우 가까웠으므로 나는 그녀가 사진 속의 그 여자라는 걸 금방 알아볼 수 있었다.

선글라스를 벗지 않은 채로 나는 여자를 바라보았다. 여자도 이쪽을 바라보았다. 그러나 나를 바라보는 것 같지는 않았고 어디 먼 곳을 바라보는 것 같은 시선으로 주위를 두리번거렸다. 청바지에 허름한 셔츠를 걸친 모습이 사진 속에서와는 아주 다른 분위기였다. 취조의 피로가 겹겹이 쌓인 것 같은 얼굴 표정이 더 그런 느낌을 자아내는 건지도 모를 일이었다.

누굴 기다리는 걸까. 아니면 누군가 자신을 기다려주고 있을 거라고 생각한 걸까. 멍하니 서 있던 나를 지나쳐 복도를 걸어 나가면서도 여자는 주위를 두리번거렸다. 그러다가 불현듯 출입문 앞에 선 내가 뒤를 돌아보았을 때 경찰서 마당으로 뛰어온 한 남자가 그녀의 어깨를 안고 사라지는 게 보였다. 햇살이 아직 뜨거운 경찰서 마당 한가운데 갑작스러운 정적이 감돌았다. 나는 그 정적을 한 10초쯤 멍하니 바라보다가 안으로 들어갔다.

코리안데스크팀의 앤디 형사는 보기에도 숨이 막힐 만큼 뚱뚱한 몸에 꽉 긴 제복을 입은 전형적인 필리피노였는데, 따갈로어식 부자유스러운 영어를 구사하는 것을 제외하면 나름대로 신뢰할 만한 인상을 주는 사람이었다. 간단한 인사를 나눈 뒤 우리는 탁자도 없이 의자를 놓고 마주 앉았다. 설마 이렇게 빨리 풀려날 거라고는, 하고 화장실에서 돌아온 장이 나를 바라보지 않은 채로 얼버무리더니 방을 둘러보았다. 조금 전까지 여자가 앉아 있던 바로 그 방이었다.

앤디가 조사한 내용을 브리핑하기 시작했다. 술집에서 일한다는 것 빼곤 그다지 별다를 것 없는 평범한 아가씨의 자질구레한 신변에 관한 얘기였다. 그러나 브리핑이 끝나갈 무렵 앤디가 한 가지 특이한 사실은, 하고 운을 떼었을 때는 나도 모르게 귀가 쫑긋해졌다.

"그녀의 출생지가 팔라완이라는 사실입니다. 94년생이니까 맞네요. 최소한 여섯 살 때까지는 거기 교도소에서 자란 것 같습니다. 기록을 보니 2000년에야 교도소에서 나온 걸로 되어 있어요."

"교도소요?"

"네. 이와힉이라고 팔라완에만 있는 교도소입니다. 다른 곳과 달리 가족과 함께 생활할 수 있도록 허가된 곳이라 감옥 중에서도 인기가 많은 편이죠. 보통 사람들의 출입은 금지되어 있지만 넓은 초원의 울타리가 쇠창살을 대신하고 있는 곳이라 더 그렇기도 하고요. 아무튼 거기서 죽 어머니와 함께 생활했더군요."

"교도소는 교도소인데 인기가 많은 감옥이라. 이상하지만 재미있는 말이로군요. 그러면 어머니가 죄수였단 말인가요?"

"네. 그런데 그게 좀 어이가 없어요. 처음에는 단순 절도로 들어갔는데 교도소 내에서 계속 말썽을 일으키는 바람에 복역기간이 길어진 것 같습니다. 하기야 드물긴 하지만 가끔 이런 경우가 없진 않지요. 오갈 데 없는 사람들에겐 교도소 감방조차 훌륭한 침실로 여겨질 수도 있을 테니까요. 문제는 이후 행적에 대해 에일리가 도통 말을 하지 않는다는 거예요. 뭐랄까, 아예 입을 닫고 있습니다. 형님을 만난 건 맞지만 일상적인 손님 접대였을 뿐이라고 하고, 같이 두 번 정도 호텔에 든 것 외에는 딱히 수상한 점도 없습니다. 제대로 조사를 마치려면 시간이 좀 걸리겠는데요."

앤디는 곤란한 듯 인상을 찌푸렸다. 그렇지만 무턱대고(단지 형이 만난 적 있는 여자라는 이유로) 사람을 붙잡아둘 수 없는 일이라 일단 풀어줄 수밖에 없었다고 귀띔해주었다.

"하지만 걱정 마세요. 수사가 진행되는 동안 따로 사람을 붙여둘 생각이니까. 이런 일이 늘 그렇듯 언젠가는 꼬리가 잡히기 마련이죠."

꼬리라는 앤디의 말에 불현듯 조금 전에 본 장면이 되살아났다.

"아까 보니 웬 남자가 여자를 데려가더군요."

"여자? 에일리 말입니까?"

나는 고개를 끄덕였다. 앤디는 대수롭지 않게 반응했다.

"애인인가 보죠. 한참 그럴 나이잖아요?"

"그렇긴 하지만."

용의선상에 있는 인물의 주변에 대해 주의를 둬서 나쁠 건 없지 않느냐는 말이 목구멍을 간질이고 있을 때 앤디가 자리에서 일어나며 악수를 청해왔다. 뭐가 바쁜지 더 이상의 대화는 곤란하다는 표정이었다.

"아무튼 다시 연락드리겠습니다. 뭐가 나오는 대로 말입니다. 그럼."

경찰서를 나와 예약해둔 호텔로 돌아오는 길에, 나는 그때까지 줄곧 뇌리에 박혀 있던 질문 중 하나를 장에게 던졌다.

"그런데 여기서는 어디 가나 팔라완이 빠지지 않는군요. 대체 거기가 어떤 곳입니까?"

"글쎄요. 필리핀 영토로 보면 가장 동쪽에 위치한 섬인데 굳이 비유하자면 우리나라의 제주도 같은 곳이라고 해야겠죠. 근래 외국인들이 많이 찾고 있지만 아직 시골이라 엘니도와 지하강을 빼면 별로 볼 것은 없어요. 관광객들이 몰리는 곳 이외의 지역은 거의 폐허나 마찬가지니까요. 가보면 알게 될 겁니다."

가보면.

나는 다시금 고개를 돌려 운전석에 앉은 장의 얼굴을 빤히 바라보았다. 도대체 무슨 근거로 당신은 그걸 확신하는가? 질문이 목젖까지 차올랐지만 자꾸만 무엇엔가 깊숙이 다가가려는 내 자신이 불만스러워져 그만두고 말았다.

그때였다. 고개를 돌리지 않은 채로 장이 덧붙였다.

"하지만 이곳 사람들에게 팔라완은 멕시코의 칸쿤 같은 곳이라고도 할 수 있죠."

"칸쿤?"

"무지개가 끝나는 곳에 있는 매라는 뜻의 마야어입니다. 카리브 해 근처에 있는 해변 마을의 이름이기도 하죠. 태양이 아주 가까워 바닷속이 훤히 보일 지경이라고들 하는데 그것까진 안 가봐서 모르겠네요. 아무튼 팔라완이든 칸쿤이든 가려거든 영혼까지 바짝 마를 각오를 해야 할 겁니다."

"왜요?"

내가 묻자 장은 조용히 입술을 비틀며 웃었다.

"너무 덥거든요. 정말이지 너무 더워요."

＊

한밤.

꿈속에서 우물쭈물하다가 무심히 눈을 떠보니 깜깜한 어둠 속에 국회의원 배지를 단 아버지가 서 있다. 나는 눈을 비볐다. 하지만 허상은 사라지지 않고 노안에 깊게 패인 주름살을 더 선명히 일그러뜨리며 호통을 쳤다.

바보 같은 놈. 여기서 뭘 하고 있는 거냐?

아, 아버지.

단말마 같은 신음을 내뱉고 고개를 돌려보니 하얀 침대 위에 알몸의 여자가 누워 있었다. 초저녁 장을 보내고 들어온 호텔 바에서 함께 술을 마시던 필리핀 여자였다. 간 줄 알았는데. 아니었나? 나는 자는 여자를 흔들어 깨워 밖으로 내보냈다. 문 앞에서 돈은? 하고 묻는 여자에게 마지못해 삼천 페소를 쥐어주었다. 어둠 속에 아버지는 아직 서 있다.

형을 찾아보라고 보냈더니 고작 한다는 짓이 술집 여자나 끼고 잤더란 말이냐.

칠순을 넘긴 고령에도 쩌렁쩌렁하기만 한 아버지의 목소리는 나를 주눅 들게 하기에 충분한 것이었다. 무언가 변명이 필요하다는 생각을 했지만 나는 입술을 달싹거렸을 뿐 아무 말도 하지 못했다. 가슴속의 무언가가 꿈틀 아버지를 향해 날을 세우는 듯했으나 늘 그랬듯 그것은 그럴듯한 문장이 아닌 주저주저하는 힘없는 목소리로 남을 뿐이었다.

네, 아버지. 그렇게 되었네요. 그러니 이제 어찌해야 할까요.

사춘기 아이 같은 반항심이 다시금 삐죽 솟아오르는 게 느껴졌으나 나는 이때에도 고개를 가로젓고 입술을 닫으며 오래전, 지금의 나보다 훨씬 젊고 세상에 두려울 게 없었던 아버지를 떠올렸다.

기회를 찾아 해외로 나간 이십대의 청춘들이 낯선 땅의 공산주의자들과 싸우는 동안 아버지는 그 낯선 땅의 암시장을 떠돌며 달러를 긁어모았다. 내장이 터진 시체가 나뒹구는 전선의 안쪽에선 여전히 삶이 있었고, 돈이 있었고, 망하는 사람 위에 성공하는 사람이 존재했다. 세상의 모든 이치가 그렇듯 어떤 이에겐 행운이, 또 어떤 이에겐 불운이 따랐을 것이다. 죽음을 무릅쓰고 돈을 쫓아갔던 아버지에겐 행운이 따랐다. 참혹했던 이웃 나라의 전쟁이 아버지에겐 도리어 기회가 되어준 것이다.

나름대로 전쟁을 겪은 아버지는 잊어버려야 할 기억이 많았다. 한국으로 돌아온 아버지는 차근차근 자신이 겪은 끔찍한 기억을 지우고 그 위에 성공이라는 희망의 집을 지었다. 결혼을 했고 아이들을 낳았으며, 전쟁이 선물처럼 가져다준 달러를 제조업에 투자해 막대한 부를 일구었다.

천운을 만난 것일까. 한국 경제의 도약으로 인건비가 상승하자 아버지는 인근 동남아시아로 사업을 확장해 더 많은 돈을 벌어들였다. 1986년 삼성이 필리핀에 TV브라운관 공장을 세운 것이 큰 자극이 되었던 것이다. 여러모로 생필품이 부족한 나라에서 아버지가 열성적으로 만들어 판 물건들은(치약과 칫솔은 물론 가방에서 의류까지) 필리핀 전역에서 큰 인기를 끌었다. 아버지는 그 일로 몇 년씩 집을 비우기도 했다.

허리가 잘린 조국의 중간 소도시에서 아버지는 사십대도 안 된 유지로 부상했다. 내친김에 정치인으로 변신도 성공하여 선거를 하면 1번만 기억하는 사람들이 대부분인 도시에서 아버지는 이제까지 네 번 당선의 영광을 안았다. 덕분에 나의 유년은 부유했고 생활은 아무런 고민거리가 없이 단조로웠다. 기습 한파가 닥치던 그해 겨울, 안방에서 아버지와 어머니가 다투는 소리를 듣기 전까지는.

학교를 땡땡이치고 친구들과 어울려 중앙시장에 다녀온 날이었다. 대문을 열자마자 마주 보이는 안채 문 앞에 아버지의 구두가 놓여 있었다. 웬일일까, 하는 의문에 앞서 문득 불안감이 몰려들었다. 아직은 이른 저녁, 아버지의 구두가 거기 놓여 있어서라기보다는 그해 내가 죽을 쑤고 만 대학시험 결과에 불현듯 생각이 미쳐서였다. 말은 안 했어도 내심 긴장하고 있던 내 눈앞에 턱하니 아버지의 구두가 보인 것이었으니 갑자기 저승사자의 방문을 받은 듯 놀랄 수밖에.

조금 더 밖에서 시간을 보내다 올까. 망설이고 있던 내 귀로 무엇엔가 잔뜩 화가 난 아버지의 목소리가 들려왔다. 누가 뭐라 하든 나는 내 자식이 삼류 대학에 다니는 꼴은 볼 수 없어! 당신 설마……. 이윽고 어머니의 목소리도 들려왔으나 그 목소리는 너무나도 낮고 차분하여 거의 들리지 않았다. 한참 뒤, 꽉 닫혀 있던 안방 문이 활짝 열리며 아버지가 밖으로 나왔다. 그러고는 나만 보면 늘 그 문장이 토씨 하나 틀리지 않고 떠오른다는 듯이 크게 호통을 쳤다.

"하라는 공부는 안 하고 왜 이렇게 싸돌아다니는 거냐? 어리석은 놈 같으니."

대답 대신 나는 그대로 몸을 돌려 친구들이 남아 있는 아지트로 갔다. 그러고는 벌써 반쯤 맛이 가 있던 친구들과 술을 마시고 킬킬거리다가 그날 내가 집에 들어갔던가 말았던가.

사소한 기억들은 희미해졌지만 이듬해 내가 아버지가 원한 대학의 어엿한 학생이 되었다는 것만은 누구도 부정할 수 없는 사실이었다. 그것이 오로지 내 실력이었는지 아버지의 능력이 미친 것인지 알지 못한 채로 대학에 들어가 누구누구네 힘 있는 집안 자식들의 일상이 구설수에 오를 때면 괜스레 몸을 사리게 되었던 것도 그즈음에 생긴 습관이었다.

때는 새로운 시대의 섣부른 희망의 노래가 울려 퍼지던 2000년이었다. 그러나 그해 선거에서 첫 당선을 거머쥔 아버지는 기쁨을 만끽하기도 전에 이런저런 정치자금 관련 소송에 휘말려 있었으며, 자유방임을 자신의 확고한 교육철학으로 내세운 어머니는 집안의 세 남자에 대한 일체의 관심을 끊은 듯 방 안으로 틀어박혔다. 늦은 밤 집으로 돌아온 아버지는 마치 몇 년 후 낙선을 예상한 듯 텔레비전을 보면서 이렇게 뇌까리곤 했다.

"국민의 정부는 개뿔. 모든 게 뒤죽박죽이군."

어쨌거나 새로운 세기였다. 곧 봄이 되었고 나는 이제 막 들어가게 된 대학에서 물고기처럼 자유롭게 유영하는 여대생들로 인해 정신을 차릴 수가 없었다. 하지만 마음속으로는 내심 죽을 때까지 누구에게도 말하지 못할 일생일대의 과제가 하나 생겼다는 걸 또렷이 의식하고 있었는데, 그건 다른 누구도 아닌 내가 모종의 다른 힘을 이용해 대학생이 되었다는 사실을 온 힘을 다해 감추는 일이었다.

어둠 속의 아버지가 점점 희미해졌다. 나는 침대에서 일어나 어둠 속의 형상을 바라보며 차렷 자세로 섰다. 그러나 예전처럼 몸이 꼿꼿이 굳거나 전류가 흐르듯 긴장되지 않는 게 스스로도 이상하게 느껴졌다. 주름이 심하게 잡힌 입술을 굳게 다문 채 아버지가 나를 노려보았다. 하지만 이제 내 나이도 서른일곱, 먹을 만큼 먹은 나이였다. 그래서 최대한 폭발할 것 같은 마음을 억누르며 중얼거렸다.

바보같이 여기까지 와서 술집 여자를 끼고 잔 것 맞아요. 하지만 그뿐. 여긴 서울이 아니고 잠시지만 나는 자유예요. 언제까지 나란 놈은 아버지 손바닥 안에서 지렁이처럼 꿈틀댈 뿐이라고 생각하신다면 오산이에요. 떠날 때는 몰랐는데 막상 와보니 한국에서 거의 잊고 있던 형에 대한 기억이 새록새록 떠오르는 것도 신기한 일이에요. 뭔가 내가 알지 못했던 어떤 얘기가 여기 있을 것만 같은 느낌이 드는 게 어제 낮 경찰서에서 본 형의 여자 때문일지 모른다는 생각이 들지만 꼭 그런 게 아닐 수도 있죠. 그런데 참으로 이상한 일이에요. 내 마음이 자꾸 그쪽으로 움직이는 것이.

한기가 느껴지는 에어컨 아래서 다시 샤워를 하고 침대에 누웠지만 잠이 오지 않았다. 한참을 뒤척이다 일어나 냉장고 문을 열었을 때 문득 그 여자가 떠올랐다. 오늘 낮 경찰서에서 본 여자. 작고 여린 나비처럼 불안한 날개를 파닥이며 힐끗 나를 바라보던 형의 여자.

그때였다. 부지불식간에 이름이 불린 아이처럼 나는 눈을 동그랗게 뜨고 주위를 둘러보았다. 여자가 나가면서 불을 껐을 리 없으련만 주위가 유난히 어둡게 느껴졌다. 의문은 금세 풀렸다. 초저녁부터 숲을 비춰주던 호텔의 가로등들이 모두 꺼져 있었던 것이다. 깊은 밤 뒤척이던 이들도 모두 잠들었을 시간이었다. 새벽이구나, 하고 혼자 중얼거리고는 냉장고에서 꺼낸 산미구엘을 들고 창가에 섰다. 선 채로 맥주를 홀짝이는 동안 갑작스러운 상념들이 길게 꼬리를 물었다. 나는 그 끝없는 꼬리를 붙들고 오래도록 창밖을 바라보았다. 낯선 나라의 낯선 어둠들이 검은 밤의 파도처럼 쉴 새 없이 내 안으로 쏠려왔다 떠내려갔다.

　이 속에 뭔가 있다.

　나는 생각했다. 그런데 그건 무엇일까.

　나는 다시 형의 여자를 떠올려보았다. 그리고 더 이상 생각을 할 수 없을 만큼 피곤이 몰려왔을 때 삼천 페소짜리 여자의 체취가 아직도 남아 있는 침대에 엎드려 잠이 들었다.

# 2

## 내가 누구인지, 네가 누구인지

그는 천천히 눈을 뜬다. 여기는 어디일까. 누가 날 이곳으로 데려다 놓은 것일까. 오지 않는 잠을 청하며 주위를 둘러보지만 보이는 건 적막한 어둠뿐. 의자에 묶인 채로 몸의 감각이 서서히 굳어가는 걸 느끼면서도 그는 줄곧 에일리를 떠올리고 있다.

160센티미터가 될까 말까 한 작은 키에 까만 피부. 배를 드러낸 옷차림에 긴 웨이브 머리는 노랗게 염색이 되어 있고 손톱은 송곳처럼 뾰족했다. 어딘지 조금 멍청한 느낌을 자아내는 쌍꺼풀 위의 짙은 눈썹. 그건 한국에서도 흔히 볼 수 있는 동남아인 특유의 미간이었다. 다른 게 있다면 작은 키에도 균형 잡힌 각선미와 부담스럽게 큰 유방이었는데 그녀의 선조 중 누군가 프랑스나 스페인계통이 아닐까 생각하기에 충분한 모양새였다. 그러고 보니 눈동자에 얼핏 푸른빛이 서린 것도 같았는데 이건 사실 불분명한 기억이다. 육감적인 몸매에 대한 그의 환상이 그녀를 그렇게 보이도록 했을 가능성도 배제할 수 없기 때문이었다.

그녀를 만난 곳은 마닐라의 한 술집.

일을 핑계로 골프와 섹스 관광에 나선 한국인들이 즐겨 찾는 노래방이었다. 한국어로 된 노래책이 있고 한국어로 밀어를 속삭일 수 있는 아가씨들이 있는 곳. 그녀들은 대부분 줄 듯 말 듯 빼거나 애간장을 태우는 법 없이 화끈한 편이다. 마치 이 나라를 오래 지배해온 미국의, 미국식 가치와 문화가 그녀들에겐 더 잘 맞는다는 듯 스킨십도 자유롭고 허용되는 접촉의 범위도 넓다. 때때로 노골적인 잠자리를 요구하는 진상 손님들이 있기 마련이지만 어디까지나 그건 그녀들의 선택이었다.

여자를 불러드릴까요? 하는 마담의 물음에 환호하던 일행 속에서 그는 그녀를 유심히 바라보았다. 이유는 글쎄, 그날 밤 어둔 조명 아래 무릎을 꿇고 선택을 기다리던 스물다섯 명의 미녀들 중에 그녀의 눈동자가 유독 슬퍼 보여서, 라고 나중에 임에게 고백한 적이 있지만 그것 또한 단순히 그럴지도 모른다는 것이지 진실이 아닐 수도 있다. 첫인상이란 여러모로 첫인상을 받을 때의 기분과 맞닿아 있기 마련이니까. 언제부터였는지 슬퍼진 그가 그녀를 슬프게 바라봤을 수도 있다.

아무려나 여흥에 들뜬 일행의 채근을 받으며 그는 그녀를 지목했다. 아무나 한 명 고르면 되지 뭘 그렇게 망설이십니까? 하고 그에게 귓속말을 했던 누군가 곧 오호? 글래머를 좋아하는 거였어?

사내네, 하고 다시 귓속말을 했다.

순간 그는 문득 귓가에 달라붙은 그 입을 찢어버리고 싶은 충동을 느꼈지만 그건 어디까지나 충동이었을 뿐이다. 감정이 가는 대로 행동할 거였으면 일행을 이끌고 여기까지 오지 않았을 것이다. 어쨌거나 그들은 그의 손님이었고 그에게는 그들을 접대할 의무가 있었다. 어찌 보면 그게 그날 그가 일행을 이끌고 술집에 가게 된 이유였는데, 일행은 근처 호텔에서 마닐라 관광을 마친 뒤 그가 운영하는 호텔로 이동할 계획이었다. 문제라면 그가 아직도 그런 한국식의 접대 문화에 익숙해지지 못했다는 것이었다.

"아무리 그래도 얼굴 좀 펴. 사업상 중요한 손님들이라며."

볼일이 있어 먼저 일어서던 임이 결국 한 소리를 했다.

"징코한테 차를 가져오라고 할게. 혹시 술을 더 마시게 되면 필요할지도 몰라." 하고 막 임이 돌아나가던 순간 곁에 다소곳이 앉아 있던 에일리가 그에게 술잔을 내밀었다.

그는 깜짝 놀란 얼굴로 그녀를 돌아봤다. 그리고 살짝 고개를 기울여 그녀의 목에 걸린 삼파귀타* 목걸이를 본 순간, 오랜 기억의 심연에 떠다니고 있던 익숙한 고통이 그의 가슴을 베고 달아나는 것이 느껴졌다.

삼파귀타. 새하얀 종이를 물방울 모양으로 잘라내 바람개비처럼 이어붙인 듯 보이는 적도의 하얀 꽃. 순결 혹은 변치 않은 사랑을 상징하는 백합처럼 삼파귀타 또한 '그대에게 사랑을 약속합니다'라

---

* sampaguita. 자스민 계열인 말리꽃의 일종. 특정 시기뿐 아니라 1년 내내 만개하는 꽃으로, 모양이 우아하고 아름다워 필리핀 국민들의 사랑을 듬뿍 받고 있다.

에일리에겐 아무 잘못이 없다

는 낭만적인 꽃말을 갖고 있었다. 하지만 그 향기가 하루도 못 가 시들해져버린다는 점에서 어딘지 덧없는 사랑을 떠올리게 하는 꽃이었다. 오래전 어느 날 그의 곁을 떠나버린 사랑처럼 꽃이면서 기억이고 또 누군가에게는 사라져버린 약속을 의미하기도 했던 그것.

이 나라 사람들이 이 꽃을 주렁주렁 엮어 방에 걸어놓거나 차를 만든다는 걸 안 건 나중 일이다. 그는 물론 그 차를 마셔본 적이 없다. 설혹 마실 기회가 있었더라도 마시지 않았을 것이다. 위험한 차도에서 삼파귀타를 팔고 있는 맨발의 처녀들을 볼 때마다 마음이 흔들린 적은 많았으나, 그 꽃이 시든 뒤의 쓸쓸한 상실감을 더 이상 견디고 싶지 않아서였는지도 모른다. 그는 이 나라 사람들이라면 누구나 좋아하는 그 꽃을 의도적으로 멀리했다. 그에게 삼파귀타는 뜨거운 사랑 뒤에 남는 허무한 약속을 상기시켰다. 그리고 약속에 대한 기억은 어김없이 누군가에 대한 기억으로 이어졌다. 아버지와 어머니, 동생 지훈과 수연, 그리고 짧은 심호흡…….

더듬이가 된 기억이 연이어 그의 눈앞에 펼쳐 보이는 이미지는 그녀의 아랫배에 난 수술자국이다. 아이를 낳은 흔적이라고밖에 설명할 길 없어 보이는 수직의 붉은 선. 희미한 실내등이 침대를 비추고 있던 호텔방에 그녀와 함께 막 들어서던 순간이었다. 신발을 벗자마자 침대에 드러누운 그를 물끄러미 바라보고 서 있던 에일리가 방 안의 스위치를 모두 올리고 그 옆으로 다가와 누웠다. 갑자기 눈이 부셔 눈을 질끈 감았다가 옆으로 돌아눕던 그의 시선이 그녀의 아랫배 앞에서 멈칫했다. 어두운 조명 아래 함께 술을 마실 때는 보이지 않던 아랫배의 흉터가 불빛 아래 너무나 선명해져 있었다.

내가 누구인지, 네가 누구인지

"아기를…… 낳은 거야?"

그가 묻자 그녀는 조용히 고개를 저었다. 그리고 문득 허공을 바라보며 쏟아내던 서툰 한국말은 아직도 그를 괴롭히는 환청 같다.

"내가 그런 거예요. 열일곱 살 때 식탁용 나이프로."

"나이프?"

그는 생각해보았다. 식탁용 나이프로 자신의 배를 가르는 열일곱 어린 소녀를. 하지만 지금은 낯선 남자 옆에 조용히 누운 아가씨를. 돌아보면 그때 모든 걸 물었어야 했다는 생각이 든다. 하지만 늘 그렇듯 후회는 늦었고, 지나간 말들은 이렇게 찬찬히 과거를 되짚어보아야 할 순간에 와서야 비로소 의미심장해졌다.

에일리가 말했다.

"하지만 이렇게 살아 있죠. 기쁘지는 않아요. 그런데도 나를 낳은 여자는 그때 몇 날 며칠을 침대에 붙어 앉아 내 손을 잡고 울었어요. 밤마다 나를 낳던 날의 기억을 혼잣말처럼 중얼거리면서요."

옷을 입은 채 침대에 누워 있던 그는 자기도 모르게 에일리의 아랫배에 난 흉터 자국을 어루만졌다. 왜 그랬어. 독하기도 하지. 이상한 슬픔과 안쓰러움이 교차하는 기분이 들었지만 그는 자신의 그런 행동이 값싼 호기심으로 비추어질까 오히려 조심스러워졌다.

상처를 어루만지는 동안 어딘지 익숙한 것 같으면서도 낯선 슬픔이 몰려오는 듯해 그는 불현듯 에일리의 아랫배에 올려놓았던 손을 거둬들였다. 왠지 그녀와는 그래서는 안 될 것 같은 생각이 들어서였는데 그러고서도 한참 무슨 말로 그녀를 위로해야 할지 알 수가 없었다. 몽롱해진 뇌리 어딘가로 그가 종종 혼자 있을 때면 중얼거리던 말들이 떠올랐다 사라졌다. 누군들 자신이 누구인지 분명히 알 수 있을까. 나도 나를 모른다. 어쩌면 우리 누구도 그걸 알 수 없을지도 모른다. 내가 누구인지. 네가 누구인지.

조용한 침묵이 흐른 뒤 에일리가 다시 입을 열었다.

"열두 시간이 넘는 진통이었대요. 아이가 나오려던 순간 길거리에서 삼파귀타를 팔다 병원으로 실려온 엄마는 며칠째 제대로 먹지 못한 상태였어요. 식은땀을 흘리며 출산을 돕던 의사가 엄마의 뺨을 때리며 소리를 지르는 순간에도 아랫배에 힘을 주기 어려웠을 만큼. 하지만 엄마는 오히려 그런 의사를 이해할 수 없었죠. 그 순간 엄마는 누구보다 최선을 다하고 있었으니까요. 그래서 가끔 나 혼자 생각해보곤 하죠. 그때, 시간이 너무 흘러 자연분만을 포기한 의사가 엄마를 수술실로 옮기기까지 세상 밖으로 나오기 싫어 버티고 있었던 건 혹시 나 아니었을까."

"그러니까."

그가 물었다.

"그렇게 세상의 빛을 본 아이가 너란 말이니?"

고개를 옆으로 돌린 에일리는 봉긋한 가슴을 끌어안고 태아처럼 몸을 웅크렸을 뿐 아무런 대답이 없었다.

그리고 또 무슨 일이 있었나. 생각은 거기서 더 한 발자국도 나가지 않는다. 대신 갑작스러운 한 발의 총소리가 잠잠하던 그의 고막을 찢어놓는다. 그리고 바로 다음 순간, 희뿌연 연기들을 제치며 사납게 덮쳐오는 어둠에 놀라 그는 번쩍 눈을 뜬다.

드디어 죽은 것인가. 나는, 이제?

그는 비명을 지르고 있다고 생각했지만 어찌 된 일인지 그것은 소리가 되어 그의 입밖으로 나가지 못한다. 재갈이 물린 입안으로 터질 듯이 부풀어 오르는 건 끝을 알 수 없는 공포였을 뿐이다. 어쩌면 아무런 준비 없이 죽을 수도 있다는 공포. 어느 순간 이 세상에서 아무런 흔적도 없이 사라져버릴 수도 있다는 공포. 아무런 변명도, 아무런 말도 남기지 못하고 그저 허무하게 잊혀져버릴지도 모른다는 그것. 그래서 그는 있는 힘껏 눈을 부릅뜨고 노을보다 짙은 붉은 피가 발목 아래로 번지는 걸 바라본다. 그 피를 바라보며 희미해지려는 의식을 필사적으로 붙잡는다.

대체 왜 이런 짓을. 내 입에 재갈을 물린 저자는 누구인가.

그러자 그때까지 그를 바라보며 웃고 있던 그자가 대답한다.

"왜? 아파? 하긴 총이 스쳤으니 아픈 게 당연하겠지. 하지만 이건 경고일 뿐이야. 허튼 생각일랑 집어치우고 어떻게 하면 여기서 살아 나갈 수 있을지 잘 생각해보라는 경고. 미안하지만 난 그렇게 인내심이 많은 편이 아니거든. 앞으로 더 얼마나 당신을 기다려줄 수 있을지 나도 장담 못해."

*

며칠이나 지난 걸까.

지금은 아침인가 밤인가. 눈을 뜨자마자 동공을 찌르는 빛이 불빛인지 햇빛인지 구분이 되질 않는다. 갈고리 같은 흰 선들이 그가 닿을 수 없는 곳에서 흔들리고 있다는 것만 분명할 뿐. 전부터 느

에일리에겐 아무 잘못이 없다

끼고는 있었지만 이곳에서는 웬일인지 시간이 멈춰 있다.

"제기랄, 이 밧줄을 좀 풀어줘."

의자에 앉은 채로 몸을 뒤척여보지만 소용없는 일이다. 밧줄이 닿아 있던 자리에 몽글몽글 피어오른 흰 살 버짐들이 먼지처럼 날아오른다. 오랜 시간 고개를 떨구고 있어서였는지 목이 떨어져버릴 것 같다. 바짝 마른 입술 군데군데 깨물어 생긴 핏자국이 딱지처럼 얹혀 있고, 제대로 영양을 공급받지 못한 볼은 움푹 들어가 있다. 전체적으로 감각을 잃은 몸은 이제 고통 대신 체념에 익숙해지는 중이다.

하지만 육체적 고통보다 더 고통스러운 건 사실 따로 있었다. 아무리 짓밟혀도 죽지 않을 것처럼 매순간 살아 숨 쉬는 그의 의식이 바로 그것이었다. 눈을 감은 채 그의 발등으로 발사되는 총알을 고스란히 맞고 있을 때에도, 그의 면전에서 위협적으로 반짝이던 붉은 눈동자를 마주 보아야 했을 때에도, 희뿌연 안개처럼 그의 시야에서 사라지지 않던 의식. 때때로 그는 그 의식을 더 이상 의식하고 싶지 않다는 바람을 가져보지만 이렇게 포박당한 채 신체의 고통이 배가될수록 그의 의식은 필사적으로 그를 붙들고 늘어진다.

"난 널 알아. 리틀 박. 널 안다구. 네가 여기서 왜 리틀 박으로 불리는지도 물론."

잠시 선명해진 의식 속에서 놈의 목소리가 되살아난다.

강인하면서도 한없이 불안해 보이는 목소리였다. 일부러 과장을 한 듯 가시 돋쳐 있었으나 자기 스스로도 자신이 벌이고 있는 일에 자신이 없는 듯 혼란스러움이 느껴지는 목소리였다. 무슨 배짱인지

선글라스를 벗은 놈의 각진 얼굴이 그의 눈 바로 앞까지 다가왔었
다. 그는 항변했다.

"난 널 몰라. 모른다고."

고개를 흔들며 눈을 부릅뜬 그의 귓속으로 다시 한번 청년의 날
선 목소리가 꽂혔다.

"닥쳐. 더러운 그 입을 찢어버리기 전에."

고작해야 이십대 중후반이나 되었을까. 그의 입에 재갈을 물리
고 멱살을 잡은 채로 으름장을 놓은 태도에선 아직 채 가시지 않은
십대의 치기가 묻어났다. 그런데 어쩌나. 벌써 오래전에 십대를 통
과한 그에게 그건 낯선 것이 아니었다. 두려운 것도 아니었다. 그저
조금 견뎌주어야 할 그 무엇일 따름이었다. 그 나이 또래라면 누구
나 그렇듯 자기 안에 들끓는 불안과 두려움을 감추기 위해서라도
더 용감한 척을 해야 할 테니까.

그러나 이런 식의 척하는 태도로는 결코 그를 굴복시키지 못할
것이다. 그는 위협을 느꼈지만 속수무책 굴복당할 만큼 어린 나이
는 아니었다. 틈을 찾을 수 있다면 그가 먼저 녀석을 굴복시킬 수
도 있을 것이다. 어쨌거나 녀석은 지금 마닐라에서 꽤 이름이 알려
진 한인 사업가를 납치했고 그를 상대로 무언가를 얻어내기 위해
혼신의 힘을 쏟는 중이다. 그런데 그게 생각보다 간단한 문제가 아
니었다는 걸 이제야 깨닫는 중이다. 시간이 갈수록 놈은 꼬리가 잡
혀 자신의 은거지가 들통나지나 않을지 걱정이 태산이다. 설상가
상 표적은 꿈적도 하지 않는다.

"미안하지만 나는 너에게 돈을 줄 수 없어. 돈이 없어서가 아니

야. 너에게 돈을 주어야 할 이유를 알 수가 없어서야. 돈이란 모름 지기 그렇게 쓰라고 있는 물건이 아니거든."

그는 버텼다. 이곳에 감금된 첫날, 놈의 목적이 살인이 아니라 돈 이라는 걸 어렴풋 눈치챈 뒤로는, 그는 더욱 버틸 수 있을 때까지 버틸 생각이었다. 그렇게 놈을 자극해 놈의 혀를 풀고 도대체 무슨 이유로 이렇게 대범한 짓을 스스럼없이 저지르고 있는 것인지 실 토하게 하고 싶었다. 다행히 놈의 화는 서서히 달아올랐고, 한동안 놈은 자신이 생포한 표적 앞에서도 초초함을 감추지 못했다. 그러 니까 이런 말도 할 수 있는 것이었겠지. 아무리 생각해도 어린놈의 자식이 두 해 전 벌써 사십을 넘긴 어른에게 말이다.

"아저씨, 고집 피우지 않는 게 좋을 거야. 시간을 끌어봐야 좋을 게 없을 테니까. 미리 말해두지만 난 겁이 없는 편이거든. 아무도 모르게 그냥 확……."

말을 멈춘 청년의 입에서 새어 나온 말보로 냄새가 그를 자극했 다.

냉정한 놈 같으니라고. 영화에서처럼 담배라도 한 개비 건네주었 으면 좋으련만.

다시 눈이 가려지는 바람에 아무것도 볼 수 없었지만, 그 순간 녀석이 그의 목을 따는 시늉을 하고 있었을 거라는 건 어렵지 않게 상상할 수 있었다. 하지만 그건 그저 시늉이었을 뿐 정말로 그를 죽 일 생각이라면 총을 쏠 가능성이 농후했다. 그것이 이 나라 사람들 의 일반적인 살인 방식이라는 건 그도 알고 놈도 알고 있었다. 모든 게 쉬웠다. 총은 물론 돈으로 총을 사는 사람도 흔했고 그렇게 산

총으로 사람을 죽이는 사람도 흔했고 돈만 주면 사람을 죽여주겠다는 사람도 흔했다. 그리하여 총으로 사람을 죽인 사람도 총을 맞아 어이없게 죽은 사람도 영원한 비밀로 땅속에 묻힐 수 있는 나라. 필리핀은 그런 나라였다.

하지만 왜. 도대체 왜 날!

의문이 드는 순간 어김없이 떠오르는 건 에일리였고. 그는 마치 그녀가 옆에 있기라도 한 듯 고개를 내밀어 코를 킁킁댄다. 이어지는 달콤한 상상 속에서 그의 입술은 어느새 그녀의 귓불에 닿아 있다. 종횡무진 시간을 오가던 그의 기억은 다시 그녀를 처음 만나던 노래방으로 내달린다.

"삼파귀타 목걸이를 한 걸 보니 애인이 있나 보네."

살짝 얼굴을 붉힌 그녀가 그를 돌아보았다. 당신이 그런 건 알아서 뭘 하게? 취기 속에서도 그는 그녀의 얼굴에 번진 의아함을 알아볼 수 있었다. 하지만 그 순간 그 또한 의아하긴 마찬가지였다. 별생각 없이 중얼거린 말에 그녀가 그토록 예민한 반응을 보이리라곤 미처 생각하지 못한 탓이었다. 파트너가 된 뒤로 한동안 아무 말 없이 술만 따라주던 그녀가 말이다. 그래서 그는 농담처럼 물었다.

"그 나이에 애인이 있는 게 어때서 그래. 없는 게 오히려 이상한 거지. 결혼할 사이야?"

그러자 그녀는, 그의 질문에 뭔가 큰 잘못이 있다는 걸 일깨워주려는 듯 뜨악한 표정으로 대답했다.

"왜요. 그러면 이런 곳에 나오면 안 되나요?"

그는 깜짝 놀라 고개를 가로저었다.

에일리에겐 아무 잘못이 없다

"아니, 그런 뜻은 아니야. 그냥 궁금해서."

하고 그가 머뭇거리자 에일리가 혼잣말처럼 중얼거렸다.

"내가 아니라 엄마의 애인이 엄마에게 준 거였죠. 엄마는 정말
이 꽃을 좋아했거든요."

"아아 ……."

그때서야 그는 고개를 끄덕이며 붉어진 얼굴을 쓰다듬었다. 삼
파귀타를 좋아하는 여자들이야 이 나라에서 웃통을 벗고 다니는
남자들만큼 흔했으니까. 언제나 사랑이 고픈 남자들은 여자들이
자신이 바친 삼파귀타 꽃목걸이를 목에 걸면 그 사랑을 받아들인
다는 의미로 받아들였다. 그러나 그건 대부분 생화를 사용해 이루
어지는 의식이었고, 에일리 엄마의 경우처럼 목걸이를 만들어 선물
하는 경우는 드문 일이었다. 아무려나 자신이 받은 사랑의 징표를
딸에게 주는 엄마의 마음은 또 어떤 것일까. 그가 그런 생각을 하
며 고개를 갸웃거리고 있을 때, 불안하게 손가락을 만지작거리고
있던 에일리의 눈이 우울하게 빛났다. 그러더니 불현듯 이렇게 묻
는 것이었다.

"혹시 나랑, 나가길 원해요?"

"응?"

갑작스러운 그녀의 질문에 그의 얼굴이 또다시 붉어졌다.

"나가길 원하느냐고, 어딜?"

동그랗게 눈을 떠 보이긴 했으나 사실 그는 에일리의 질문이 의
미하는 바가 무엇인지 모르지 않았다. 다만 내키지 않았을 뿐이다.
그 나이에 그가 유독 도덕적인 사람이어서도 아니었고 에일리가 매

력적이지 않아서도 아니었다. 굳이 이유를 말하자면 그녀의 목걸이에 박힌 삼파귀타 꽃 때문이었지만 그는 그녀에게 그 이유를 설명할 수 없어 애가 탔다.

"내가 싫은가 보군요. 그렇죠?"

라고 묻고, 지그시 웃음을 삼킨 에일리의 얼굴이 기묘하게 일그러졌다. 그때 왜 갑자기 그의 마음이 아파왔던 것인지는 알 수 없는 일이다. 분명한 건 그 순간 물기 어린 에일리의 푸념에 반응하지 않았다면, 그래서 그날 밤 그가 에일리를 데리고 호텔에 가지 않았다면, 거기서 삼파귀타를 '기다리는 꽃'이라 부르는 어떤 여인에 관한 얘기를 듣지 않았다면, 그가 지금 여기 묶여 있지 않았을지도 모른다는 사실이었다.

대체 언제부터 에일리는 나를 알고 있었던 것일까. 이 모든 것이 단순한 우연일까. 그는 인상을 찌푸리고 입술을 깨문다. 아니야. 분명히 뭔가를 말하고 싶어 하는 얼굴이었어. 어쩌면 그가 그녀를 지목하기 훨씬 전부터. 그런데 무엇을?

그는 생각을 거듭한다. 사연이 무엇이든 술집에서 일하는 아가씨야 널려 있고 그런 아가씨들을 끼고 히히덕거리는 남자들도 널려 있다. 게다가 그날 밤 그가 일행을 데리고 그 노래방에 간 건 처음이 아니었다. 이 방 저 방을 오가며 남자들을 접대하던 아가씨들 중에 한두 명, 아니 대여섯 명은 그를 알아볼 수도 있다. 그가 가끔 한 무리의 손님들을 데리고 그 노래방을 다녀간다는 사실을. 그때마다 꽤 많은 양의 술을 마시고 꽤 많은 돈을 지불하며 손님들의 비위를 맞추기 위해 애를 쓴다는 것을.

에일리에겐 아무 잘못이 없다

에일리라고 예외일 리는 없을 것이다. 대부분 영악한 아가씨들이 그렇듯 그날 밤 그녀 또한 그의 눈에 들기 위해 모종의 신호를 보냈을 수도 있다. 파트너가 되고 함께 술을 마시고, 대개 뒤끝이 안 좋은 여자관계가 흔히 그렇듯 잠자리에서 돈을 흥정하고. 그러니까 애초에 그의 시야에 들어온 삼파귀타 목걸이 따윈 관심을 두지 말았어야 했다는 얘기였지만 사실은 어떠했던가. 좀처럼 그런 짓을 하지 않던 그가 그날따라 여자를(에일리) 데리고 호텔에 간 걸 어떻게 설명해야 할까. 그 순간 그는 대체 무슨 생각을 하고 있었던 것일까.

나중에 떠오른 생각이지만 어쩌면 놈을 처음 만난 곳도 그 호텔인 것만 같았다. 주차장. 그래, 지하주차장이었어. 박쥐처럼 벽에 달라붙어 놈은 나와 에일리를 지켜보고 있었던 게 틀림없어. 그러니까 그렇게 줄행랑을 쳤던 거겠지. 뭔가 수상한 낌새를 눈치챈 가드가 한 손으로 권총을 만지작거리며 벽 쪽으로 다가갔을 때 말이야.

날아갈 듯 비상구 계단으로 사라지는 놈의 몸은 보통 사람보다 날렵했다. 별일이 아니라 생각한 그가 차에서 내려 에일리의 어깨를 감싸 안고 엘리베이터 앞에 서자, 머쓱해진 표정의 가드가 다가오며 어깨를 으쓱해 보였다. 놈을 잡지 못해 미안하다는 뜻인지 자기로선 최선을 다했다는 뜻인지 알 수 없는 얼굴이었다.

추측컨대 놈은 아마 그 뒤로도 몇 번 그와 에일리의 만남을 지켜보고 있었을 것이다. 그리고 틈틈이 기회를 노렸을 것이다. 그러다 기어이 기회를 잡은 것일지도 모른다. 이미 놈도 시인하지 않았던가. 난 널 알아, 리틀 박, 널 안다구. 그런데도 끈기 있게 기다렸다가 팔라완까지 따라와서 그를 납치한 걸 보면 그보다 먼저 놈은 알고 있었던 것이다. 그가 결국에는 이곳 팔라완행 비행기를 타게 될 것이라는 사실을.

그렇다면 너는 대체 누구인가?

두서없이 떠오르는 의문들이 서로 꼬리를 물며 뒤엉켜갈 즈음이었다.

닫힌 문 저쪽에서 두 사람의 그림자가 어른거리기 시작한다.

햇빛을 이고 길게 뻗은 한 놈의 그림자는 놈이었고, 또 하나의 그림자는 누구인지 알 수 없다. 체구가 좀더 작고 몸집이 있어 보인다는 것을 빼곤 좀처럼 알아보기 힘든 실루엣이다. 누구일까. 다급한 마음에 고개를 내밀어보지만 몸이 묶인 상태에서 그가 할 수 있는 일은 많지 않다. 할 수 없이 그는 앉아서 두 개의 검은 그림자들이 얽히고설켜 산이 되었다가 평행선처럼 멀어지는 모습을 지켜본다. 낡은 회벽에 비치는 두 그림자의 움직임은 흡사 한 편의 흑백 무성영화를 연상시킨다. 그는 문득 졸음이 몰려오는 것 같았지만 이윽고 들려오는, 흑백의 스크린을 찢고 터져 나오는 놈의 목소리에 깜짝 놀란다.

"빌어먹을, 준! 너도 알고 있잖아. 그년이 보물을 문 것이라는 걸."

지루하게 그림자를 쫓던 그의 눈이 크게 벌어졌던 건 바로 그 순간이다.

준, 이라고?

그날 밤, 에일리의 혀끝에서 한없이 다정한 느낌으로 불리던 바로 그, 준?

그의 머릿속이 다시 바빠지기 시작한다. 입술이 타는 듯한 끔찍한 더위 속에 문득 되살아나기 시작한 그녀의 물기 어린 목소리 때문이다.

……준으로 말하자면 그때 펍의 단골이었던 틴의 동생으로, 언젠가 틴이 예고도 없이 찾아와…….

*

가만히 앉아만 있는데도 배가 고프다. 시니강이라도 좀 먹을 수 있다면 좋으련만. 마약처럼 그의 미각을 끌어당기던 타마린의 신맛, 그 감칠맛에 잠깐 혀끝을 적셔볼 수만 있어도 좋으련만. 평소 임과 즐겨 먹던 음식들이 머릿속에 떠오르자마자 무엇이든 입에 들어오는 것이라면 가루를 내버릴 것만 같은 맹렬한 허기가 느껴진다.

그는 혀 밑에 고인 마른침을 짜내 삼킨 뒤 질끈 이를 앙다문다. 이러다 정말 죽으면 어떻게 되는 거지? 한국으론 영영 돌아갈 수 없게 되는 건가? 묶인 채로 며칠이 지나다 보니 머릿속에 떠오르는 건 온통 우울한 상상들뿐이다.

아니야, 그럴 순 없어. 영문도 모른 채 여기서 이렇게 죽을 순 없고말고.

오늘따라 기분이 안 좋은지 놈은 겨우 물병 하나를 무릎에 던져주고 코빼기도 비치지 않는다. 그는 무릎 위에 가지런히 묶인 양손을 움직여 물통의 뚜껑을 연 뒤 허겁지겁 입으로 가져간다. 급한 나머지 입안으로 쏟아부은 물의 절반가량이 턱 아래로 흘러넘친다. 그나마 목구멍을 통과한 물들은 말라붙은 식도를 찌를 듯이 파고든다. 목이 찢어질 것만 같은 통증이 느껴진다. 반사적으로 상체를 웅크린 그는 인상을 찌푸리며 깊은 한숨을 토해낸다.

에일리, 이제 그만 나타나.

절박한 한숨은 어느덧 헛된 바람이 되어 공기 중으로 흩어진다. 그는 숨을 들이쉰다. 가슴은 오히려 답답해져 온다. 그는 또 다른 한숨을 내뱉는다.

나와 얘기해. 넌 나에게 아직 할 말이 남아 있어. 그런데 왜 이런 짓을.

하지만 아무리 깊은 한숨을 내뱉어보아도 질문에 대답해줄 사람은 없고, 그는 완벽히 혼자다. 불빛도 기척도 없다. 지평선으로 넘어가는 열대의 태양이 마지막 몸부림을 치듯 낮게 깔린 구름 속으로 사라진다. 조용하고 적막하면서도 안심이 되지 않는 분위기다.

빌어먹을. 왜 이렇게 조용한 거야? 나와. 나와서 원하는 걸 말해. 누구든. 뭐든!

그는 마음속으로 소리쳐보지만 고요함만 깊어질 뿐이다.

그는 멀어지려는 기억을 향해 팔을 뻗는다. 하지만 그럴 때마다 한 걸음씩 그의 손에 잡혔다고 생각한 기억들은 뒤로 물러난다. 심심해서 속 썩이기 좋아하는 얄미운 애인과 같은 얼굴을 하고서. 하지만 그는 기억해야 한다고 생각한다. 허공에 떠도는 그 기억의 파편들을 연결해 하나의 그럴싸한 얘기를 완성해야 한다고 생각한다. 비록 그것이 불완전한 기억으로 지어진 거짓말 같은 얘기라 할지라도. 지긋한 인내심을 품고 시간을 되살리려는 그의 머리 위로 두터운 어둠이 내려앉는 중이다. 꽉 잠긴 문 밖에서는 아직 아무런 기척이 들리지 않는다.

되돌려진 기억 속에서 에일리는 노래를 부르고 있다.

'나를 잊지 마요. 그댄 나의 베이비. 잊고 싶지 않은 너의 그 느낌, 너의 눈빛.'

혹시 나랑 나가길 원해요? 라고 묻고, 내가 싫은가 보군요. 그렇죠? 하고 다시 물은 뒤 삼십 분쯤 지난 시간이었다. 시끄러운 음악 속에 에일리를 에워싼 일행은 취기에 녹아버린 몸을 흔들며 탬버린을 치고 있었다. 일을 하러 온 것인지 술을 마시러 온 것인지 알 길 없는 그 손님들을 위해 그는 그날 자신이 운영하는 호텔의 VIP룸 몇 개를 비워두었고, 말끔히 청소도 시켜 놓았다. 노래방 밖에서 임이 대기시켜 놓은 징코가 하품을 참고 있을 테지만 파티는 끝날 기미를 보이지 않았다. 그는 잠시 미안한 기분을 느꼈다.

참을 수 없는 지루함을 느끼며 그는 탁자에 놓인 붉은 담뱃갑을 집어 들었다. 그런데 왜 이렇게 기분이 가라앉는 것일까. 우울한 상태가 끝없이 이어지던 그 순간까지도 노래와 춤은 끊임없이 계속되었다.

'다가와서 안아줘요. 그댄 나의 베이비, 잊고 싶지 않은 너의 그 느낌, 느낌.'

에일리는 정말 가수처럼 노래를 잘 불렀다. 문득 그는 춤을 춰보는 건 어떨까, 하고 생각했다. 저기 저 화려한 조명등 아래서 일행의 흥을 돋우는 아가씨들처럼 몸을 흔들며 그의 몸에 문신처럼 새겨져 있는 걱정들을 날려버리는 건 어떨까.

하지만 그는 그럴 수가 없었다. 그의 몸은 굳어 있었다. 몸뿐 아니라 정신도 마찬가지였다. 타지생활 14년 만에, 아니 어쩌면 한국을 떠나오기 훨씬 전부터 그가 지닌 모든 감정의 밑바닥이 하얗게 표백되어버린 것 같았다. 누구보다 아버지를 증오한 아들이 누구보다 아버지를 닮아가는 것처럼 세상의 부조리를 먼저 배우며 그도 점점 그런 세상의 일부가 되어버린 건 아니었는지. 그렇게 청춘을 낭비하고 중년에 이르는 동안(그저 소모하였기에 돌아보면 눈 깜짝할 사이로밖에 기억되지 않는 그 긴 시간 동안) 가끔은 되돌아가 잘못된 모든 것을 바로잡고 싶은 마음도 없지 않았을 터이나, 그가 아는 한 바로잡아지는 잘못이란 세상에 존재하지 않는다. 그 사실이 매번 그의 발목을 잡았다. 그는 움츠렸고, 움츠리지 않으려고 하였으나 결과적으로 그렇게 되어버렸고, 그래서 어쩔 수 없이 절망했다.

그는 거의 필터까지 타들어간 담배를 재떨이에 비벼 껐다. 그리고 새삼 부러운 시선으로 춤을 추고 있는 에일리를 몽롱한 시선으로 바라보며 생각에 잠겼다.

데려와 더 얘기를 나누어보면 어떨까.

그녀의 목에 걸린 삼파귀타 목걸이 따윈 잊고 그가 최근 지어올린 호텔이라든가 실현 가능성과는 아무런 상관 없는 미래의 계획들에 대해.

하지만 너무 노래를 잘 불러 인기가 많았던 그의 파트너는 그때 너무 많은 사람들에 둘러싸여 있었다. 눈부시게 아름다운 꽃봉오리를 중심으로 늙고 시든 이파리들이 흐느적거리는 형국이었다. 그는 속으로 중얼거렸다. 바람이라도 불어와 저 아무짝에도 쓸모없는 이파리들을 날려버리면 좋으련만. 희뿌연 연기 속에 인상을 찌푸린 그의 눈이 그녀의 실루엣을 더듬거릴 무렵 누군가의 손이 그녀의 엉덩이를 움켜쥐었다. 흠칫 놀라며 허리를 비틀던 에일리의 눈이 허공에서 그와 부딪쳤다. 그는 못 본 척 고개를 돌려버렸다.

지루한 향연을 견디는 동안 시간이 지나갔다. 그는 어느새 술을 마시고 있는 중이었다. 혼자서 조금씩 홀짝였다고 생각했는데 탁자 위엔 어느새 꽤 많은 양의 맥주캔이 찌그러져 있었다.

이런 적이 없었는데 별일이군.

하지만 그런 생각이 취기를 막아주는 것은 아니었다. 늘 그렇듯 알코올의 효능은 누구에게나 공평했고 그는 정직하게 그 효능 앞에 엎드렸다. 참을 수 없는 취기가 몰려왔다. 그는 탁자에 이마를 대고 아아, 하는 무의미한 소리를 반복적으로 지껄였다. 그러던 어느 순간이었는지 모르겠다. 귓가에 훅 따뜻한 입김이 번지는 것 같은 느낌이 들더니 곧이어 파인애플을 삼킨 듯 달착지근하면서 촉촉한 목소리가 그의 귀를 간지럽혔다.

"박…… 리틀 박?"

누구? 하고 게슴츠레 눈을 떠 보았지만 희뿌연 담배 연기 너머 꿈결 같은 목소리의 주인공이 누구인지 언뜻 분간이 되지 않았다. 여전한 취기 속에, 눈을 감고 고개를 몇 차례 흔들고 나서야 곁에 앉아 혼자 필센을 들이켜고 있는 에일리의 모습이 보였다. 순간 그는 자기도 모르게 "리틀 박이라고 부르지 마. 그냥 미스터 박이라고 해." 하고는 '웬일인지 너까지 그렇게 부르는 건 싫으니까.'라는 말을 목 안으로 삼켜 넣었다.

멋쩍은 정적 속에 고개를 돌리며 그는 점점 자신이 이상해지고 있다고 느꼈다. 하지만 속절없이 취기에 떠내려가는 자신을 멍하니 바라보고 있을 때쯤 다시 조금 전의 물기를 담은 음성이 들려왔다.

"미스터 박, 난 한국 남자가 싫어."

뜬금없이 한국 남자가 싫다니, 이건 또 무슨 소리일까. 그가 아무런 반응을 보이지 않자 에일리가 다시 한번 강조했다.

"나, 실은 한국 남자 싫다고."

밑도 끝도 없는 에일리의 고백에 그는 문득 자신이 미국이나 영국 남자였던가 생각해보았다. 하지만 그건 아무래도 우스꽝스러운 상상이었을 뿐, 그렇게 되길 단 한 번도 바란 적이 없다는 점에서 그는 머리카락이 검은 반도의 자식임이 분명했다. 한국 남자를 앞에 두고 한국 남자가 싫다고 말하는 에일리는 어떤가. 눈을 크게 다시 뜨고 에일리를 바라보던 그는 또 한번 깜짝 놀랐다. 다소곳이 그를 응시하는 그녀의 눈빛에서 왠지 모를 기시감이 느껴져서다. 한국 가수의 노래를 한국 여자들보다 잘 부른다는 것도 그렇고, 한국말을 할 때 억양이 자연스럽게 들린다는 것도 그렇고……, 이 나라에 온 뒤 그가 숱하게 보아온 아버지 없는 아이들처럼 그녀도, 혹시?

그는 한 차례 머리를 흔든 뒤 에일리 손에 든 맥주캔을 빼앗으며 말했다.

"나도 한국 여자가 싫어."

"왜?"

"네가 더 좋으니까."

그의 대꾸에 에일리의 기분이 좋아진 것 같지는 않았다. 하지만 웬일인지 그 말을 하는 순간 그의 얼굴은 소년처럼 붉어져 있었다. 이미 꽤 들이마신 알코올로도 꼭꼭 걸어 잠그지 못한 기억의 문 저편에서 수연의 하얀 얼굴이 언뜻언뜻 비치다 사라지고 있어서였는지 모른다. 그는 손을 뻗어 에일리의 귀를 만지작거렸다. 깜짝 놀라 몸을 뒤로 젖히던 에일리의 표정이 차갑게 일그러져 있었다.

그런데도 함께 호텔에 갈 생각을 했어, 에일리는. 내가 원하기도 전에 그녀가 먼저 내 팔을 붙잡았으니까.

그는 부지런히 생각을 이어간다.

어느새 술자리는 파장을 향해 달려가고 있었다. 때마침 쟁반을 들고 방으로 들어온 마담이 탁자 위의 술병과 재떨이를 치우기 시작했을 때 사람들의 시선은 일제히 그녀가 들고 온 디저트에 쏠렸다. 여자의 성기 모양으로 조각된 빨간 딸기 위에 커다란 원숭이 바나나를 올려놓고 그 위에 하얀 생크림방울을 흘려놓은 모습은 누가 봐도 힘차게 발기한 음경과 이제 막 절정에 오른 성교를 연상시켰기 때문이었다. 일행은 열광했다. 이제 그만 노래를 멈추고 호텔로 들어가야 할 시간이 다가온 것이다. 갑자기 정신을 차린 남자들이 분주히 자기 파트너를 안고 일어나던 그 어느 순간이었다. 엉거주춤 자리에서 일어나던 그의 팔 안으로 작고 가느다란 에일리의 손이 미끄러져 들어왔다.

"한 잔만 더 해요."

"응?"

깜짝 놀라 고개를 든 그의 눈앞으로 와자지껄한 박수 소리가 쏟아졌다.

"브라보! 좋은 밤."

제각각 여자들을 끼고 밴에 오르려던 일행이 그를 향해 손을 흔들었다. 그러면서 뭐가 좋은지 계속 웃고들 있었는데, 그는 그것이 의미하는 바가 뭔지 모르지 않았다. 그게 실은 나쁜 짓을 함께하는 사람들 사이에 생기는 이상한 유대감의 표현이라는 것을, 그러므로 저들의 저 조롱 같은 웃음에 반응하며 이 상황을 부끄러워할 이유가 전혀 없다는 것을 말이다. 하지만 그때 문득 다가온 임의 운전 기사가 어디로 모실까요, 선생님? 하고 물었을 때 그는 알 수 없는 부끄러움을 느껴야 했다.

"으응? 징코, 호텔로 가줘."

그가 슬그머니 얼버무리듯이 말하자 징코가 되물었다.

"아가씨도 함께요?"

순간 그는 의아한 표정으로 징코를 돌아봤다. 그의 기억에 징코가 뭔가를 되물었던 건 그때가 처음이었기 때문이다.

"미안해 징코, 뭐라고?"

그가 되묻자 이번에는 징코가 당황하며 얼버무리듯이 대답했다.

"아닙니다, 선생님."

웬일인지 그날따라 굼떠 보이던 징코가 운전석으로 들어간 뒤 차는 천천히 출발했다. 가끔씩 비포장도로가 나타나 돌부리에 바퀴가 걸린 느낌이 들었지만 베테랑 운전기사답게 징코는 그런 도로에서조차 차가 달리고 있다는 느낌을 주지 않았다.

음악 소리가 들렸던가. 모르겠다. 징코는 늘 차에서 음악을 듣곤

하였는데 왜 아무런 소리도 떠오르지 않는 건지. 잠이 들었던 걸까. 그것도 알 수 없다. 띄엄띄엄 떠오르는 어둠 속에서 그는 자기도 모르게 에일리의 손을 잡고 있었다.

세 사람은 약속이나 한 듯 아무런 말도 하지 않았다.

*

하얀 시트. 어린 여자. 아랫배의 흉터. 혼곤히 쏟아지던 잠.

불특정한 기억들이 무작위로 떠오른다.

새벽의 호텔. 조명을 받아 더욱 알록달록해진 야자나무의 커다란 이파리가 창문 뒤에서 흐느적거렸다.

그날 밤 태아처럼 몸을 웅크린 채 침대에 누워 있던 에일리는 그가 조용히 몸을 일으켜 샤워를 하고 나오자마자 기다렸다는 듯 냉장고에서 마실 것을 꺼내 왔다. 그는 시계를 힐끗 바라보았다가 오늘따라 하루가 몹시 길었다는 생각을 하며 말했다.

"피곤한데 이제 좀 쉴까? 이상하게 들릴지 모르겠지만 그냥 여기서 편히 한숨 자고 가도 돼. 오늘 너무……."

수고했어, 라고 그가 막 말을 마무리하려던 순간이었다. 에일리가 대뜸 이 꽃, 삼파귀타 말이에요. 좋아해요? 하고 그를 바라보지 않은 채로 물었다.

"글쎄, 그거야 뭐, 워낙 자주 봐서."

그는 얼버무렸다. 왠지 그래야 할 것 같다는 생각이 들어서였는데 사실 그도 자신이 왜 그래야 한다고 생각하는지 알 수가 없었다. 그러고 보니 노래방에서부터 그녀에 대해 가졌던 자신의 별난 관심이 그 꽃목걸이 때문이었다는 데 생각이 미치자 다시금 슬그머니 우울한 기분이 몰려들었다. 그는 속으로 중얼거렸다.

삼파귀타를 좋아하느냐고? 글쎄, 굳이 말하자면 그렇기도 하고 아니기도 하지. 실패한 사랑의 경험을 가진 사람이라면 모두 마찬가지일 거야. 환희의 순간 서로 나누었던 사랑의 약속이라는 게 얼마나 허무한 제스처에 불과한지 모를 사람은 없을 테니까. 바보처럼 해가 뜨고 저녁이 다가오듯 언젠가 꽃이 시드는 날을 기다릴 필요도 없어. 이틀이나 사흘도 아니고 하루 만에 시들어버리는 삼파귀타야 제 스스로 더 잘 알고 있겠지. 자신의 화려한 만발이 곧 시작이고 끝이라는 걸. 내게 그건 너한테 설명할 수 없는 얘기이며 아무리 노력해도 다시 되돌릴 수 없는 잃어버린 시간을 의미해. 이 세상에 분명히 존재했지만 기억할 수 없는 시간. 누구에게도 명쾌히 설명할 수 없는 시간. 그 무거운 시간에 대해 내가 왜 너에게 털어놓아야 하지?

입속에 고이는 가시 같은 문장들 때문이었는지, 자신이 속으로 중얼거린 말들의 무게 때문이었는지, 이미 충분히 마신 상태였지만 그는 자기도 모르게 탁자에 놓인 캔맥주를 집어 들고 홀짝이기 시작했다.

"그렇구나. 난 또, 삼파귀타에 대해 특별한 기억이라도 있나 했지요."

"특별한 기억?"

그가 눈빛을 반짝이자 에일리는 살짝 미소를 머금은 얼굴로 말을 이었다. 젊고 아름다운 얼굴에 분명 매혹적으로 느껴지는 미소였지만 어쩐지 잔인한 기분이 들어 그는 자기도 모르게 긴장했다.

"내가 아는 어떤 여자처럼요. 삼파귀타를 '기다리는 꽃'이라 부르던 여자예요."

그가 그건 또 무슨 뜻이냐고 묻자 에일리가 대답했다.

"환하게 피어났다가 금세 꽃잎을 아래로 축 늘어뜨린 모습이 꼭 뭔가를 기다리다 지쳐버린 사람 같아 보인다고."

그는 계속 술을 마시고 있었다. 어느덧 한국말 대신 영어를 사용하고 있던 에일리는 더 이상 서툰 언어로 손님을 유혹하는 접대부가 아니었고 어딘지 알 수 없는 슬픈 눈빛으로 상대방의 마음을 훔치려드는 헤픈 아가씨도 아니었다. 적어도 그 순간 그의 눈에 비친 에일리는 화장기를 벗고 맨얼굴을 드러낸 채 본래의 자신인 듯 자연스럽고 자신감에 차 있었다.

"원래는 인도가 원산지였대요. 언제쯤 이곳으로 이식되어 자란 것인지 정확한 시기는 몰라요. 17세기쯤 히말라야에서 들여왔다고 알려져 있지만 그것도 정확한 건 아니죠. 1년 내내 만개하는 데다 모양이 아름다워 사람들은 삼파귀타를 '꽃의 여왕'이라 부르기도 하고, 당신이 짐작했듯 사랑의 맹세를 할 때 이 꽃을 바치기도 해요. 그 여자에게도 물론 이 꽃은 사랑의 맹세를 의미했을 테지만."

잠시 말을 멈춘 에일리가 그의 얼굴을 바라보았다. 이상하게 어딘지 항의가 담긴 눈빛이었다. 나아가 상대방으로 하여금 이유도 없이 미안함을 느끼게 만드는 눈빛이기도 했다. 아마 그래서였을 것이다. 그는 자기도 모르게 이렇게 묻고 말았다.

"그러니까 네 말은 그 사랑의 맹세가 깨졌다는 뜻인가?"

순간 그의 질문이 너무도 우스워 참을 수 없다는 듯 에일리는 크게 웃음을 터트렸다.

"그럼 지켜졌을 거라고 생각해요?"

볼수록 당돌한 아가씨로군. 목구멍으로 불쑥 튀어나오려던 말을 누르며 그가 말했다.

"결국 깨졌단 얘기네. 안타깝게도."

"……."

"하긴 사랑의 맹세라는 게 그렇지. 지키기 위해 하는 약속이지만 그 안에는 어쩔 수 없이 지키지 못할지도 모른다는 불안이 숨어 있기 마련이니까. 그런 의미에서 사랑이든 뭐든 세상의 모든 약속은 불안의 다른 표현일지 모르지."

그때였다. 조용히 듣고만 있던 에일리가 불쑥 그의 말을 가로막으며 말했다.

"중요한 건 약속이 아니라 약속을 지키기 위한 노력이죠. 우리들이 알고 있는 삼파귀타의 전설처럼 어쩔 수 없는 경우가 아니라면 말이에요."

"무슨 뜻이지?"

"전쟁에 나가 전사한 애인을 기다리다 죽은 처녀의 무덤에서 자란 나무가 삼파귀타니까요. 그 꽃말이 '약속합니다'가 된 이유이기도 하고요. 그러니 약속을 아무렇지 않게 저버릴 수 있는 사람이 바칠 수 있는 꽃은 아니라는 뜻이에요."

그는 여전히 입을 다물고 있었다. 하지만 그렇게 꽉 잠긴 그의 입속으로 쉴 새 없이 더운 침이 고이고 있었다는 걸 에일리는 알 수 없었으리라. 어떤 상황에서든 어떤 이유로든 약속이라는 말을 들을 때면 자동으로 함께 떠오르는 수연의 얼굴과, 그해 감당하기 벅찼던 이별의 시간이 떠올랐기 때문이었다. 하지만 그건 어디까지나 그의 지극히 개인적인 경험이었을 뿐 에일리와는 전혀 상관없는 얘기였다. 그런데도 이 아가씨는 왜 지금 그에게 이런 말들을 늘어놓고 있는 걸까. 마치 그 여자와의 약속을 함부로 저버린 사람이 그 자신이기라도 한 것처럼.

침묵이 길어지고 있었다. 어둠 속의 야자나무를 비추던 새벽의 조명등이 꺼지고 그와 에일리의 머리를 비추던 실내등마저 희미해지고 있었다. 서로 불편한 침묵을 견디는 사이에 어느덧 아침이 밝아버린 것이다. 무수한 생각의 실마리들을 던져놓고 그에게 아무런 대답을 듣지 못한 에일리는 실망감을 감추지 못한 표정으로 소파에서 일어나 샌들을 찾아 신었다.

그때서야 정신을 차린 그는 황급히 에일리의 팔을 붙잡고 애원했다.

"잠깐만, 에일리. 좀 쉬고 나서 저녁에 차를 보낼 테니 다시 타고 와줘. 궁금한 게 있어. 몇 시쯤 보내면 될까?"

돌아보면 그때 고개를 돌려 그를 바라보던 에일리의 눈은 노을처럼 붉은 열대의 아침 해를 닮아 있었다. 얘기가 많아 보이는 눈. 우는 건지 웃는 건지 화를 내는 건지 종잡을 수 없는 눈. 수시로 방향을 바꾸는 열대의 바람처럼 변덕스럽고 불안해 보이는 눈. 그리하여 여전히 수없이 많은 의문을 느끼게 하는 눈.

하지만 이제 그는 알고 있다.

삼파귀타를 '기다리는 꽃'이라 부른 여자가 죽었다가 살아난 에일리의 손을 잡고 몇 날 며칠 눈물을 흘린 그녀였다는 걸.

그녀는 에일리의 엄마였고, 에일리는 그녀의 딸이었으며, 그는······.

그는 스스로 누구인지 알 수 없었다.

그것이 그가 이곳 팔라완으로 날아온 이유인 것만은 부정할 수 없는 사실이었다.

*

놈이 왔다. 그는 결국 돈을 주겠다고 한다.

"이유 같은 건 묻지 않지. 아무것도."

하지만 웬일인지 놈은 잔뜩 인상을 찌푸리고만 있다. 순간적으로 그는 뭔가 일이 잘못되었음을 깨닫는다. 놈이 그의 턱을 들어올리며 낮게 중얼거린다.

"나도 그걸 받고 조용히 사라지고 싶지만, 일이 꼬여버렸어."

그는 어리둥절한 표정으로 놈을 바라본다. 놈이 그의 시선을 맞받는다. 그러더니 갑자기 일어나 미친 사람처럼 소리를 지르기 시작한다.

"빌어먹을. 일이 꼬여버렸다고! 그게 무슨 뜻인지 알아? 엉?"

그럴 리가. 설사 안다고 한들 이렇게 사람을 묶어놓고 뭘 기대한단 말인가. 그는 완강히 입을 걸어 잠근다. 침묵이 흐르는 동안 어디선가 빗소리가 들려오는 듯하다. 한바탕 허공에 화풀이를 해댄 놈이 다시 한쪽 무릎을 꿇고 앉아 그의 턱을 들어올리며 일갈한다.

"그래, 돈. 내가 원한 건 사실 그것뿐이었지. 그러니까 처음부터 협조를 했어야지. 일이 이렇게 되기 전에. 시간을 끌지 말라고 경고했을 때 말이야. 조용히."

경찰이 알아차린 걸까? 분노에 찬 놈의 목소리를 한 귀로 흘리며 그는 머리를 굴려본다. 아니나 다를까, 그가 묻기 전에 놈이 먼저 실토를 한다.

"너희 집의 멍청한 가정부가 경찰에 신고를 해버렸거든. 이제 경찰이 내 존재를 알아내는 것은 시간문제야. 그러니 나는 어떻게 해야 할까. 빌어먹을! 응? 어떻게 하는 게 좋겠어?"

역시나 그런 문제였군. 그렇다면 더더욱 길게 생각해보고 말 것도 없는 일이었다. 그가 인생을 통해, 혹은 아버지를 통해 배운 대로 어떤 일을 수습하는 데 가장 확실한 방법은 오직 하나였으니까. 놈이 누구인지, 왜 이런 일을 꾸미게 되었는지 따위의 질문도 이제 와서는 무의미하게 느껴질 뿐이다. 그는 재빨리 대답한다.

"걱정 마. 아무 일 없었다고 말하지. 여기서 멈춰준다면 모든 일은 없었던 거야. 난 너를 본 적도 만난 적도 없어. 내 기억 속에서 이 일을 완전히 지워주겠다고. 이해돼? 그러니까 날 믿어."

놈은 뜻밖에도 입술을 비틀며 웃는다.

"글쎄, 널? 오랫동안 여기 사람들 등쳐먹고 부자가 된 널 믿으라고? 게다가 넌 한국인이야. 내가 아는 한 한국인들은 거짓말을 밥 먹듯이 하지."

"거짓말이 아니야. 그리고 미안하지만 난 아무도 등쳐먹지 않았어……."

순간 놈의 주먹이 먼저 그의 입술에 떨어진다. 한 방으로 성에 차지 않았는지 여전히 꽉 쥔 주먹으로 그의 머리를 겨냥하고 있다.

"닥쳐. 그 더러운 입 찢어버리기 전에. 그래봤자 넌 남의 나라에 와서 주인 행세를 하려드는 더러운 자본가일 뿐이야."

더러운 자본가라니. 그의 입이 저절로 다물어진다. 여기서 그런 말을 듣게 되리라곤 꿈에도 생각해본 적이 없었다.

"아무 말이 없는 걸 보니 그나마 양심이 있는 모양이지? 다행이 군. 혹시나 네 입에서 아니라는 말이 나왔다면 이것저것 생각할 필요 없이 당장 머리통을 날려버릴 생각이었거든. 눈치가 빠른 게 그래도 죽고 싶진 않은 모양이야."

대답을 하는 대신 그는 입가에 흘러내리는 피를 혀로 핥는다. 얼얼한 볼의 감각 때문인지 아무런 맛도 느껴지지 않는다. 하지만 이 순간 그는 놈에게 납치된 뒤로 가장 명료한 정신 상태였다. 더러운 자본가라는, 세상에서 가장 듣고 싶지 않은 말을 하필이면 놈에게 들은 탓이었을 것이다. 그는 처음으로 놈의 혀를 뽑아버리고 싶은 충동을 느꼈다. 가지런히 뒤로 묶인 손목의 혈관이 파르르 떨리는 게 느껴질 정도다. 하지만 침착하게, 그는 뛰는 신경을 억누르며 대답한다.

"한 가지는 알고 둘은 모르는 친구로군. 하지만 좋아. 네 착각을 존중하지. 대신 이 밧줄을 풀어. 돈을 주겠다잖아. 지금까지 일은 이쯤에서 묻어두겠다잖아. 네가 어떻게 사람들을 속이고 나를 이곳까지 데려왔든 아무것도 묻지 않지. 네가 정말 원하는 걸 얻고 싶다면 되도록 빨리 그렇게 하는 게 좋을 거야. 나도 더 이상 여기서 시간을 낭비하고 싶지 않거든."

그러자 놈은 커다란 웃음을 터트린 뒤 그의 이마를 손가락으로 쿡쿡 찍어 누르며 중얼거린다.

"밧줄을 풀라고. 그러니까 돈이나 먹고 빨리 떨어져라? 미안하지만 하나를 알고 둘은 모르는 사람은 내가 아니라 당신이야. 혹시라도 내가 당신의 전부를 달라고 하면 어쩔 건데? 응? 목숨 값으로 말이야. 판단이 빠른 건 좋은데 생각을 좀 하고 말씀을 하셔야지."

그가 대답한다.

"일부러 그렇게 비꼴 필요는 없을 텐데. 꼬인 친구로군. 대체 나에게 이러는 이유가 뭐지? 이제 설명해줄 때도 된 것 같은데."

'틴.'

그러나 그는 그 이름을 끝까지 내뱉지 않는다. 그 이름을 내뱉는 순간 놈과의 거리가 급격히 좁혀지는 것을 원치 않는다. 다시 말해 그는 정확히 이유는 설명할 수 없지만 놈과 에일리라는 이름을 공유하고 싶지 않았다. 그것뿐이다.

틴이 대답한다.

"그건 곤란해. 왜냐면 지금 갑자기 생각이 바뀌었거든. 내가 위험해진 만큼 너도 너의 전부를, 아니 그 이상을 걸어줘야겠다 이 말씀이야. 물론 이런 경우의 수를 미리 생각했던 건 아니야. 하지만 어차피 계획이란 지켜지기 어려운 경우가 많은 법이니까. 당신이 여기까지 날아와 하려고 했던 일이 나 때문에 틀어진 것처럼, 불청객들이 끼어들었으니 나도 내 계획을 수정해야겠지? 물론 그보다 먼저 널 잘 처리해야겠지만 나에게는 그럴 만한 이유가 있고 너희들은 당해도 싸. 특히 너희 한국인들은 미국 놈들보다 재수가 없거든. 왠지 알아?"

그는 오직 처리, 라는 놈의 말에 신경을 곤두세웠을 뿐 아무런 대답을 하지 않는다. 설마 놈이 드디어 그를 죽여 없애버리기로 결심을 한 건 아닐까.

"너무 뻔뻔하거든. 그런데도 자신들이 얼마나 뻔뻔한지 몰라."

놈이 잠시 말을 끊었다가 이어 붙인다.

"내가 아는 어떤 년들은 한국 남자를 사랑해 한국 남자의 아이를 낳았어. 하지만 그 남자와 결혼하게 되는 경우는 극히 드물지. 아이 아빠를 찾아 한국으로 가보기도 하지만 백이면 백 포기하고 돌아와. 아니 실은 그렇게 미친 척 가볼 필요도 없는 일이야. 애초에 그들은 자신들의 진짜 이름과 진짜 주소를 남기는 법이 없으니까. 한국말을 모르는 애인들에게 먼 훗날 찾아오라며 쌍욕이 쓰인 쪽지를 키스와 함께 건네주기도 하지. 제기랄. 아이들은 버려지거나 평생 아빠를 모르고 자라. 여기는 그런 아이들 천지야. 난 너희들이 여기 와서 왜 그런 짓을 하는지 알지. 배가 부르기 때문이야. 그래서 나는 부자들을 싫어해. 너 같은 한국인 부자는 더더욱 재수가 없다고. 잘살게 된 지 얼마나 됐다고 여기까지 와서 거들먹거리는 꼴이라니."

잠시 말을 멈춘 놈이 응? 너는 어때? 하는 표정으로 그를 노려본다. 그는 언뜻 그 표정의 의미를 알아차리지 못한다. 하지만 어떻게

든 정신을 차려야 한다고 생각한다. 무슨 말을 하고 싶은 건지 모르지만 지금 놈의 얼굴에 이글거리는 분노는 적어도 그의 것이 아니었기 때문이다. 하지만 이 상황에 그걸 따지는 건 무의미한 일이었다. 목적을 달성하고 곤란을 피하고 싶은 놈의 속셈을 만족시켜줄 수 있는 미끼가 필요했을 뿐이다. 그는 가까스로 입을 연다.

"보아하니 한국인에 대한 원한이 많은가 본데, 잘못 짚었어. 나는 적어도 네가 지금 머릿속에 떠올리는 수많은 한국인들과는 다른 사람이니까."

오호, 그래? 놈의 입꼬리가 슬며시 올라간다.

"설마 아무나 넘겨짚어서 무고한 사람을 해치는 게 너의 목적은 아닐 테지. 그러니 타협을 하자고. 다시 한번 말하지. 난 할 일이 있어. 너한테 다 설명할 순 없지만 아주 중요한 일이야. 그러니까 어서 나를 풀어주고 네가 원한 돈을 챙겨. 그리고 멀리 달아나. 이보다 더 좋은 조건이 있나?"

"또 그 소리!"

그의 멱살이 결국 놈의 손아귀에 들어간다.

"입을 다물어주시겠다? 아무 일 없었던 것처럼? 그것 참 재미있는 제안이긴 한데 어쩐지 찝찝하단 말이야. 널 믿을 수가 없거든."

"안타까운 일이군. 믿길 바랐건만."

탄식 같은 그의 중얼거림에 놈은 슬그머니 손을 풀고 한 걸음 뒤로 물러난다. 그리고 팔짱을 낀 채로 그의 얼굴을 뚫어지게 바라본다. 뭔가를 생각하는 것 같기도 하고 뭔가를 망설이는 것 같기도 하다. 대체 무슨 생각을 저렇게 골똘히 하는 것일까. 조용히 땅을 두드리고 있던 빗소리가 그들 사이의 침묵을 밀어내고 점점 크게 들려올 즈음, 놈이 그에게 가까이 몸을 숙이며 묻는다.

"그런데 아무래도 궁금해서 견딜 수가 없단 말이야. 넌 정말 아무것도 모르는 건가? 아니면 모르는 척 연기를 하고 있는 건가?"

어서 빨리 이 상황을 벗어나고 싶다는 조바심을 감추며 그는 되묻는다.

"난 도무지 네가 무슨 말을 하고 있는 것인지 알 수 없을 뿐이야."

"아니 아니 그런 대답 말고. 여기 있는 동안 생각이라는 걸 했다면 짐작 가는 게 아주 없진 않았을 텐데."

"......"

"좋아. 끝까지 모르는 척하고 싶은 거라면 맘대로 해. 입을 열고 닫는 거야 네 자유니까. 내가 널 어떻게 처리하든 그게 내 자유인 것처럼."

"......"

"그런데 신기하단 말이야. 모든 일을 아무것도 아닌 일로 만들어버리는 것. 있었던 일조차 없었던 일로 만들어버리는 것. 그게 너희 나라 사람들의 버릇인가 보지? 그래서 자기 누이도 못 알아본 건가?"

누이라는 말에 그는 그때서야 놈의 얼굴을 뚫어지게 바라본다.

"역시 그런 표정을 지을 줄 알았어. 하지만 난 알고 있지. 언제까지나 속이고 싶겠지만 당신이 여기서 리틀 박으로 불리는 이유도 그것 때문이라는 걸 말이야. 당신이 마닐라 박의 아들이기 때문에 리틀 박으로 불린다는 사실 또한. 하지만 기억해두는 게 좋을 거

에일리에겐 아무 잘못이 없다

야. 왕년의 마닐라 박은 이제 여기 없어. 그가 온 나라에 만들어 팔던 생필품이 좋아 입을 닫고 있을 사람은 더더욱 없고. 내가 널 어떻게 하든 아무도 관심이 없다 이 말씀이야."

왕년의 마닐라 박이라. 결국 그 얘기가 나오고야 마는 걸까. 그는 놈이 무슨 생각으로 그런 말을 했는지 알아들었지만 그걸 어떻게 반박해야 할지 알 수 없는 기분에 사로잡힌다. 다만 주위가 갑자기 어두워졌다고 느낀다. 침착하게 그를 노려보고 있는 놈의 눈빛이 주변의 빛을 모두 빨아들여버린 것처럼. 그래서다. 그래서였다. 그는 돌연 아까부터 입속에 맴도는 그 이름을 뱉어버린다.

"도대체 무슨 말을 하고 있는 거야, 틴?"

멈칫. 놈의 눈빛이 흔들렸다고 생각하는 순간 그는 내처 몰아붙인다.

"바보처럼 날 더 이상 속일 생각은 하지 않는 게 좋을 거야, 틴. 이렇게 된 이상 나도 어쩔 수가 없군. 내가 네 이름을 알고 있는 이상 어차피 네가 할 수 있는 선택은 하나뿐이야. 나를 죽이든가 나와 타협하든가. 혹시나 해서 내 생각을 다시 밝히자면 나는 아직 너에게 한 번 더 기회를 주고 싶어. 넌 아직 젊으니까. 그러니 결정해, 틴. 에일리한테 무슨 말을 들었는지 모르겠지만 이 일이 네 인생을 그르치게 할 수도 있다는 것쯤 알고 있겠지?"

설마 그가 자신의 이름을 알고 있을 것이라고는 생각해보지 못한 탓이었을까. 놈은 그때서야 조심스럽게 한 발짝 더 뒤로 물러난다. 아까처럼 팔짱을 끼고 다시 그의 얼굴을 뚫어지게 바라본다. 더이상 망설일 이유가 없겠다는 듯 뭔가를 결심한 것도 같고 아닌 것도 같다. 그러나 그게 무엇이든 당장에 실행에 옮기기는 어려울 것이다. 놈의 말대로 경찰이 움직이기 시작했다면 말이다. 더 완벽한 알리바이와 더 그럴싸한 이유와 아무런 흔적을 남기지 않고 달아나는 방법 같은 것들을 생각해내야 할 테니까. 그런데 그게 어디 쉬운 일인가. 아닌 척은 하고 있지만 어린놈의 배포가 아무렇지도 않게 사람을 죽일 만큼은 아닐지도 모른다는 데 그는 안도감을 느낀다.

하지만, 하지만 만약 아니라면?

오랫동안 그들은 눈싸움을 하듯 서로를 마주 보고 있다. 그 팽팽한 침묵 속으로 두 남자가 알고 있는 한 여자의 실루엣이 어른거리기까지 오랜 시간이 걸리지 않는다.

나한테도 고향이 있는데 여기서 꽤 먼 곳이에요.

두 번째 만남이 있던 저녁. 삼파귀타를 '기다리는 꽃'이라 부르는 여자가 팔라완에 살고 있다는 이야기를 들려주며 에일리는 차갑게 그를 쏘아보았다.

*

마닐라에서 한 시간 반 정도 비행기를 타고 가야 해요. 팔라완은. 남중국해를 사이에 두고 베트남을 마주 보고 있는 작은 섬이죠. 지도상으로만 보면 두 곳은 걸어서도 갈 수 있을 것처럼 가깝게 느껴지지만 누군가에게 남중국해는 태평양보다 넓고 광활한 심해나 다름없어요. 팔라완에서 그녀가 자주 가던 베트남 빌리지* 레스토랑의 이모는 그 바다를 동해east sea라고 불렀다고 해요. 그저 바라볼 수 있을 뿐 쉬이 건너갈 수 없다는 점에서 그녀는 자기 마음속에도 동해가 하나 있다고 말하곤 했어요.

자연이 아름다워 1년 내내 관광객들로 북적이는 편이지만 대부분 주민들은 가난하고 소박한 편이에요. 혹시 갈 기회가 있다면 당신도 보게 될 거예요. 시내를 벗어나 조금만 차를 타고 가다 보면 가는 바람에도 부서질 듯 구멍 난 판잣집들이 낭떠러지 끝에 매달려 있어요. 뜨거운 햇볕 아래 말라가는 얼룩진 빨래들을 달고. 거기에 그녀가 살고 있어요. 부르튼 맨발을 조리에 끼워 넣고 불안한 눈동자를 굴리는 새까만 아이들과 함께요.

내가 떠나올 때만 해도 배가 고파 손가락을 빠는 아이들이 열 명쯤 되었죠. 아마 지금은 더 늘었을 거예요. 그녀라면 충분히. 먹이는 것보다 중요한 건 함께 있는 거라고 굳게 믿는 여자였으니까. 마치 그것만으로 할 일을 다 했다는 듯 며칠을 함께 굶고서도 또 길을 잃은 아이들을 판잣집으로 데려오곤 했어요.

물론 그렇다고 그녀가 그 아이들을 굶겼다는 얘기는 아니에요. 그걸 직업이라고 할 수 있는지 모르겠지만 어쨌든 그녀에게도 나름 수입원이라고 할 만한 일이 있었으니까요. 팔라완을 찾는 사람이라면 누구나 알고 있는 지하강 입구에서 관광객들의 소지품을 맡아주고 배를 태워주는 일이었어요. 많진 않지만 가끔씩 불필요한

---

* Vietnam villige. 역사적으로 팔라완은 1975년 사이공 함락 후 나라를 떠나 부유하던 베트남 보트피플(boat people)들의 정착지가 되었던 곳으로, 당시 필리핀 정부는 이들의 팔라완 정착을 수년 동안 지원했다.

짐을 등에 지고 다니는 사람들이 있는 법이죠. 그녀는 그들의 짐을 받아주고, 그들이 식은땀을 흘리며 지하강을 무사히 빠져나올 때까지 차분히 기다려주었어요. 마치 기다리는 일만이 그녀가 할 수 있는 일의 전부인 듯 말이에요.

베네치아의 곤돌리에들은 노래 솜씨가 수준급이라죠. 지하강의 뱃사공들은 이야기꾼이에요. 다른 점이 있다면 그렇게 되기까지 대단한 훈련을 받거나 시험을 통과하지 않아도 된다는 점이죠. 지하강을 따라 작은 배를 저어 들어가면 들어갈수록 누구나 자기만의 얘기를 들려주고픈 충동을 느끼게 될 테니까요.

수백 년 전, 아니 수천 년 전 자연이 만들어놓은 길고 긴 석회암 동굴 속에는 이 세계의 모든 얘기들이라고 해도 될 만한 풍경들이 벽마다 그림처럼 아로새겨져 있어요. 어둡고 축축하고 고요하고 신비스러운 강과 함께.

이야기를 푸는 뱃사공의 손전등을 따라 이리저리 시선을 옮기다 보면 어느새 입을 벌리고 감탄을 금치 못하는 자신을 발견하게 될 거예요. 손전등에 드러나는 동굴의 벽화들이 곧 하나의 우주라는 걸 금방 깨닫게 될 테니까요. 아담과 이브는 물론 최후의 만찬을 즐기는 예수의 모습도 있어요. 고드름처럼 내려온 돌기둥에 매달려 묘기를 부리는 서커스 소년도 있고 하늘을 우러러 나신의 몸을 비틀고 선 미켈란젤로의 죽어가는 노예상도 있어요. 곧 날개를 펴고 사람들이 탄 작은 배를 뒤집어버릴 듯 이쪽을 노려보고 있는 독수리도 보이죠.

그래서일까요. 지하강 투어를 마치고 소지품을 찾으러 온 관광

에일리에겐 아무 잘못이 없다

객들의 얼굴엔 어떻게든 한 번의 인생을 보내고 새로운 인생을 꿈꾸는 자의 설렘과 안도감이 교차하는 것 같더라고, 그녀는 말했어요. 그리고 그때 그들의 얼굴을 바라보는 일이 즐겁다고 덧붙이는 그녀의 얼굴엔 이유를 알 수 없는 슬픔과 그리움들이 수없이 갈라진 주름을 만들어놓았죠. 그런데도 그녀는 선크림도 바르지 않았고 모자도 쓰지 않았어요.

내가 그녀의 주름에 아로새겨진 슬픔을 알아본 건 사춘기를 막 지날 무렵이에요. 평소 말이 없던 그녀가 머뭇머뭇 자신의 얘기를 들려주기 시작했어요. 마치 이제 막 가슴이 부풀고 사랑을 시작한 내가 궁금해하는 것이 많다는 걸 눈치챈 사람처럼. 그런데도 늘 뭔가를 망설이는 사람처럼 조심스러운 얼굴이었는데, 뜻밖에도 그녀가 들려주는 옛날얘기는 기대했던 것보다 훨씬 형편없는 얘기였어요. 너무나 형편이 없어서 그게 도무지 진짜일 것이라곤 믿을 수 없을 만큼…….

그때 마침 전화가 오는 바람에 에일리가 베란다로 나가 있는 동안 그의 마음속에 수많은 질문들이 떠올랐다. 하지만 그것들은 한 송이 장미를 에워싼 수십 개의 안개꽃처럼 흐드러진 이미지로 그의 정신을 혼돈스럽게 했을 뿐 어느 하나도 분명한 답을 보여주지 않았다. 그는 이마를 감싸 쥐고 소파에 둥글게 등을 말고 앉았다. 그러던 어느 순간이었는지 모르겠다. 잘 닫히지 않아 손가락 하나만큼 틈이 생긴 베란다 창문으로 간간이 격앙된 감정을 애써 억누르는 것 같은 에일리의 목소리가 들려왔다.

아니, 아직이야. 노. 이건 내 문제인걸. 그러니 제발, 따위의 밑도 끝도 없는 문장들.

누구랑 통화를 한 것인지 알 수 없었지만 그 순간 에일리가 그와 함께 있는 걸 탐탁잖게 생각한 누군가였을 거라고 그는 생각했다. 그는 조금 더 숨을 죽여보았고, 통화가 끝나고도 한참 베란다에 머물렀다 들어온 에일리는 대뜸 그에게 해변으로 피크닉을 가본 적이 있느냐고 물었다. 그는 무표정하게 고개를 저었다. 그러자 에일리는 잠시 그를 물끄러미 바라보다가, 그 해변으로 피크닉을 가서 몇 마디 나눈 게 그녀와의 마지막 대화였어요, 라는 아리송한 말을 했다. 돌아보면 얼음처럼 차가운 표정이긴 했으나 아직 무엇인가 따뜻한 기대 같은 것이 남아 있었다고 느껴지는 그때.

그는 자신도 알 수 없는 어떤 강렬한 호기심에 이끌려 묻지 않을 수 없었다.

"왜?"

"더 이상 그녀와 같이 살고 싶지 않았으니까."

"그러니까 왜?"

그가 재우쳐 묻자 에일리는 마치 남의 얘기를 전해주듯 덤덤한 목소리로 대답했다.

"바보같이, 양복을 입은 남자들이 찾아왔을 때도, 맞고만 있었어."

그는 인상을 찌푸렸다. 양복을 입은 남자는 뭐고 맞았다는 얘기는 또 뭔가. 혼잣말이면서 항의 같기도 한 그 말의 진의를 알기 위해 그가 다시 뭔가 물으려던 찰나, 에일리가 먼저 말을 이었다.

에일리에겐 아무 잘못이 없다

생각해보니 그 마지막이란 게 그녀와 처음 갔던 피크닉이었더군요. 남중국해의 바람이 하루 종일 해변의 야자수를 흔들고 있던 어느 날 오후였어요. 그녀와 내가 피크닉을 간 곳은 시프리라고 불리는 해변이었는데 그날따라 그녀는 야자 나뭇잎으로 만든 챙이 넓은 모자를 쓰고 있었죠. 베트남 말로 '논'이라 불리는 모자라고 하더군요. 그즈음 그녀가 힘들 때마다 찾아갔던 베트남 빌리지 레스토랑의 이모가 만들어준 모자였어요.

너도 한번 써보겠니? 하고 그녀가 물었지만 나는 고개를 가로저었어요. 필리핀 아이들은 모자를 좋아하지 않았으니까요. 어깨를 으쓱하며 그녀가 들어올린 피크닉 바구니에는 생수 두 통과 사과 한 개, 얇게 저민 꼬치고기가 들어 있었어요.

시프리 해변은 너무 외져서 팔라완 주민들도 잘 가지 않는 한적하고 인적이 드문 해변이에요. 우리는 야자수 그늘에 앉아 오랜만에 얘기를 나누었죠. 그때 나는 학교를 그만두고 시내의 한 펍에서 아르바이트를 하고 있었는데 그녀는 그 일이 내 적성에 맞는지, 즐거운지 궁금해했어요. 나는 그녀와 눈도 마주치지 않은 채 거의 모든 질문에 건성으로 대답했어요. 어떤 방식으로든 그녀에게 고통을 주고 싶었으니까요. 하지만 실제로 그녀가 내 말에 상처를 받았는지 안 받았는지는 그때 그녀의 표정으론 알 수가 없었죠. 한참 뒤, 그녀가 준을 따라갈 거니? 하고 무심코 물었을 때에야 나는 깜짝 놀란 표정으로 고개를 가로저었어.

준으로 말하자면 그때 펍의 단골이었던 틴의 동생으로, 언젠가 틴이 예고도 없이 찾아와 "제 동생 준이 에일리를 좋아합니다. 어머니만 허락해주신다면 에일리를 데려가 공부를 마치게 한 다음 성인이 되면 준과 결혼시켜 평생 뒤를 봐주고 싶습니다." 하는 바람에 그녀가 알게 된 조그만 남자아이였죠.

나보다 두 살 위였고 고등학교를 다닐 나이인데 무슨 이유에서인지 고향을 떠나 형을 따라다니고 있었어요. 딱히 집이라고 할 만한 거처가 없어 우리 집에서도 여러 번 신세를 진 적 있었는데 그때마다 그녀의 차분한 냉대를 견뎌야 했어요. 왜냐하면 틴은 그 시절, 그녀에게 했던 장담과는 달리 이렇다 할 직업도 없이 불량스러운 패거리와 어울려 다닐 뿐이었으니까요. 거칠고 야만스러운 데다 시비가 잦아 온몸이 늘 상처투성이였죠.

그에 비해 준은 착하고 성실한 아이였어요. 무슨 일이든 마다하지 않고 열심히 해내는 성격이라 곧잘 사람들의 신임을 얻었지만, 학교도 제대로 나오지 않은 아이가 할 수 있는 일은 그렇게 많지 않았어요. 하지만 나는 준을 사랑했고 준도 나를 사랑하고 있었어요. 그게 진심이라는 걸 그녀도 알고 있었겠지만.

어색한 침묵이 흐른 뒤 그녀가 말하더군요.

"너는 내 첫 아이야. 누가 뭐래도 그것만은 분명한 사실이란다. 이제 너도 많은 걸 알게 되었지만 한때는, 그래 한때는 모든 게 무의미하다는 생각이 들기도 했어. 사랑을 잃고 모든 것을 잃은 것만 같았던 그때, 다시는 삼파귀타를 팔지 않겠다는 생각이 들었을 만큼. 그때만 해도 팔라완은 잘 알려지지 않은 섬에 불과해서 일자리도 많지 않았단다. 배가 고파 바나나를 훔치고 그 일로 교도소까지 가게 되었을 때만 해도 나는 내가 세상 어디에도 없는 존재라는 생각을 하고 있었지. 그래서인지 그때처럼 죽음을 가까이 느꼈던 때도 없었단다. 어떻게 되든 상관없는 기분이었어. 하지만 에일리, 그건 어디까지나 네가 태어나고 내가 그런 널 온 마음으로 사랑하게 되기 전까지의 일이었을 뿐이야. 정말이란다. 거짓말처럼 네가 내 곁에 존재한다는 것을 깨닫게 된 뒤 나는 잃어버렸던 모든 것을 다시 찾은 기분이었단다."

그녀가 혼자 중얼거리는 동안 나는 푸른 바다를 바라보며 만지작거리고 있던 사과 한 알을 입으로 가져갔어요. 누군가의 형편없는 옛얘기처럼 시고 뭉클한 맛이 혀끝으로 전해졌지만 그때 이미 내 마음은 차갑게 굳어져 있었죠. 그녀가 마저 말을 이었어요.

"그래서 나는 내 방식으로 너를 사랑한다. 그게 진심이란다. 가난할 때는 가난하게 사랑하고, 아주 사소한 일로 기쁨을 느낄 때는 또 기쁘게 너를 사랑한다. 하지만 충분하지 않다는 걸 알아. 그래서 네 결정을 존중할 생각이야. 열일곱이면 이제 너도 알 만한 것을 다 알 나이니까. 다만 어디를 가든 네가 여기를 언젠가 돌아올 곳으로 기억해주길 바랄 뿐이다."

준을 따라갈 거니? 하는 물음에 고개를 저었는데도 그녀가 그렇게 말했던 건 예감이었을까요, 아니면 직감이었을까요? 몇 달 뒤, 나는 정말 준을 따라 팔라완보다 더 외떨어진 남부의 섬 민다나오로 갔어요. 그리고 지금까지 한 번도 그녀를 만나러 가지 않았어요. 그녀를 싫어했느냐고요? 천만에요. 나도 그녀를 사랑했어요. 단지 조금 벌을 주고 싶다는 기분이 들었을 뿐 그녀가 없다면 나 또한 이 세상을 살아야 할 이유가 없다고 생각할 정도로. 그런데도 왜 그랬느냐고요? 내가 살아 있는 동안 그녀가 언제까지나 거기에 있으리라는 걸 알고 있었기 때문이에요. 그날, 베트남 이모가 준 논을 쓰고 망망한 바다를 바라보고 있던 그녀의 얼굴에 그렇게 쓰여 있었으니까.

그런데 이상하죠. 요즘엔 정말이지 그녀가 몹시 보고 싶어요. 내가 생애 첫울음을 터트렸던 그곳이 어쩌면 내 마지막 울음을 쏟아버려야 할 곳이라는 생각이 들어서인지도 모르겠어요. 나는 종종 그녀를 떠올리고 그래도 내게 돌아갈 곳이 하나 있다는 사실에 위안을 받곤 하죠. 신기한 건 그때마다 어김없이 그녀가 정성스레 키우던 꽃들이 한꺼번에 떠오른다는 거예요. 낭떠러지에 위태로이 매달린 판잣집을 부드럽게 감싸고 있던 저마다의 사연과 이름을 간직한 풀꽃들. 삼파귀타는 그중에서도 향이 깊고 그윽하여 특히 그녀의 사랑을 많이 받은 꽃이었죠. 사람들이 저마다 그 꽃가지를 꺾어 차에 걸어두고 싶어 했을 만큼.

자, 그러니 이제 말해볼까요? 이 긴 얘기를 들으며 당신에게도 뭔가 짚이는 게 있다면. 당신 생각에 그녀가 누구인 것 같은가요? 그녀의 마음속에 출렁이는 동해가 어디쯤에 있는 바다인지, 달이 뜨는 밤이면 그 바다는 어떤 색깔로 일렁이는지 당신은 내게 말해줄 수 있나요?

에일리에겐 아무 잘못이 없다

# 3

## 드문 어제

입맛이 없어 아침을 거르고 호텔을 빠져나왔다. 생각보다 울창한 망고나무 숲이 호텔 뒤편으로 끝없이 이어져 있었다. 빈속으로 한 시간쯤 걷고 나자 숙취와 피곤, 혼란에 짓눌려 있던 머리가 맑아졌다.

아무것도 하지 않는 것보다 뭐라도 하는 것이 낫겠지.

외출 준비를 위해 다시 호텔로 돌아오면서 나는 생각을 정리했다.

아버지의 기대와 달리 장은 이 일에 별 관심이 없다. 이유는 알 수 없지만 그건 사실이다. 그렇다면 결론은 하나였다. 내가 직접 발품을 팔아야 한다는 것. 앤디는 열심히 수사를 할 것이다. 나이를 먹으며 자연스럽게 얻은 게 있다면 처음 본 사람의 됨됨이를 파악하는 눈이었다. 제아무리 필리핀 경찰이 게으르다고 한들 왠지 그는 그럴 것 같다는 인상을 주었다. 어쩌면 지금쯤 벌써 에일리의 주변을 뒤져 뭐라도 도움이 될 만한 정보를 얻어냈을 수도 있다. 반대로 형의 주변을 뒤져 누군가로부터 원한 살 만한 일을 한 적은 없었는지, 왜 이런 일이 일어났는지를 설명해줄 수 있는 단서를 찾아냈을 수도 있다. 어찌 되었든 중요한 건 사라진 형을 최대한 빨리 찾아내야 한다는 것이었다. 형을 찾을 수 없다면 찾을 수 있는 단서라도 찾아야 했다.

그래도 혹시나, 장에게 전화를 걸었지만 받지 않았다.

나는 다시 앤디에게 전화를 걸었다. 앤디도 바쁜 모양이었다. 앤디의 부하인 것 같은 여경이 나의 이름과 신분을 재차 확인하고 에일리가 일했다는 노래방 위치를 말해주었다.

대낮이라 더 어두컴컴하게 느껴지는 실내에 들어서자마자 나는 질끈 눈을 감았다 떴다.

"아직 영업시간이 아닌데."

카운터에 앉아 화장을 고치고 있던 아가씨들 중 하나가 퉁명스럽게 말했다. 어느새 뚝 끊긴 음악. 대낮부터 이런 곳을 찾아온 낯선 남자가 한심하다는 표정들. 콤팩트를 들고 마스카라를 올리고 있던 아가씨들의 탐탁잖은 시선이 내 전신을 스캔하듯 훑어 내렸다.

"할로. 익스큐스 미. 벗……."

그때 고맙게도 선 채로 더듬거리고 있는 나를 힐끗 바라보던 마스카라가 물었다.

"미스터, 누굴 찾아왔어?"

나는 어린아이처럼 반가운 표정으로 고개를 끄덕였다. 그리고 짧게 에일리, 하고 읊조렸다. 거의 반 벌거벗은 차림에도 너무도 태연한 아가씨들 앞이라서인지 지은 죄도 없이 목소리가 기어들어갔다. 아니나 다를까, 마스카라 뒤에서 힐끗힐끗 시선을 던지던 아가씨들이 그런 나를 보며 쿡, 웃음을 터트렸다.

"에일리? 미안하지만 우린 그런 이름 몰라."

그럴 리가. 내가 입을 벌리고 놀란 표정을 짓자 아가씨들이 다시 한번 쿡쿡, 웃음을 터트렸다. 얼굴이 달아올랐다.

"정말?"

"진짜. 그런 아가씬 여기 없다니까. 미스터, 대신 우리가 한잔 줄까?"

미처 다 바르지 못한 마스카라 덕에 눈이 짝짝이 된 아가씨가 다가와 내 팔짱을 꼈을 때였다. 카운터 뒤 조잡한 무늬의 커튼이 젖혀지더니, 화장기로 무장한 얼굴에 짧은 핑크 탑을 걸친 나이 든 여자가 얼굴을 내밀고 나를 뚫어지게 바라보았다. 그리고 깜짝 놀란 표정으로 이렇게 묻는 것이었다.

"리틀 박?"

울긋불긋 진한 화장에 긴 머리를 틀어 올린 요란한 머리 스타일. 나름대로 관리를 한 티가 역력했지만 나이와 함께 늘어지는 피부와 주름은 속일 수 없는 법이다. 좋게 봐줘도 사십대 후반쯤일 여자가 한두 걸음 내 쪽으로 다가오며 고쳐 물었다.

"어머나 미안, 놀랐겠네. 하지만 너무 닮아서. 누굴 찾아온 거야?"

가까이 보니 거리를 두고 보았을 때보다 더 늙어 보이는 여자였다. 하지만 함부로 대할 수 없는, 이 바닥에서만의 관록 같은 게 풍기는 여자였는데 나는 한눈에 그녀가 이 노래방의 마담임을 알아보았다.

"에일리."

나는, 애프터서비스를 받기 위해 전화를 걸었다가 여러 명의 카운슬러에게 같은 증상을 되풀이해 설명하는 소비자가 된 심정으로, 그녀의 이름을 조심스럽게 발음했다. 그러자 가만히 나를 쏘아보던 마담이 뒤돌아서며 나에게 따라오라는 손짓을 했다. 그때서야 구세주를 만난 듯 재빨리 걸음을 옮기는 나를 보고 아가씨들은 또다시 웃음을 터트렸다.

뜻밖에도 마담을 따라 들어간 방은 둘이 앉기에 너무 큰 장소였다. 그 공간이 주는 황량함에 어리둥절해하는 나를 바라보며 마담이 어깨를 으쓱해 보였다.

"근래 단체 손님이 많아. 방이 모자랄 지경이라고."

나는 마담을 마주 보고 앉았다. 마담이 먼저 담배를 피워 물었다.

"한 가지 궁금한 게 있는데."

담배를 피우며 찬찬히 상대를 탐색하는 마담을 바라보며 내가 먼저 운을 뗐다.

"아까 왜 날 보고 리틀 박이라고 한 거지?"

"닮았잖아. 혹시 형제?"

내가 조심스럽게 고개를 끄덕이자, 마담은 그럴 줄 알았다는 듯 여유로운 미소를 지어 보였다. 이제 보니 눈썰미가 보통이 아닌 여

에일리에겐 아무 잘못이 없다

자였다. 십수 년이나 떨어져 지낸 형제의 닮은 점을 찾아냈으니 말이다. 하지만 한편으로 그건 믿을 수 없는 얘기이기도 했다. 오래 함께 산 부부가 닮아가는 것과 반대로 오래 떨어져 지낸 형제는 서로 다른 얼굴을 지녀야 하는 게 더 이치에 합당한 거였기 때문이다. 그런데도 닮았다니, 마담의 생각은 확고했다.

"놀랄 것 없어. 그냥 보면 알아. 게다가 당신, 에일리를 찾아왔잖아."

"그건 무슨 말?"

내가 눈을 동그랗게 뜨자 마담은 반 남은 담배를 비벼 끄며 자세를 고쳐 앉았다.

"십여 일 전쯤인가, 리틀 박도 당신처럼 이상한 얼굴을 하고 에일리를 찾아왔었지. 하지만 에일리는 그를 만나주지 않았어."

"왜?"

"몰라."

마담이 새 담배를 피워 물었다. 그런 거야 너희들 문제겠지, 하고 항변하는 표정이었다. 할 수 없이 나는 질문의 방향을 바꿔 보았다.

"리틀 박은 여기 자주 왔어? 에일리와는 어떻게, 언제부터 알고 지냈지? 지금 에일리는 어디 있는 거야?"

마담이 인상을 찌푸리며 고개를 흔들었다.

"한 가지씩 물어. 정신 없게스리. 하지만 형제라니 대답은 해주지. 어쨌거나 리틀 박은 우리 집 단골이고 나는 그를 좋아하니까. 그런 의미에서 지금 상황이 유감인 건 나도 마찬가지거든."

아가씨들이 저녁에 선보일 춤 연습을 하는 건지 문밖에서 커다란 음악 소리가 들려왔다. 하지만 나는 온 신경을 마담의 목소리에 집중한 채 숨을 죽였다.

"말했듯 리틀 박은 우리 집 단골이야. 그가 술을 마시러 오는 경우는 거의 없고 대부분 손님들을 데리고 왔지. 사업상 접대할 일이 많아선지 한국에서 오는 손님들도 제법 있었어."

한국에서 오는 손님. 내가 고개를 갸웃하자 마담이 설명했다.

"대부분 일을 핑계로 왔다가 골프를 치거나 낯선 곳에서 특별한 하룻밤을 기대하는 사내들이지. 아무 데서나 척척 지갑을 잘 여는 걸 보면 살 만한 사람들인 것 같은데 술버릇은 전혀 신사답지 못했어. 어쨌든 그들은 대개 다른 데서 이미 술을 마신 상태로 여기로 와. 보다시피 우리 가게엔 그들이 나이트클럽 같은 데서 침을 흘리며 바라보았던 스트립 걸보다 더 예쁜 아가씨들이 많이 있으니까. 나는 언제나 그들이 원하는 걸 줄 수 있었지. 단 한 사람을 제외하곤."

"그게 누군데?"

"리틀 박. 여기저기서 이런저런 손님들을 데려오긴 했지만 마지 못해 자리만 지키는 사람처럼 그는 거의 술을 마시지 않았거든. 여자도 물론."

이런 바보 천치가 있나. 누릴 수 있으면 누려야지. 나는 하마터면 그 말을 입밖으로 내뱉을 뻔했다. 마담이 말을 이었다.

"하지만 그날은 달랐어. 술도 마시고 아가씨도 골랐으니까. 그날 따라 같이 온 손님들이 짓궂긴 했지만 평소 내가 알던 리틀 박이 아니었어. 그러더니 파장 무렵엔 다른 사내들처럼 아가씨를 데리고 나가더군. 그게 에일리야."

"노련한 아가씨였나 보네. 평소 그렇게 금욕적인 남자를 유혹하다니."

마담은 굳은 표정으로 세차게 고개를 저었다.

"천만에. 에일리는 들어온 지 두 달밖에 안 된 풋내기 아가씨였어. 공부를 하고 싶은데 학비가 필요하다고 하도 간절히 사정하기에 일하게 해줬지. 나로서도 손해 볼 게 없어 보였으니까. 얼굴도 예쁜 데다 몸매도 좋고 노래도 잘하지 뭐 하나 빠진 데가 있어야지. 저 문 밖에 있는 애들하곤 달라도 한참 다른 묘한 매력을 풍기는 아가씨였다고나 할까. 몇 달 치 월급도 선불로 줬어. 그런데 이 사단이 났네. 찾는 손님도 많고 인기도 많았지만 결코 헤픈 아가씨는 아니었는데. 어제 아침 경찰서에 다녀온 뒤론 연락도 안 돼."

마담의 말에 이번에는 내 표정이 딱딱하게 굳어졌다.

"잠깐만, 연락이 안 된다고?"

"그래. 에일리가 출근을 안 해."

"왜?"

마담이 화난 얼굴로 나를 멀거니 쳐다보며 소리쳤다.

"젠장, 그걸 왜 나한테 물어? 궁금한 건 나라고!"

\*

필리핀 내 한인 사건만 전담한다는 코리안데스크팀은 현지 경찰국 건물의 거의 끄트머리에 자리하고 있었다. 콘크리트색 일색인

미로 같은 복도를 지나치다가 몇 번이나 길을 잃을 뻔했다. 어디서나 사건 사고는 끊이지 않는 것인지 끊임없이 전화벨이 울리고 고성이 오고 갔다. 한 가지 마음에 드는 게 있다면 들어온 지 몇 분이면 추위를 느낄 만큼 시원한 에어컨 바람이었다.

전화통을 붙들고 누군가에게 고함을 지르고 있던 앤디는, 나를 발견하자마자 눈짓으로 귀퉁이에 놓인 빈 의자를 가리켰다. 앉아서 잠시 기다리라는 뜻이었다. 그러고는 곧 고개를 돌린 채 통화를 마무리했는데, 마치 누군가 대화 내용을 엿듣기 원치 않는다는 듯 경계심이 잔뜩 묻어나는 몸짓이었다. 그러거나 말거나 그렇다는 눈치만 있었을 뿐 나는 앤디의 말을 한마디도 알아들을 수 없었다. 마치 나더러 들으라는 듯 영어가 아닌 따갈로어로 떠들어댔기 때문이다. 시끄럽고 빠르면서 일부러 혀를 굴려 소리를 내는 듯한 원시적인 언어였다.

잠시 후 수화기를 내려놓은 앤디가 내 앞으로 다가왔다. 뚱뚱한 몸에 꽉 낀 푸른 제복을 입고 있었지만 어쩔 수 없이 동네 아저씨 같은 인상을 풍기는 필리피노였다. 허름한 선술집에서 편하게 소주 한잔 기울이면 딱 좋을 친구 같은 인상이었다고나 할까. 그러나 아버지의 대리인으로서 어떤 틈도 주고 싶지 않았던 나는 기다렸다는 듯 오면서 준비한 말을 빠르게 내뱉었다.

"도대체 어떻게 된 겁니까? 사람을 붙여놓을 테니 걱정 말라면서요?"

앤디가 눈을 동그랗게 뜨며 되물었다.

"어떻게 아셨습니까?"

"지금 그게 문제가 아닐 텐데."

내가 정색을 하자 앤디는 빈 의자를 가져와 내 앞에 앉으며 말했다.

"이거 미안하게 되었습니다. 하지만 미행을 붙여놓은 녀석이 신참인 데다 에일리 양이 어제도 손님을 따라 호텔에 들어 잠시 눈을 붙인 모양인데 그사이 사라졌답니다. 혹시나 싶어 객실 복도 계단에서 대기를 했는데도 참, 귀신이 곡할 노릇이로군요."

"이 사람들이 장난하나. 근무 중에 눈을 붙이다니, 정신이 나가지 않고서야!"

나도 모르게 소리를 지르긴 했는데 이상한 생각이 들었다. 찾는 손님도 많고 인기도 많았지만 결코 헤픈 아가씨는 아니었다고, 아까 마담이 말하지 않았던가. 그런데 또 손님을 따라 호텔? 혼란스러운 마음에 내가 잠시 머뭇거리자 앤디가 선수를 쳤다.

"아마도 미행을 따돌리기 위해 그런 거 아닌가 싶습니다만, 그렇다 하더라도 아주 수확이 없는 건 아니죠. 이것으로 에일리가 리틀 박의 실종과 무관하지 않다는 게 증명된 셈이니까요."

어쩐지 거짓말을 하는 듯한 앤디의 태연한 표정을 보니 더욱 화가 치밀었다.

"그게 무슨 의미가 있지? 어차피 그럴 거라고 짐작했잖아요? 하지만 이제 그녀는 우리 앞에서 사라졌어. 나침반이 사라졌는데 사람을 무슨 수로 찾는다는 말이죠? 그렇게 시간을 끄는 동안 무슨 일이라도 생기면 누가 책임질 텐데?"

순간 코리안데스크팀의 다른 형사가 피식 웃음을 터트렸다. 더

듬더듬 되지도 않는 발음으로 언성을 높이고 있는 내 꼴이 우스워 보인 모양이었다. 하지만 여기까지 온 이상 나도 호락호락 물러나고 싶지 않았다. 나는 침을 삼키고 숨을 들이마셨다.

"사람이 없어진 지 벌써 일주일입니다. 그동안 대체 뭘 한 겁니까? 에일리가 사라졌는데도 이렇게 태연한 걸 보니 뭔가 믿는 구석이 있는 모양인데 그게 뭔지 어디 들어나 보죠."

나는 짐짓 거드름을 피우며 등을 의자 뒤로 기댄 채 눈을 내리깔았다. 앤디는 거꾸로 상체를 세워 내 쪽으로 얼굴을 들이대며 물었다.

"리틀 박과 형제라고 했죠?"

얼떨결에 고개를 끄덕이자 앤디가 말을 이었다.

"출입국 기록을 보니 필리핀은 이번이 처음이시더군요. 그럼 그동안 형님을 한 번도 만나지 않았습니까?"

"서로 바빴으니까. 개인적인 질문은 사양하기로 하죠."

아, 하고 그때서야 앤디는 구부렸던 허리를 펴고 바로 앉았다. 그러면서 조용히 웃고 있었는데 쓸데없는 질문을 해서 미안하다는 뜻인지 앞으로 조심하겠다는 뜻인지 분간이 되지 않았다.

"좋아요. 그럼 다른 것을 묻죠. 필리핀에 대해서는 얼마나 아십니까?"

이런 망할 놈의 형사를 봤나. 그는 내가 곤란을 느낄 만한 질문만 골라서 했다. 하지만 전혀 의도가 없는 질문은 아닌 듯해 나는 속으로 밸이 꼬이는 걸 꾹 누르며 대답해주었다.

"글쎄요, 거의 모른다고 할 수 있죠."

앤디가 얼른 내 말을 받았다.

"그러시겠죠. 처음이시니까. 그런 의미에서 한 가지 정보를 드리자면 필리핀은 총기 사용이 매우 자유로운 나라입니다. 여기저기 불법적으로 거래되는 총기류만 해도 100만여 정에 달한다고 하니까요. 뭔가 규제가 필요하다는 생각이 들지만 여기도 정치적으로 워낙 복잡한 곳이라 말이죠. 내 말은 그만큼 사람을 해하거나 처리하는 데 복잡한 방법이 필요 없다는 얘기예요. 단순 강도였다면 벌써 상황은 종료되었을 거라는 말입니다. 생각해보세요. 총알 하나면 되는데 시간을 끌 게 뭐 있겠어요?"

"그래서요?"

"하지만 이 건은 달라요. 뭔가 이상한 점이 있단 말입니다. 리틀 박이 실종된 뒤로 계좌에서 돈이 빠져나간 흔적도 없고 누군가 집을 뒤진 흔적도 없어요. 거의 마닐라와 따가 이따이를 오가던 사람이 갑자기 팔라완으로 간 것도 그렇고, 이렇게 에일리가 사라진 것도 그래요. 그럼 어느 쪽으로 생각해봐야겠습니까?"

"돈이 아니라면, 개인적인 원한 같은?"

"빙고! 이제야 좀 대화가 되겠군요. 그게 우리가 에일리를 일부러 놓친 이유이기도 하죠. 사람 일이란 모르지 않겠습니까. 여러 가지 정황들을 보아하니 아주 오리무중인 건 아닙니다만 이래저래 증거도 필요하고 일을 좀더 손쉽게 해결한다는 차원에서 우리도 미끼를 풀어놓은 거라고 할 수 있죠."

"일부러? 그러니까 당신들이 일부러 그녀를 움직여서……."

"맞아요. 아까 나침반이라고 했죠? 방향을 가리키지 못하는 나침반은 쓸모가 없는 법이죠. 이제 완벽히 경찰을 따돌렸다고 생각하는 그녀가 어떻게 움직이는지를 보고 우리도 어느 쪽 방향으로 가야 할지를 정하면 되는 겁니다. 물론 그때까지 리틀 박이 무사하길 바랄 뿐입니다만."

흡족하게 설명을 끝낸 앤디는 그때서야 등을 젖히고 여유로운 미소를 지어 보였다.

"하지만 이해가 안 되는 부분이 있어요."

"뭐죠?"

"그렇게 사라질 거면서 그럼 왜 여태껏 가만히 있었던 겁니까? 에일리 말이에요. 엊그제는 경찰서까지 불려왔었잖아요. 마치 형이 실종된 걸 몰랐던 사람처럼."

"글쎄요, 그건 우리도 아직. 아무튼 좀더 조사를 해보도록 하죠. 그럼 난 이만 바빠서."

앤디가 몸을 일으켰다. 하지만 나는 아직 충분하지 않았다.

"잠깐만요, 앤디. 잠깐만. 바쁜 줄 알지만 그 에일리라는 아가씨에 대해 더 듣고 싶군요. 그러니까 어제 말한 대로 절도범인 엄마랑 이와흭인가 하는 교도소에서 자랐다는 거 말고, 뭐 다른 거 아무거나 있으면 말해줄 수 있겠어요? 에일리는 그럼 가출을 한 겁니까? 몇 살에요? 왜? 혹시 그 아가씨 엄마라는 여자도 이 일을 알고 있나요?"

그때 의자를 밀고 일어나던 앤디가 의아한 표정으로 내 얼굴을 훑으며 말했다.

"아, 지하강의 그 짐 보관소 여자요? 머리도 복잡하실 텐데 거기까진 신경 쓰지 않으셔도 될 겁니다. 거기서 관광객들 상대하다가 근처 식당으로 꽃을 팔러 다니기도 하나 본데 정신이 썩 온전해 보이지 않는다는 말도 있고, 낯선 사람들과 절대 말을 섞지 않아 모르는 사람들은 벙어리인가 착각을 하기도 한답니다. 혹시나 해서 알아보았는데 최근까지도 가출한 딸과 거의 교류가 없었던 것 같고요. 해서 그쪽으로는 조사를 접었습니다만."

조사를 접다니? 깜짝 놀란 내가 이제 충분하다는 듯 돌아서는 앤디의 팔을 붙잡았다.

"뭐든 가능성이 있는 쪽이면 다 조사를 해봐야지 누구 맘대로 조사를 접고 말고 한다는 거죠?"

앤디가 나를 빤히 바라보았다.

"누구 맘대로? 미안하지만 난 당신의 질문을 더 이해하기 어렵군요. 그럼 당신이 직접 수사를 지휘하기라도 하겠단 말입니까?"

물론 그런 뜻은 아니지. 하지만 내 질문의 의도가 그게 아니란 건 네가 더 잘 알잖아. 나는 억지인 줄 알면서도 기어이 내 감정을 이기지 못한 채 앤디의 멱살을 잡고 말았다.

"이봐. 왜 자꾸 말을 돌리지? 내가 뭘 묻고 있는지 알잖아. 그러니까 자세히, 자세히 좀 다시 말해봐. 아까부터 당신이 뭔가 다 말하지 않고 있다는 걸 누가 모를 줄 알아? 그러니까 쥐새끼처럼 요리조리 숨기지 말고 말해. 그걸 다 들을 때까지는 여기서 한 발자국도 안 움직일 테니까!"

추울 정도로 차갑게 느껴지던 에어컨에서 더운 바람이 나오기 시작했던 건 바로 그 순간이었다. 멱살을 잡힌 채 나를 노려보던 앤디는 가만히 내 팔을 자신의 목에서 떼어내어 제자리로 돌려놓았다. 그러고는 작정한 듯 꽤 긴 얘기를 늘어놓았는데, 그 내용을 옮기자면 대략 다음과 같다. 물론 앤디는 내내 침착한 표정이었고 깍듯한 존칭을 사용하고 있었지만 다만 내 귀에 이렇게 들렸다는 사실이 중요했다.

*

한 발자국도 안 움직이시겠다?

거 참, 이해가 안 되는 분이시네. 솔직히 당신 좀 마음에 안 들어. 그렇게 겁쟁이 샌님 같은 얼굴을 하고 꼬치꼬치 캐묻기나 하면 뭐가 해결돼? 아니면 여기까지 온 김에 탐정 놀이라도 하고 싶은 건가? 엊그제만 해도 아무 관심 없는 듯 멍청한 얼굴이더니 오늘은 왜 갑자기 태도가 돌변한 거야?

내가 비록 코리안데스크팀 형사가 된 지 얼마 되지 않지만 이 바닥 경력으로 치면 벌써 10년이야. 아무리 귀를 막고 코를 막아도 듣게 되는 얘기가 있단 말이지. 당신네 한국 사람들이 여기 와서 일으키는 문제가 한두 가진 줄 알아? 일일이 읊어대기도 어렵지만 그러고 싶지도 않네. 또 언제 변덕을 부려 나 몰라라 할 줄 알고.

요점은, 솔직히 피곤하고 귀찮다는 말씀이야. 로마에 가면 로마인이 되라는 말 알지? 남의 나라에 왔으면 남의 나라 사람들과 섞여 살 줄도 알아야지, 자꾸 주인 행세를 하고 과욕을 부리니까 이런저런 문제들이 생기는 거 아니겠어? 알고 보면 우리나 그쪽이나

94
에일리에겐 아무 잘못이 없다

그렇게 다른 처지도 아닌데, 좀 잘살게 되었다고 거드름만 피울 게 아니라 형제애 같은 걸 가지면 얼마나 좋아.

당신이 별로 궁금해하지 않는 것 같아 말은 안 했는데 리틀 박 그 사람, 사업엔 성공했는지 몰라도 여기서 항상 존경을 받았던 건 아니야. 멀쩡한 사람이 사십이 넘도록 결혼도 안 하고 사업상 접대다 뭐다 술집에 드나들면서 할 수 있는 일이란 게 뻔하지 않겠어? 열심히 일하는 가난한 현지인들 눈엔 그저 귀족일 따름인 거지. 혹여 그들 중 누군가 까딱 마음을 잘못 먹기라도 하면 사단이 나기도 하는 거야. 다행히 여자 문제와 관련해서 눈에 띄게 나쁜 소문이 있는 건 아니지만 누가 알겠어? 경험상 대놓고 나쁜 짓 하는 놈들보다 이런 분들 뒤가 더 구린 경우를 가끔 보게 되지. 아, 오해는 마셔. 그렇다고 뭐 꼭 당신 형님이 그렇다는 건 아니니까.

그리고 뭐? 에일리와 에일리 엄마에 대해 궁금하다고 했나? 미안하지만 말한 대로야. 우리도 더 이상은 몰라. 기록상 민다나오에서 하이스쿨을 나온 것을 보면 팔라완에서 엄마랑 함께 살다가 무슨 일로 헤어지고 그쪽으로 갔던 모양이지. 그리고 최근엔, 노래방 마담을 만났다면 당신도 이제 알고 있겠네. 맞아, 거기서 고등학교를 마치고 다시 마닐라로 건너온 셈이야. 어쨌든 중요한 건 그게 아니고 그런 에일리가 왜 리틀 박과 엮이게 되었는지 알아내는 것 아니겠어? 교수님이라서 그런가. 별것 아닌 말에 과잉 반응하며 시시콜콜 참견하고 싶은지 모르겠지만 당신 생각처럼 필리핀 경찰이 항상 무능한 건 아니라는 말은 해두도록 하지.

어쨌든 일단 사람은 구하고 볼 일이니까 우리는 지금처럼 열심히 수사할 거야. 이유는 하나. 썩 내키지 않지만 내 나라 동포가 범죄자로 몰리는 건 나도 원치 않는 일이니까. 듣자하니 여기서 조그만 강도 사건만 나도 너희 나라에선 난리가 난다며? 여행 금지 구역으로 지정해라 마라, 재발 방지 대책을 내놔라 마라 어쩌고저쩌고. 그럴 때마다 이래저래 우리도 무척 피곤해지거든.

아무튼 경고하는데, 섣불리 나서지 말고 조용히 기다려주셨음 좋겠어. 비싼 호텔에서 당신들이 좋아하는 여자들에게 마사지나 받으면서 말이지. 피곤하게 자꾸 여기까지 찾아오지 말고 이런저런 훈수도 두려고 하지 마. 아무렴 내가 당신보다 에일리에 대해, 리틀 박에 대해, 필리핀이란 나라에 대해 모르겠어? 그러니 쉬라고. 어제 장 영사와 함께 오셨을 때처럼 일이 잘 해결되면 기꺼이 찾아가 깍듯이 보고드릴 테니 말이야.

아참, 나한테 이런 소릴 들었다고 장 영사에게 일러바칠 생각일랑 하지 않는 게 좋을 거야. 그 샌님 역시 '정중한 법 절차 준수'니 '자국민 보호 차원에서' 어쩌고 하는 공문 나부랭이나 보낼 수 있겠지. 그런 공문이야 또 공문대로 정중히 접수해드리면 그만인 거고. 하지만 이건 명심해야 할 거야. 부지런히 발로 뛰어서 범인을 잡아오는 건 우리라는 것을. 자꾸 귀찮게 하면 이 일도 저기 저 미제사건 파일에 집어넣고 거들떠보지 않을 수도 있거든. 설마 그런 재수 없는 경우를 바라는 건 아니겠지?

그러니 이제 가봐. 도대체 뭐 이런 경우가 있나 속상하시겠지만, 이게 내가 당신에게 주는 처음이자 마지막 무례니까 너무 마음에 담아두진 말고.

에일리에겐 아무 잘못이 없다

*

경찰서 밖으로 나오자 살을 태울 듯한 뜨거운 열기가 숨통을 조여왔다.

시계는 어느덧 오후 7시를 가리키고 있었다. 갑자기 방향을 잃은 듯 휘청거리며 차도로 내려섰다가 달려오는 택시를 발견하고 식겁했다. 배가 고팠다. 나는 가까이 보이는 졸리비 간판을 바라보며 무단횡단을 했다. 여기저기 차창 밖으로 얼굴을 내민 운전사들이 신경질적으로 클랙슨을 눌러대는 소리가 들려왔다. 순간 나는 내가 앤디에게 정작 물어봐야 할 것을 물어보지 못하고 나왔다는 걸 깨달았다. 밸도 없이, 나는 다시 앤디에게 전화를 걸어 여기서 형이 친하게 지냈거나 형에 대해 잘 알고 있는 사람이 누구인지 물어보았다.

"글쎄요. 생각보다 사교적인 편은 못 되었나 봅니다. 이곳에서 리틀 박이 가깝게 지낸 사람이라고는 따가 이따이에서 국제학교를 운영하고 있는 미스터 임뿐이더군요. 마닐라에서 한 시간 정도 거리죠."

따가 이따이.

어느새 익숙해져버린 그곳의 이름을 입안에서 조용히 굴려보고 있을 때, 앤디가 잊어버릴 뻔했다는 듯 말을 이었다.

"아참. 그곳에 가게 되면 리틀 박이 운영하는 호텔에 묵으면 되겠군요. 나 같은 사람이야 평생 갈 일이 없겠지만 '호텔 인 따가 이따이'라고. 최근 지어진 건물인데 뭐가 좋은지 손님들이 꽤 많이 드는 호텔이라고 하더군요."

다시 전화를 걸 거라고는 전혀 생각지 못했다는 듯 떨떠름한 앤디의 목소리를 떠올리며 나는 임의 전화번호와 형이 운영하고 있다는 호텔 이름을 몇 번이고 되뇌었다.

임무를 마치고 주머니 속에 들어가 있던 휴대폰이 갑자기 진동을 한 건 그로부터 몇 분이 채 지나지 않았을 때였다. 앤디와는 방금 통화를 마쳤으니 장인가? 아니면 김? 했다가 액정에 뜬 낯선 전화번호를 보고 잠시 망설였다. 전혀 짐작이 가지 않는 번호였다. 설마 여기까지 한국에서처럼 스팸 전화가 걸려오는 건가 싶어 받지 않았더니 잠깐 사이를 두고 같은 번호로 다시 전화가 걸려왔다. 나는 할 수 없이 전화를 받았다.

여보세요? 했으나 아무런 대답이 없었다. 다시 여보세요? 해도 대답이 없어 끊으려던 찰나 상대편 수화기의 남자가 대뜸 박 교수님? 하고 아는 척을 했다.

"네, 그런데 누구신지?"

맨 처음 망설였던 것과 달리 남자는 내 쪽에서 불편하게 생각되리만치 친한 척을 하며 자신을 소개해왔다. 설명인즉 자신은 필리핀 현지에서 활동 중인 NGO단체의 한국 대표이며 최근 양국 간에 발생하는 여러 민간 문제들에도 적극적 관심을 갖고 있는 활동가라는 것이었다. 그러거나 말거나. 그가 누구이든 그런 게 내 관심사일 리 없었다.

에일리에겐 아무 잘못이 없다

"네, 훌륭한 일을 하고 계신 건 알겠습니다만 저에게 전화를 거신 용건은 무엇인지요? 제가 지금 여러 가지 일로 바빠서……"

치밀어 오르는 짜증을 억누르며 전화를 끊으려던 순간 남자가 얼른 내 말을 받았다.

"최근엔 코피노 관련 지원 사업도 좀 하고 있었습니다."

"코피노요?"

"네, 아시겠지만 한국인 남성과 필리핀 여성 사이에 태어난 자녀를 이곳에선 편히 그렇게들 부르고 있습니다. 그 문제와 관련해서 실은 얼마 전에 형님을 만나뵌 적도 있었고요. 박 교수님의 형님, 리틀 박 말입니다."

박 교수님의 형님, 리틀 박 말입니다? 이건 또 무엇을 의미하는 것일까? 막연하게나마 이자도 형의 실종과 관련하여 뭔가 알고 있을 것 같은 느낌을 떨쳐내지 못하면서 내가 물었다.

"그게 언제입니까? 형이랑 무슨 얘기를 나눴나요?"

내가 기대에 찬 목소리로 묻자 남자는 갑자기 목소리를 낮추며 대답했다.

"전화로 다 얘기하기엔 좀……"

"아, 그러십니까? 그럼 한번 만나뵙죠. 제가 지금 형 친구를 만나보러 따가 이따이로 출발하려던 참이었는데 그거야 뭐 이쪽 일을 먼저 보고 밤늦게 출발해도 되니까요."

남자는 애초에 그걸 기대한 사람처럼 한 치의 망설임도 없이 대답했다.

"좋습니다. 그럼 제가 그쪽으로 가죠. 어차피 저도 거기서 멀지 않은 데 있습니다. 택시를 잡아타지 않으셔도 됩니다. 경찰국에서 나오시는 길이었다면 다시 그쪽으로 되돌아가 부코파이 베이커리가 보이는 골목 안쪽으로 들어오십시오. 거기서 한 삼백 미터쯤 죽 걸어들어 오시면 제가 근처에 서 있다가 교수님을 알아보도록 하겠습니다. 이래저래 저도 바쁜 몸이어서 한곳에 장소를 잡고 앉을 시간이 없음을 이해해주시기 바랍니다."

모처럼 들리는 한국말에, 친절한 안내가 고맙지 않은 건 아니었지만 어쩐지 상대가 빤히 들여다볼 수 있는 손바닥 안에서 로봇처럼 조종을 당하는 것 같아 기분이 좋지만은 않았다. 나도 모르는 누군가 내 얼굴과 전화번호를 알고 있다는 것부터도 그렇지 않은가. 하지만 이것저것 가릴 처지가 아니었던 나는 무조건 그리하겠다고 말하는 수밖에 다른 도리가 없었다.

"네, 알겠습니다. 지금 바로 그쪽으로 가죠."

나는 왔던 길을 되짚어 걸어가기 시작했다. 그러면서 그쪽으로 가겠다는 내 말에 문득 남자가 터트린 한숨을 떠올리며 고개를 갸웃거렸다. 자기도 모르게 내뱉은 단발마적 한숨 끝에, 네 그럼 기다리겠습니다, 하고 대답하던 남자. 내 짐작이 맞는지 모르겠지만 남자의 목소리는 불안해 보였다. 그러나 그 불안의 이유가 무엇인지 알 길이 없었고, 나는 다만 한국 신문에서 숱하게 보았듯 이 나라에 먼지처럼 많다는 무례한 강도가 나타나 내 머리에 총을 겨누지 않길 바라면서 시끄럽기만 한 마닐라의 밤 골목을 휘적휘적 더듬어 나갔다.

# 4
## 시간을 삼키는 잠

꿈을, 꾸고 싶다. 하지만 꿈을, 꿀 수가 없다. 탈탈 털어내고 싶은 뒤척임이 끝없이 이어진다. 그는 우연히 들어간 정글 숲에서 갑작스레 꺾인 벼랑을 만난 듯 소스라쳐 깬다. 정작 열대인 이 나라에 열대야는 없건만 그때마다 그의 몸은 땀으로 흥건히 젖어 있다.

희뿌연 시야를 가르며 차례로 떠오르는 얼굴들이 있다. 아버지와 어머니, 하나밖에 없는 동생 지훈과 젊은 날 그를 증명해줄 수연. 물론 돌아보면 연극 같은 나날일 뿐이다. 그런데도 늘 어김없이 그 시절을 떠올리게 되는 이유는, 그가 아무리 부정하려 해도 지워지지 않는 단 하나의 사실, 사랑하겠다는 굳은 다짐의 말들을 봄꽃가루 털어내듯 너무도 쉽게 저버렸다는 사실 때문이다. 이끌림과 확인, 불안하고도 희망 섞인 전망들을 지나 드디어 현실이 된 사랑

앞에서.

그래서였을까.

그는 에일리가, 자, 그러니 이제 말해볼까요? 당신 생각에 그녀가 누구인 것 같은가요? 하고 물었을 때, 이미 폐허가 되어버린 마음 속으로 한 가닥 연민 같은 온도 있는 감정이 삐죽 솟아오르는 것을 느낄 수 있었다. 하지만 그전에 확인해두어야 할 게 있었다.

"그래, 에일리. 무슨 말인지 잘 들었어. 그리고 아직 다 이해하진 못했지만 네 얘기가 내 마음을 아프게 한 것도 사실이야. 너에게 남다른 아픔이 있다는 것도 알겠고 네가 너의 어머니를 얼마나 애 틋하게 생각하는지도 알겠어. 하지만……"

에일리의 눈이 반짝 빛나며 그의 입술에 고정되었다.

"그전에 네가 먼저 설명해주었으면 하는 게 있어. 네 말이 모두 사실이라 하더라도, 그리고 내가 짐작하는 바가 맞다 하더라도, 도 대체 네가 어떻게 내 앞에 오게 되었는지, 이게 흔한 우연이 아니라 면 무엇인지 먼저 말해주었으면 해. 너도 알겠지만 우린 이제 겨우 두 번 만났을 뿐이잖아."

어딘지 실망이 가득한 에일리의 목소리가 그의 말을 가로막았다.

"어리석군요. 중요한 건 그런 게 아니라 지금까지 내가 들려준 얘 기의 내용일 텐데요."

"물론. 그래도 그걸 먼저 설명해주는 게 순리 아닐까? 그리고 나 서 나와 함께 팔라완으로 가보자. 같이 너의 어머니를 만나보는 거 야."

다시 그가 뭔가를 설명하려던 순간, 에일리의 반듯한 이마에 노파의 그것과 같은 선명한 주름이 잡혔다. 조심을 한다고 했는데도 그가 에일리의 마음을 다치게 한 게 분명해 보였다. 에일리가 반문했다.

"확인이 필요하다? 당신이 직접?"

"당연한 거 아닐까. 네가 누구이든 그녀가 누구이든. 그러고 나서 우리가 다시 만나 얘기를 나누어도 충분하다고 생각해. 너의 마음속 어떤 얘기라도 말이야."

에일리가 인상을 찡그렸다. 그는 그 이유를 알 수 없었다.

"만약에 안 된다면요?"

"그럴 이유라도 있어?"

대답 대신 에일리는 싸늘한 표정으로 자리에서 일어섰다. 그리고 처음 함께 호텔에 들었던 날 새벽처럼 총총히 문 앞으로 가 샌들을 신으며 이렇게 말하는 것이었다.

"미안하지만 나는 당신에게 뭔가를 확인시켜주기 위해 여기 온 게 아니에요. 어쩌면 당신이 아는지 궁금했는지도 모르겠지만 역시나 잘못 왔다는 생각이 드는 걸 어쩔 수 없군요. 의혹이 가득한 눈빛으로 사실을 확인하려고만 들 뿐 진짜 중요한 것들에 대해서는 아무것도 묻지 않는 걸 보니 더 그런 생각이 들어요."

"그렇지 않아, 에일리. 내 말은……."

그는 다급히 변명을 늘어놓았지만 그 변명은 바로 다음 순간 에일리가 닫고 나가버린 문 안에서 저 혼자 공명을 거듭했을 뿐이다. 진짜 중요한 것들, 이라던 에일리의 아리송한 말과 함께. 하지만 그때만 해도 그는 낙관적이었다. 언제가 되었든 에일리를 다시 만나 얘기를 더 해보면 된다고 생각했다. 그리고 그 스스로 뭔가를 더 납득하게 되었을 때 자신이 할 수 있는 일을 하면 된다고 생각했다. 그게 꼭 당장의 내일일 필요는 없었기 때문이다.

오래전 어느 한때, 아버지 밑에서 일을 배운 적 있었다는 남자가, 하지만 지금은 시간이 흘러 필리핀에서 한국 교민들을 위한 NGO 활동을 하고 있다는 남자가, 그를 찾아온 건 에일리를 만난 지 닷새쯤 지난 어느 날이었다.

*

예약이 많아 그가 직접 호텔 카운터로 내려가 직원들을 진두지휘하고 있을 때였다. 골프 가방을 메고 왁자지껄 리셉션을 기다리던 손님들 사이로, 허름한 점퍼 차림에 아무런 짐을 들지 않은 한 남자가 그를 바라보며 걸어왔다.

"박 사장님 되십니까?"

"네, 그렇습니다만. 누구시죠?"

대답 대신 남자는, 얼마 전에 에일리라는 아가씨를 만난 적 있으시죠? 하고 물어왔다.

"누구신데 그런 걸 묻습니까? 보아하니 우린 초면인 것 같은데요."

그의 퉁명스러운 대꾸에 남자는 픽 웃음을 터트렸다.

"박 사장님은 그러실지 모르지만 저는 아닙니다. 저로 말하자면 박 사장님이 이곳으로 오기 훨씬 전부터 박 사장님을 정훈 군으로 알고 있던 사람이니까요. 아, 좀더 알아듣기 쉽게 말씀드리면 박 사장님의 아버지, 박 의원님 밑에서 이런저런 심부름을 할 때부터 말이죠."

아버지라. 또 아버지라니.

예기치 않은 낭패감이 스치는 걸 느끼며 그는 그때서야 남자의 행색을 좀더 자세히 들여다보았다. 당연히 안면이 있을 리 없었다. 아버지의 사람들을 일일이 본 적도 없지만 보려고 해본 적도 없었다. 남자는 그가 전혀 모르는 사람이었다.

"글쎄요. 저는 잘 기억이 나지 않습니다. 그렇다 하더라도 무슨 일이신지?"

그가 여전히 시큰둥한 표정으로 묻자, 남자가 대답했다.

"말하자면 길어요. 잠깐 얘기를 나눌 수 있겠습니까?"

그는 잠시 불청객과 얘기를 나누기에 좋은 장소가 어디일까 궁리를 해보다가 남자에게 따라오라는 눈짓을 보냈다.

"인사가 늦었네요. 저는 김상조라고 합니다."

호텔 1층 맨 끝 방. 중요한 사람들과 접견실로 쓰기 위해 비워둔 방으로 들어가 앉자마자 남자는 안심이 된다는 듯 명함을 내밀었다. 명칭만으로도 무슨 일을 하는지 알 것 같은 Kopino with us라는 단체명이 남자의 이름 아래 조그맣게 쓰여 있었다.

"갑자기 찾아와서 놀라셨겠지만 나중에 오히려 저에게 고마워하실지도 모릅니다."

"그런가요? 그렇다면 좋은 일이죠. 그게 무엇인지 미리 여쭤보는 실례를 해도 될까요?"

"차차 말씀드리죠. 그보다 호텔에 손님이 많이 드나 봅니다. 아까 들어오면서 보니 로비가 꽤 북적거리더군요. 지은 지 얼마 안 된 새 호텔이라서 그런가."

"아무래도 겨울 시즌이다 보니. 따뜻한 나라를 찾아 먼 곳까지 온 손님들인데 극진히 모셔야죠."

"골프 가방을 메고 있는 사람들이 많던데 근처에 좋은 곳이 있나요? 그러고 보니 제가 여기 따가 이따이는 처음이라서요."

"필리핀이란 데가 원래 그런 곳 아닙니까? 밖에서 잘 보이지 않지만 한 골목 들어가 보면 아무도 상상 못했던 휘황찬란한 세상이 펼쳐지는 곳. 처음이시라니 부연하자면 이곳 따가 이따이는 마닐라 부호들이 최고의 은퇴촌으로 꼽을 만큼 군데군데 좋은 휴양지들이 많은 곳이죠."

그가 다소 과장된 표정으로 말을 잇자 남자가 살짝 입꼬리를 올리며 웃었다.

"자부심이 대단하시네요."

"그런 편이죠."

"돈도 많이 버실 것 같고."

"아니라고 말 못합니다."

남자와 마주 앉은 지 5분쯤 지난 그 순간에 그는 남자가 어떤 용건으로 자신을 찾아왔을지 짐작했다. 그가 물었다.

"에일리를 아시나요?"

"당연하죠. 술집에 나가는 아이 아닙니까?"

"그 아가씨가 저를 찾아온 건 또 어떻게 아셨습니까?"

"혹시 에일리가 팔라완 얘기를 하지 않던가요? 거기 살고 있는 어떤 여자 얘기도 하고 틴이니 준이니 하는 애송이들 얘기도 하고요."

그는 잠시 생각에 잠겼다. 이런 경우 상대의 말에 어떻게 반응하는 것이 좋은지 순간적으로 판단이 서지 않은 탓이었다. 대답을 망설이고 있는 그를 물끄러미 바라보던 남자가 대뜸 목소리를 높였다.

"망설이는 걸 보니 그런 모양이군요! 내 그럴 줄 알았지. 결국 그년이 먼저……."

"무슨 말씀이십니까?"

"배울 만큼 배우신 분이니까 설마 그러지 않으실 거라 믿지만 그런 애들 말에 혹해서는 절대 안 됩니다. 아시겠지만 여긴 한국 남자를 유혹해 한몫 잡아보려는 애들 천지 아닙니까. 순진한 얼굴로 다가와 무슨 말을 했든 결국 목적은 한 가지라는 충고를 드리는 것입니다."

미칠 노릇이었다. 유혹이니 목적이니 하는 말들이 주는 불쾌한 느낌만으로도 그의 면전에 욕지거리가 쏟아진 것처럼 얼굴이 화끈 달아올랐다. 그의 인내심은 이제 바닥이 날 지경이었다.

"도대체 무슨 말씀이신지 모르겠군요. 오래전이나마 아버지를 도왔다고 하니 예의를 갖춰드리고 싶지만 이런 식이면 저도 곤란합니다. 우선은 당신의 신분이 정확한지 확인을 해보겠습니다. 그러고 나서 다시 얘기를 나누도록 하죠."

"그거야 어떻게 하시든 상관없는 일입니다. 제가 박 사장님 앞에서 신분을 속일 이유는 없으니까요. 그보다 결론부터 말씀드리면 반은 맞고 반은 틀리다는 말씀을 드리고 싶네요. 에일리가 박 사장님을 찾아와 한 말들 말이에요."

그는 생각해보았다. 오래전 아버지를 도와 일을 했다는 남자가 자신을 찾아와 하고 싶은 말이란 대체 무엇일까. 인사를 나누기도 전에 에일리의 이름을 들먹인 것도 모자라 이런저런 맥락 없는 대화로 시간을 끄는 이유는 또 무엇일까. 의문을 느낄수록 자리를 피하고 싶은 기분이 먼저 몰려들었지만 대낮에 복면을 쓰지 않고 그를 찾아온 걸 보면 아주 신분이 틀린 사람이 아닐 것이라는 데 생각이 미치자 그는 한 번 더 남자를 참아보기로 했다. 무엇보다 에일리와 관련된 얘기라면 어떤 것이든 그 또한 궁금했기 때문이었다.

"좋습니다. 그럼 얘기를 더 들어보기로 하죠. 말씀 돌리지 말고 구체적으로 설명을 해주었으면 좋겠습니다."

"그렇게 하죠."

남자가 그를 바라보았다. 그는 남자의 말에 귀를 기울였다.

"반은 맞고 반은 틀리다는 말부터 우선 정리를 해드리죠. 짐작하고 계신지 모르겠지만 에일리는, 그렇습니다. 박 사장님의 배다른 누이입니다. 인정하기 싫으시겠지만 사실이 그런 걸요."

"……."

배다른 누이. 결국 그런 것인가. 그는 자기도 모르게 남자로부터 시선을 돌려 허공을 바라보았다. 가슴이 몹시 뛰고 있었다.

"93년 무렵이었습니다. 마닐라에서 한참 사업을 확장해가던 박 의원님이 필리핀 남부 섬 쪽 판로 개척을 위해 팔라완에 공장을 짓고 있었을 때 만난 테스라는 여자가 에일리의 어머니이고요. 길거리에서 삼파귀타를 팔다가 박 의원님 눈에 든 여자였는데 행색은 초라해도 젊고 예쁜 여자였습니다. 의원님이 거기 머무르는 동안 내내 집에 데리고 살 정도였으니까요. 하지만 그뿐, 그곳 일이 정리되고 박 의원님이 마닐라로 돌아온 뒤에는 다시 찾지 않은 것으로 알고 있습니다. 그런 일들이 대개 그렇지 않습니까. 세상에 취할 수 있는 여자들이 얼마나 많은데요. 박 의원님처럼 힘 있는 분들은 더욱 그렇겠지요. 아, 물론 그 여자는 아직 팔라완에 살고 있습니다. 힘들게 찾아가 저도 만난 적이 있으니까요."

만났다고? 그 여자를? 그가 깜짝 놀란 표정으로 남자를 바라보았으나 남자는 그의 그런 반응에는 아랑곳없다는 듯 태연히 말을 이었다.

"지금 필리핀의 코피노 인구는 대략 3만 명쯤인 것으로 알려져 있습니다. 그러나 그건 그야말로 추산일 뿐 실제로는 그보다 훨씬 많을 거라는 게 우리 생각입니다. 대부분 아버지를 모르는 아이들이다 보니 양육과 관련해 이런저런 문제가 끊이지 않았죠. 2015년 가을엔가, 필리핀 여성이 한국 남자를 상대로 낸 국제소송에서 첫 승소 판결이 났던 건 아시는지? 우리 단체는 이런 사회적 흐름에 맞추어 여러 경로로 코피노의 실태를 파악하면서 필리핀에 와서 아이까지 낳고 달아난 한국 남자들에 대한 명단을 작성한 적이 있습니다. 코피노 아이들에게 아버지를 찾아줄 수 있는 데까지 찾아주고 한 번쯤 경종을 울리는 차원에서 그 명단을 한국에 공개하려는 목적이었죠. 하지만 내부적으로 반대하는 의견도 많아 쉽게 결정을 내리지 못하고 있던 어느 날이었습니다. 필리핀 전역에 걸쳐 아이 아빠를 찾고 싶어 하는 여성들을 면담하던 중에 우연히 에일리 엄마 테스에 관한 얘기를 전해 들었습니다."

"어떻게요?"

"소문을 듣고 우리 단체로 전화를 걸어온 사람이 있었으니까요."

"그게 누구입니까?"

남자는 곤란한 표정으로 고개를 가로저었다.

"글쎄요. 저도 정확하게는 모릅니다. 안다고 해도 말씀드리기 곤란하죠. 전화를 건 쪽에서도 극도로 조심스러워했으니까요. 아무튼 자기가 아는 여자도 한국 남자와 살면서 아이를 낳은 적이 있는데 소송을 할 생각이 있는 건 아니고 단지 아이 아버지가 어떤 사람인지 자세히 알고 싶다고 했습니다."

"소송엔 관심이 없는데 아이 아버지가 어떤 사람인지는 알고 싶다?"

"여기 와서 버젓이 사업을 하던 사람들조차도 같이 살던 여자한테는 자신의 정체를 감추고 떠나니까요. 그래서 제가 소송을 하건 안 하건 최소한의 기본 정보가 있어야 어떤 사람인지 알아보고 말고 할 것 아니냐고 했습니다."

"그랬더니 뭐라고 하던가요?"

그가 궁금함을 참지 못하고 끼어들자 남자는 가볍게 인상을 찌푸렸다.

"그런 건 없다면서 팔라완에서 큰 의류공장을 운영했던 한국인 사업가에 대한 얘기를 하더군요. 그때 바로 감을 잡았죠. 그래서 물었습니다. 그러면 내가 직접 가서 그 여자를 만나봐도 되겠냐고요.
그때서야 그쪽도 다른 방법이 없다고 판단했는지 그 여자가 일하
는 곳의 위치를 알려주었습니다."

"그래서 그 여자를 만났나요?"

"당연히."

에일리가 이미 그에게 들려준 바대로, 테스는 지하강 귀퉁이에
서 짐 보관소를 운영하고 있었다. 남자가 그녀를 찾아갔을 때는 해
가 너무 뜨거워 가만히 서 있기도 힘든 열대의 한낮이었다. 나이 오
십을 넘기며 슬금슬금 빠지기 시작한 머리카락들이 두피에 찰싹
달라붙은 우스꽝스러운 모습으로 테스를 발견한 남자는 하마터면
비명을 지를 뻔했다. 꽤 많은 시간이 흘렀고 꽤 많은 나이를 먹었음
에도 남자는 거기 그렇게 앉아 관광객들의 짐을 맡아주고 있는 여
자가 오래전 자신이 알고 있던 '그 여자'임을 알아볼 수 있었기 때
문이다.

사실 팔라완으로 떠나기 전부터 남자는 이상한 느낌에 사로잡
혀 있었다. 아니 정확히는 전화를 받고 팔라완이라는 곳을 다시 떠
올렸을 때부터 그랬다. 지금이야 우여곡절 끝에 필리핀에 정착하게
되었지만 풍운의 꿈을 안고 여의도를 들락거리던 시절, 제법 가까
운 자리에서 모신 적 있던 국회의원이 정치 입문 전 알음알음 사업
을 확장하며 비자금을 챙기던 곳이 팔라완이었다는 사실을 떠올
린 것이었다. 그 사람이 필리핀에서 벌인 사업을 완전 철수하기 전
현지의 어떤 여자와 살림을 차린 적 있었다는 사실도 뒤늦게나마
다시 떠올릴 수 있었다. 당시에는 전혀 대수롭지 않게 여겼던 일들

이었다.

"이렇게 저렇게 시끄럽긴 해도 세상이 점점 좋아지고 있는 건 사실이잖아요? 외국인이라면 덮어놓고 좋아하던 여기 여자들이 그때는 생각지도 못했던 소송을 할 수 있게 된 것도 다 그 때문 아니겠습니까? 아무튼 결국은 돈 문제로 귀결되죠. 그래서인지 최근엔 아예 처음부터 그걸 노리고 접근하는 여자도 많아졌고요."

남자는 모처럼 떨려오는 심장을 억누르며 테스에게 다가갔다. 그러고는 그곳으로 가기 전 자신의 휴대폰에 저장해 둔 박 의원의 젊은 시절 사진을 보여주며 이렇게 물었다고 한다.

"아이는 어디 있습니까? 딸인가요, 아들인가요?"

순간 뭔가에 몹시 놀란 사람처럼 테스는 완강히 고개를 가로저었다. 남자는 다시 물었다.

"아, 오해는 마세요. 갑자기 나타나서 놀란 모양인데 늦었지만 나는 당신을 도와주려고 왔습니다. 혼자 아이를 키우느라 힘들었을 텐데요. 지금까지 잘 자랐다면 스물둘? 스물셋?"

남자가 나름 편안한 분위기를 유도하며 계속 말을 걸어보았으나 테스는 묵비권을 행사하기로 작정한 법정의 피고인처럼 입술을 더욱 굳게 걸어 잠글 뿐이었다. 여전히 돌아버리게 더운 데다 답답해진 남자는 최근 달라진 한국 사회 분위기와 자신이 지금 하고 있는 일의 성격에 대해서도 설명해주었다. 덧붙여, 지금이라도 용기를 내 양육비 청구 소송을 걸어도 되지만 아무래도 꺼려진다면 자신이 중재인이 되어 그동안 아이를 혼자 키우며 겪었던 고생을 보상해줄 방법을 찾아보겠다고도 제안했다.

"그렇게 한 시간 동안 별 제안을 다 해보았지만 여자는 끝내 묵묵부답이었습니다. 혼자 낳아 기른 아이 이름도, 어디서 뭘 하는지도 알 수 없었죠. 뭐랄까. 어딘지 모르게 정신 한 군데가 나가버린 사람 같았습니다. 더 대화를 해보고 싶었지만 더 이상은 대화가 힘들 것 같아 거기서 포기할 수밖에 없었습니다."

그가 물었다.

"그래서 어떻게 하셨습니까?"

"주변 사람들에게 물어물어 에일리가 일했다는 펍을 알아냈고, 거기서 만난 애송이들을 따라 민나다오로 갔다는 걸 알아냈고, 거기서 고등학교를 마친 그 애가 지금은 마닐라에서 대학을 다니고 있다는 걸 알아냈습니다. 그리고 얼마 전에는 그 애가 박 사장님 단골 술집에 접대부로 취직했다는 걸 알아냈고요."

"솜씨가 좋으시군요. 그런 걸 다 알아내다니."

그러자 남자가 웃으며 대꾸했다.

"이게 다 그분, 박 의원님 밑에서 배운 것 아니겠습니까."

남자는 다시 골똘히 뭔가를 생각하는 것 같은 표정을 지어 보였다.

"어찌 되었든 문제는 여기서부터입니다. 다른 건 다 잊어버리시더라도 이건 기억하시는 게 좋을 겁니다. 어쩌면 벌써 느끼셨는지 모르겠지만 제가 만나본 에일리는 전혀 순진한 아이가 아니었습니다. 십대 때부터 별 볼일 없는 애송이들과 어울려 다녔던 것만 봐도 금방 알 수 있는 일이죠. 어떻게든 돈을 벌 수 있다면 과정 같은 건 중요하게 생각지 않아요. 그러니 술집에도 취직한 거겠지만, 제 엄마의 슬픈 과거까지도 그런 목적으로 이용할 수 있을 만큼 영악한 요즘 아이라고나 할까요. 혹시 또 만날 일이 있으실까 봐 참고하시라고 알려드리는 것입니다. 솔직히 과거에 그런 일이 좀 있었다고 여기저기 시달릴 필요는 없지 않겠습니까?"

자신의 얘기에 방점을 찍듯 '조심성'을 주문하는 남자의 말에 그는 문득 머리가 아파왔다. 남자의 말처럼 에일리를 경계해서가 아니라 그때까지 해결되지 않은 에일리에 대한 의문들이 다시금 자신의 머릿속을 휘젓는 것 같은 느낌 때문이었다. 그가 말했다.

"충고 감사합니다. 충분히 참고가 되었습니다. 그럼 이제 일어나도 될까요?"

그의 말에 남자는 갑자기 어이가 없다는 듯 그를 빤히 바라보았다.

"일어나신다고요? 아직 제 얘기는 끝나지도 않았는데 말씀이죠."

"당신 얘기라니, 또 무엇을 말하는 것입니까?"

"이런, 여기까지 찾아와서 이렇게 긴 얘기를 들려드렸는데 좀 섭섭하군요. 안 그래도 바쁜데 제가 괜히 시간 쓰고 돈 써가며 지금까지 그쪽 집안의 그런 내막들을 파보았겠습니까?"

예상대로 남자는 저돌적이었고 그쯤에선 그도 더 이상 돌려 말할 필요를 느끼지 못했다.

"그래서, 당신이 원하는 것이 무엇입니까?"

"이 모든 사실을 알고 있는 사람으로서 마땅히 원할 법한 한몫입니다."

"……"

"다른 사람은 몰라도 저는 그럴 만한 자격이 있다고 생각되는데요. 그래봤자 박 사장님이나 의원님에겐 푼돈밖에 되지 않겠지만. 결국 제 입으로 이런 요구를 하자니 쑥스럽지만 알아서 알아주지 않으시니 저로서도 어쩔 수가 없네요. 창피한 얘기지만 단체 일을 하면서 먹고살기도 빠듯한 형편입니다. 솔직히 사장님 입장에서도 이런 일들이 세상에 알려져서 좋을 건 없지 않습니까. 설상가상 곧 총선도 있고 아버님이 5선 고지를 넘으시려면 여러모로 이미지 관리도 필요하실 테고요. 제가 들어가 전처럼 도와드릴 수 있다면 좋겠지만 이제 와 그럴 수도 없으니 여기서 그저 입을 봉하고 사는 게 의원님을 돕는 거라는 생각도 들고, 하지만 그냥 그러고 있자니 어쩐지 섭섭하기도 하고요."

역시나 그런 문제였군. 속으로 가벼운 탄식을 뱉어내며 그는 코웃음을 쳤다.

"잘못 짚으셨군요. 그런 목적이었다면 여의도로 가서 아버지를 만나셨어야죠."

남자 역시 그의 말에 코웃음을 쳤다.

"그러려고 생각해보지 않은 건 아닙니다. 하지만 그건 조금 위험할 수도 있는 선택 같아서요."

"무엇 때문에요?"

남자가 그를 빤히 바라보았다.

"설마 몰라서 묻는 건 아니시겠죠? 오래전 박 사장님이 수연 학생과 헤어질 때도 이미 경험하지 않았습니까? 아버님이 어떤 분인지. 어쨌거나 여기까지 찾아오긴 했지만 이런 일로 오래 시간을 끌고 싶은 생각도 당연히 없고요. 제 요구만 들어주신다면 이 일을 다시 거론하지 않는다는 약속을 백만 번이라도 드리죠. 어떻든 그 아드님은 좀 다르지 않을까 하는 기대로 이렇게 찾아온 거니까요. 어떻게, 생각 좀 해보시겠습니까?"

*

다음 날 아침, 그는 남자의 요구를 들어주는 대신 직접 아키노공항으로 차를 몰고 가 팔라완행 비행기를 예약했다. 그리고 탑승까지 남는 시간을 이용해 노래방에 들러보았지만 에일리를 만날 수는 없었다. 일부러 만나주지 않는 걸 알면서도 억지로 만남을 청하는 그를 보다 못한 마담이 다른 날 다시 오라는 충고를 했다. 그랬던 마담에게 그는 팔라완에 다녀와 다시 찾아오겠다는 말을 에일리 앞으로 남겼다.

탑승을 기다리며 멍하니 앉아 있을 때에야 에일리를 다그치기만 했을 뿐 제대로 얘기해보지 않았다는 새삼스러운 후회가 밀려왔다. 하지만 그렇다고 그가 직접 팔라완에 가 에일리 엄마를 만나봐야 할 이유가 사라지는 건 아니었다. 에일리를 믿지 못해서가 아니라 제대로 믿기 위해서라도 최소한의 확인이 필요했기 때문이었다.

출발하기 직전에는 임에게서 전화가 걸려왔다.

"왜 이렇게 전화를 안 받아? 설마 그날 밤 만난 아가씨와 살림이라도 차린 건 아니겠지? 징코한테 들었어."

"무슨 소리. 그럴 리가."

그가 짐짓 당황한 목소리로 얼버무리자, 임은 그때서야 농담이었다는 듯 호탕하게 웃음을 터트리며 말했다.

"그건 그렇고, 오늘 약속 기억하고 있지? 4시쯤 징코가 차를 가지고 갈 거야. 지난번에 보러 갔던 땅 주인이 성 안토니오에서 저녁을 사겠다는군. 오랫동안 안 팔렸던 땅이었는데 이제야 주인을 만났다면서 아주 싱글벙글이야. 오랜만에 정장을 입어야겠어."

그때서야 그는 아차 싶었다. 그도 그럴 것이 그는 오래전부터 임의 학교 옆에 치과를 지어주기로 약속한 바가 있었고(필리핀 아이들은 단것을 좋아해 어려서부터 이가 좋지 않은 경우가 많았다) 일주일 전엔 실제로 그런 용도에 어울릴 만한 장소를 물색해 내친김에 주인을 만나 담판을 짓기로 한 터였기 때문이었다. 비단 학교를 운영하고 있어서가 아니라 한 사람의 인간으로 임은 현지 아이들을 진심으로 사랑했다. 그래서인지 임은 무엇보다 그 일에 신경을 쓰고 있는 눈치였고 그도 그런 마음을 잘 알고 있었다. 다른 사람이라면 모를까. 낯선 나라에서 어렵게 친구가 된 임에게는 실망을 주고 싶지 않았지만 그날만큼은 그도 어쩔 수가 없었다.

"미안한데 저녁식사는 함께하기 어려울 것 같아. 뜻대로 해. 나는 무조건 따르기로 하지. 다만 지금은 좀 가봐야 할 데가 있어."

그의 돌발 선언에 임이 화들짝 놀란 목소리로 물었다.

"무슨 소리를 하는 거야? 갑자기 약속을 깨고 어딜 간다고?"

"팔라완."

"갑자기 거긴 왜?"

"그냥, 지하강이 어떻게 생겼나 좀 보고 오려고."

그는 농담처럼 얼버무렸고, 임은 채근하듯 그러니까 왜 지금 갑자기 그러느냐고 재차 물었지만 더 이상은 대답하기 곤란했다. 그는 서둘러 전화를 끊으며 말했다.

"나중에. 갔다 와서 전화하지."

다행스럽게도 비행시간은 그리 길지 않았다. 문제라면 팔라완에서 지하강으로 들어가는 절차가 몹시 까다로웠다는 점이다. 세계 7대 자연경관 중 하나라는 이유 때문인지 사전 투어 예약은 기본이었고, 투어 당일에는 당국이 정한 시간에(하루에 두 번) 관리 사무실에 들러(이때에도 기약 없이 줄을 서야 한단다) 관광 신고서를 작성한 뒤 한국의 한계령만큼이나 고불고불한 산길을 세 시간이나 달려야 한다고, 공항에서 만난 삐끼 같은 가이드는 난감해하는 그의 눈치를 살피며 말했다.

그는 가이드에게 절차를 부탁하고 호텔을 예약했다. 수속을 담당한 가이드가 그를 지하강으로 데려다줄 운전사까지 구해오려면 아무래도 시간이 걸릴 것 같아서였다. 길도 잘 모르는 데다 운전까지 서툰 그가 무턱대고 차를 렌트해 나설 수 없는 일이었으니까. 그는 자꾸만 조급해지려는 마음을 다스리며 가이드를 기다렸다. 꼬박 이틀이 지난 뒤에야 가이드가 보냈다는 운전수가 그 앞에 나타났다. 놈이었다.

에일리가 틴이라 부르던 남자.

팔라완까지 따라와 그를 엉뚱한 곳으로 데려온 청년.

에일리가 부탁했을까. 아니라면……

생각해볼수록 머리가 복잡해졌지만, 마지막 골인지점을 앞둔 마라톤 선수처럼 호흡을 가다듬으며 그는 다시 그날의 기억을 복기하기 시작한다.

*

"한 세 시간 정도 걸릴 겁니다. 지하강까지 비포장도로가 워낙 많아서요."

덤덤하면서도 뭔가 신경에 거슬렸던 놈의 목소리가 떠오른다. 틴.

그리고 또 뭐가 있었더라. 아, 그 갈색 지프. 지하강으로 향하던 길에 보았던 구불구불한 산길과 비포장도로 위의 먼지들. 문득 잠에서 깨어나 굽어보았던 아득한 낭떠러지며 그 낭떠러지 위에서 임과 나누었던 짧은 전화 통화. 그리고 더 이상의 없음.

아직 산 너머로 넘어가지 못한 햇빛이 넘치게 남아 있던 오후였다. 머리 위로 날아다니는 눈꽃 같은 구름들이 더러운 길가 풍경과 대비되어 너무도 비현실적으로 느껴졌다. 룸미러로 힐끗 시선을 던진 놈이 차창에 머리를 기대고 있던 그에게 말을 걸었다.

"한숨 푹 주무시고 나면 도착해 있을 거리입니다. 아시겠지만 열대의 낮잠은 감쪽같이 시간을 집어삼켜 버리죠."

어쩌면 그때 뭔가를 눈치챘어야 했다고 그는 지금에야 생각한다. 한순간의 판단 착오가 얼마나 긴 시간의 고통을 수반하는지, 아무리 후회해도 되돌려지지 않는다는 걸 알고서도 같은 실수를 반복하다니!

덜커덩거리는 갈색 지프를 몰고 그 앞에 나타난 놈은 가이드가 보낸 운전수라고 자신을 소개했다. 눈동자의 움직임이 보일 만큼 옅은 갈색 선글라스에 하얀 와이셔츠를 갖춰 입은 모습이었다. 에 어컨을 좋아하는 이 나라 국민들이 대개 그렇듯 긴팔 차림이었는 데 너무 젊어 혹 운전을 거칠게 하는 건 아닌지 잠깐 걱정이 스쳤을 뿐 딱히 이상한 데가 있어 보이진 않았다.

돌이켜보면 놈이 몰고 온 차머리에 'taxi'라는 표시등이 없었던 것도 이상하다면 이상한 점이었으나 경황이 없었던 그는 그것 또한 마닐라에서 흔히 보았던 영업용 택시인 줄로만 생각했다. 동물원의 관람차처럼 오만 가지 조잡한 무늬를 달고 꽉 막히는 도로 위를 무법 질주하던 싸구려 택시들 말이다. 대개는 껌을 질정질정 씹거나 말보로를 누런 잇새에 문 운전수들이 손님들의 승차감 따윈 아랑곳없이 클랙슨을 눌러대기 일쑤였는데, 그런 그들을 보고 있노라면 구릿빛 피부의 필리피노라는 말에 담겨 있는 건강한 이미지는 그들이 바닷가에 있을 때나 어울리는 말이라는 생각이 들곤 했다. 싸구려 지프를 몰고 외국인들의 운전수를 자처하는 필리피노들에 게는 오히려 가난과 돈에 굶주린 시선들만 두드러져 보였으니까.

이 나라에 오래 사는 동안 적당히 때가 묻어버린 그의 눈에 놈도 마찬가지였다. 한 차에 동승하게 되었다는 이유로 쓸데없이 통성명을 하거나 대화를 나눌 필요는 없었다. 무엇보다 그는 피곤한 상태였다. 몸보다 정신이. 차가 출발하자마자 눈을 감아버렸던 건 아마도 그런 이유 때문이었을 것이다. 하지만 쉬이 잠이 오지 않았고, 말문을 잃은 그의 귓전으로 무례하게만 느껴졌던 남자의 목소리가 끊길 듯 말 듯 쉼 없이 들려왔다. 비포장도로의 울퉁불퉁한

에일리에겐 아무 잘못이 없다

돌에 바퀴가 걸릴 때마다 앉은 채로 뻗어 있던 그의 몸이 화들짝 놀라며 일어섰다.

"박 사장님이 생각보다 점잖은 분이라는 걸 잘 압니다. 하지만 여기서 더 시간을 끌고 지체하신다면 저도 어떻게 할지 알 수 없군요. 명색이 사내가 칼자루를 뽑았는데 바보처럼 도로 칼집에 집어넣을 수는 없잖습니까. 시끄럽지 않게 이번 일만 잘 처리해주시면 나중에 아버님이 알게 되시더라도 아드님을 더욱 자랑스러워하지 않겠습니까? 다른 사람들이 더 알기 전에 말입니다. 혹여 다른 사람들이 그 사실을 알고 손가락질을 하기라도 한다면 아버님 앞길에도 두고두고 그림자가 드리워지게 되는 것인데 말입니다."

혼자 열을 내고 있는 남자를 바라보며 그의 머릿속으로는 여러 생각이 스쳐 지나갔다. 저토록 원하는데 돈 몇 푼 쥐어주고 보내버릴까. 아니다. 그게 끝이 아니라면? 설사 그게 끝이라 하더라도 진짜 중요한 그녀들의 문제는 고스란히 남는다. 에일리와 테스. 그녀들의 뿌리 뽑힌 삶. 안전하고 평화로운 일상 대신 오래도록 인정받지 못한 존재로 이리저리 떠밀려야 하는 삶. 에일리가 그와 정말 얘기하고 싶었던 것 또한 바로 그것 아니었을까. 누구의 입을 막고 그것으로 자신의 치부를 가리는 행위로는 절대 나눌 수 없는, 상대의 삶을 짓밟지 않고 서로의 존재를 긍정하며 살아가는 삶에 대한 얘기. 아버지에게 그건 정말 어려운 일일까…….

황색의 먼지가 그들이 탄 차를 삼킬 듯 쫓아오는 한적한 산길에서 그는 결국 지프를 세웠다. 놈이 모는 지프를 타고 비포장도로에 들어선 지 겨우 30여 분이 지난 시간이었다.

"잠깐만, 차를, 세워줘. 토할 것 같아."

놈이 비포장도로 한쪽으로 차를 댔다.

"문도 좀 열어주지. 머리가 어지럽군."

"아직 먼지가 날 텐데요. 괜찮겠습니까?" 하면서도 놈은 이미 차창을 내리고 그가 한껏 그들을 따라온 먼지를 마시도록 내버려두었다.

말했던 세 시간의 반은 온 것 같았으나 좁은 길은 끝도 없이 이어져 있었고, 계속 틀어놓은 에어컨에선 언제부터인가 더운 바람이 나오는 듯했다.

"아!"

갑자기 그는 외마디 비명을 질렀다.

맑은 공기를 좀더 마시기 위해 창밖으로 고개를 내밀었다가 눈앞의 아찔한 낭떠러지를 보고 만 것이다. 무심코 차문을 열고 밖으로 한 발짝 내밀었다간, 흔적 없이 그 낭떠러지 밑으로 사라져버릴 것만 같았다.

안 그래도 멀미로 미칠 지경이었건만, 머리끝까지 치솟은 화를 참지 못하고 그는 버럭 소리를 질렀다.

"세상에, 차를 이렇게 위험하게 대면 어떻게 해? 좀더 안쪽으로 대지 못하겠어?"

잠깐 눈을 붙이고 일어난 사이 넘치게 남아 있다고 생각했던 햇빛이 어느새 사라지고 있어서인지 다시 봐도 낭떠러지는 위험해 보였다. 조급해진 그가 다시 한번 소리를 지르자 놈은 구렁이처럼 느리게 느리게 핸들을 움직여 지프를 도로 안쪽으로 움직여 놓았다.

평소 찾는 관광객도 많다면서 이 길엔 왜 이렇게 지나가는 차 한 대 보이지 않는 것인지. 숨을 쉬기 위해 차 밖으로 내려서던 그는 문득 시간이 궁금해졌다.

"지금 몇 시지?"

"아직 오후 2시도 되지 않았습니다."

"그런데 왜 이렇게 어두운 건가?"

"글쎄요. 비가 오려나 보죠. 여기도 스콜이 자주 오는 편이니까요. 저 먹구름들이 지나가면 다시 밝아질 테니 너무 걱정 마십시오."

밤 같은 낮이 불러일으킨 묘한 긴장감이 그를 사뭇 감상적인 기분으로 이끈 모양이었다. 낭떠러지에 늘어선 야자수 기둥을 붙잡고 위액을 쏟아낸 뒤 그는 털썩 바위에 엉덩이를 걸치고 앉아 임에게 전화를 걸었다. 신호음이 몇 번 울리기도 전에 한 옥타브 올라간 임의 목소리가 들려왔다.

"미스터 박? 맙소사, 도대체 어떻게 된 거야? 이제야 전화를 하다니!"

왠지 살 것 같은 기분이 들었다.

"팔라완에 도착해 지하강까지 이제 거의 한 시간쯤 남은 것 같아. 운 좋게 기사를 구하긴 했는데 어찌나 혈기 왕성한지 운전이 아주 거칠군. 비포장도로에 들어오자마자 속이 뒤집혀 한바탕 쏟아내고 있는 중이야."

휴대폰 안에서 임의 한숨 소리가 들려왔다.

"그래? 그것 참 안됐네. 그런데 갑자기 거기까지 왜 갔는지 이제 말해주지 그래. 게다가 운전기사가 필요했다면 징코를 데려가지 그랬어. 너라면 기꺼이 따라나섰을 텐데."

"그러게나 말이야. 여전히 고마운 친구로군."

"누가? 징코가?"

"아니 미스터 임, 당신."

"실없는 소린 그만하고 어서 말해봐. 거기까지 왜 간 거야?"

"누굴 좀 만나보려고."

"누구? 나도 아는 사람이야?"

"글쎄, 그건 돌아가서 얘기해줄게. 마지막으로 확인해야 될 게 있거든. 단 내가 진짜 비밀을 고백해도 들어주겠다면 말이야."

임은 그 대목에서 깊은 한숨을 내쉬었다. 하지만 늘 그래왔듯 그를 채근하거나 뭔가를 더 묻는 법 없이 이렇게 대답하는 것이었다.

"그야 당연하지. 하지만 그때까지 내 인내심이 견뎌줄지 의문이야. 아무튼 빨리 돌아와. 호텔도 그렇고 할 일이 태산인 건 알고 있지?"

"그럼, 당연하지."

그의 눈시울이 붉어졌다. 한국을 떠난 뒤 낯선 곳에서 낯선 시간을 보내고 있었을 때 임만큼 그와 많은 얘기를 나누고 많은 일을 함께한 사람은 없었다. 언제부터인가 임은 그에게 친구 이상의 형제 같았다. 불쑥 그런 상념들이 떠오른 탓이었을 것이다. 그는 정말 이번에 돌아가면 임과 밤을 새워 얘기를 나누어야겠다고 다짐했다. 어떤 얘기든, 부끄러움이든 이제는 정말 고백해버려야겠다고. 왜 하필 이 낭떠러지에 와서야 그런 마음이 드는 건지 알 수 없었지만 꼭 그러고 싶다고. 심호흡을 하고 낭떠러지로부터 뒤돌아섰을 때에야 숨이 제대로 쉬어지는 기분이 들었다.

그는 다시 지프에 올랐다. 기다렸다는 듯 차에 시동을 걸던 놈이 룸미러를 힐끗 올려다보면서 말했다.

"조금만 참으시면 됩니다. 어차피 금방 도착하게 될 테니까요."

깨끗이 속을 비워낸 그는 눈을 감고 잠을 청해보았다. 그러고는 대책 없이 밀려드는 생각들을 밀어내며 그가 최근 완공한 호텔의 풍경들을 떠올려보았다.

언제 봐도 기분 좋은 야자수와 카리브 해변을 본뜬 수영장과 정문을 마주 보고 U자형으로 우뚝 선 객실들. 호텔리어로서 자부심이 대단한 직원들의 얼굴과 그들의 얼굴에 거의 빠짐없이 스며 있는 미소. 엘리베이터를 타고 몇 층만 올라가면 호텔 뒤쪽으로 거대한 국립공원 같은 리조트가 펼쳐져 있었다. 어느 배짱 좋은 중국인 사업가가 근처의 땅을 모두 사들여 세워놓은 자신만의 왕국이었는데, 자신의 왕국 옆에 이방인은 절대 안 된다는 그 중국인을 설득해 호텔을 짓기까지 몇 년의 시간이 소요되었다.

처음 호텔의 문을 열던 날, 그는 임과 호텔 꼭대기 VIP룸에 올라가 건너편 피플스 팍*을 바라보며 와인을 마셨다. 임이 건배를 제의하며 말했다.

"축하해. 이멜다 여사가 살아서 이 호텔을 봤다면 미친 듯이 질투했겠는걸. 당장 자신의 별장을 허물고 다시 짓고 싶어서 말이야."

정말로 감동한 듯 입을 다물지 못하는 임을 바라보며 그는 픽 웃

---

* people's park. 필리핀 마르코스 대통령의 부인 이멜다 여사의 별장이 있는 공원.

음을 터트렸다.

"겨우 이만한 호텔 때문에? 이제 시작인걸. 앞으로 잘 운영해서 수익이 나면 너랑 하고 싶은 일이 정말 많아."

"듣기만 해도 기분이 좋아지는 말이로군. 뭔지 모르지만 나도 기대해. 서로 마음만 통한다면야 앞으로 무엇이든 못하겠어. 하지만 당장 우리 학교 옆에 치과를 지어주겠다는 약속을 잊은 건 아니겠지?"

"당연하지. 치과뿐이야. 학교 옆 판잣집들을 허물고 기숙사도 짓고 빌리지도 만들자."

넘치는 계획에 한없이 부풀어 오른 입술을 붉은 와인에 적시고 있을 때였다. 건너편 공원을 바라보다 문득 생각났다는 듯 고개를 갸웃하며 임이 말했다.

"그런데 아무리 생각해도 '호텔 인 따가 이따이'는 아니야."

"응?"

"호텔 이름 말이야. '따가 이따이 인 호텔'이 더 어울린다고."

이번엔 그가 고개를 갸웃거리고만 있자 임이 그 이유를 설명했다.

"언제 내가 얘기한 적 없었나? 따갈로어로 '따가 이따이'는 '아버지에게 건배를'이란 뜻이거든. 그러니까 어순상으로도 '따가 이따이 인 호텔'이 맞는 거지. 해석해보자면 '호텔에서 아버지에게 건배를!' 쯤 되겠군. 생각해보라고. 사랑을 잃고 방황하던 네 등 떠밀어준 아버지가 아니었다면 오늘날 네가 여기서 이런 호텔을 지었을 리 없잖아? 고작해야 한국에서 지옥 같은 하루를 후회하는 인생을 살고 있었겠지."

"정말. 듣고 보니 그렇군. 그런데 어쩐다? 나는 별로 그러고 싶은 마음이 없는데. 너도 알고 있잖아. 여기까지 오기 위해 내가 얼마나 많은 공을 들였는지."

그가 씁쓸한 표정으로 중얼거리자 임은 그때서야 껄껄 웃으며 그의 등을 두드렸다.

"이런, 농담이야. 이제 와서 어떻게 간판을 바꿔? 그만 내려가자. 이런 날 한잔 안 하면 언제 하겠어?"

호탕하게 웃는 임과 반주를 곁들인 저녁을 먹고 돌아오는 길, 그는 잘 마시지도 못하는 술에 취해 노래를 불러대는 임을 바라보며 혼자 중얼거렸다.

'미안한데 임, 네가 모르는 게 있어. 애초에 나는 네가 생각하듯 아버지가 등을 떠밀어서 여기로 온 게 아니야. 너와 여러모로 경우는 다르지만 결국엔 내가 스스로 선택해서 온 거라고 볼 수 있지. 무슨 거창한 희망이나 새 삶에 대한 기대가 있었던 것도 아니야. 오히려 절망적인 상황에서 어딘가로 떠날 궁리를 하고 있었을 때 문득 내 마음의 어떤 반발심처럼 이 땅이 떠올랐을 뿐이니까. 이유가 아주 없지는 않았지만 그때는 왜 여기여야 했는지 스스로도 잘 알지 못했어. 그러나 한국을 떠나고 이곳에서 일들이 서서히 자리를 잡아가는 동안 문득 그런 생각이 들곤 했어. 나는 혹시 오래전 아버지가 쓸고 간 땅의 진짜 모습을 보고 싶었던 건 아닐까. 어쩌면 한 번도 닮고 싶은 적 없던 아버지를 마음껏 조롱하기 위해 굳이 이 나라를 선택했던 건 아닐까. 지금은 아니지만 언젠가는 너에게도 그 이유를 설명해줄 수 있는 날이 올 거야. 어쨌든 임, 너와의 약속은 꼭 지키겠어. 학교 아이들을 위해 치과를 지어주겠다는 것 말이야. 너야말로 지금 내 삶의 유일한 친구니까.'

그리고 다짐했다.

언젠가 때가 되어 한국으로 돌아가게 되는 날엔, 그때가 언제인지 아직은 알 수 없겠지만, 그때서야 비로소 아버지에게 건배를 청한 뒤 모든 게 끝났다고 웃으며 말하리라고.

그랬는데, 그런 생각들을 하고 있었는데, 갑자기 지프를 세운 놈이 그를 뒤돌아보며 오줌을 누고 오겠다고 했다. 그는 고개를 끄덕였다. 옅은 갈색 선글라스 안의 눈동자가 그를 보고 웃었다. 오줌 소리가 들렸던가. 모르겠다. 기억나는 건 오직 돌아온 놈이 운전석이 아닌 뒷좌석의 문을 열고 그의 이마에 총을 들이밀었다는 것뿐이다. 그 뒤로 모든 일은 순식간에 일어났다. 몸이 뒤로 돌려지고 눈에 안대가 채워지면서 총구에 머리를 맞은 그는 정신을 잃었고, 정신을 잃으면서도 놈이 했던 말을 기억했다.

"안됐지만 당신이 원하는 곳으로는 갈 수 없을 거야. 영원히."

그때서야 그는 임의 충고대로 징코를 데려오지 않은 걸 진심으로 후회했다.

팔라완에서 지하강으로 가는 길이 이토록 험난한 줄 알았더라면.

그러나 늘 그렇듯 그걸 깨달았을 때는 이미 늦은 때였다.

*

밤일까. 어둡다. 모든 것이 꺼져가고 있는 걸까.

그는 문득 자신의 젊은 날을 떠올린다. 모든 것이 꿈처럼 몽롱하게 느껴져서인지 타인의 것처럼 느껴지는 한 시절의 이야기들이 언젠가 읽고 잊어버린 시시한 소설의 한 장면처럼 펼쳐진다.


남자주인공은 이제 막 부상하기 시작한 대한민국 지방 소도시에서 유복한 가정의 장남으로 태어나 어려서부터 수재 소리를 들으며 좋은 교육을 받고 자라났다. 머리도 좋은 데다 외모도 준수하여 여학생들에게 인기가 있는 편이었고, 평소 책읽기를 좋아하여 중요한 시험이 코앞일 때도 소설과 시집을 끼고 살 만큼 감성이 풍부했다.

그는 평소 아버지보다는 어머니를 좋아했고 자신의 그런 기질이 아버지보다는 어머니를 많이 닮았다고 생각했다. 이런저런 사람들로부터 칭송을 듣고 있었지만(그의 아버지는 베트남전쟁 중 사업으로 큰돈을 번 뒤 그때까지 두 번이나 국회의원을 지낸 적 있는 성공 신화의 주인공이었다) 그는 아버지가 한낱 장사꾼일 뿐이라고 생각했기 때문이었다.

어느 날 군대를 마치고 복학한 그는 도서관 앞에서 한 무리의 사람들을 모아놓고 연설을 하고 있는 아름다운 여학생을 보게 되었다. 가냘픈 외모에 작은 입술을 움직여 그즈음 사회적 이슈의 중심이 된 문제들에 대해 자신의 의견을 피력하고 있던 여학생에게 그는 한눈에 반해버렸다. 가난한 농민의 딸이었던 여학생은 여학생대로 자신이 대학시절 내내 보아왔던 운동권 남학생들에게서 볼 수 없던 색다른 매력을 그에게서 발견했다. 얼마간 시간이 지난 뒤 서로의 진심을 확인한 두 사람은 걷잡을 수 없는 사랑에 빠져들었다.

처음에 아버지는 두 사람의 연애 사실을 알지 못했다. 그러나 아들이 결혼을 하겠다고 여학생을 집으로 데려온 뒤부터는 두 사람의 결혼을 방해할 온갖 방법을 궁리하기 시작했다. 그러고는 실제로 행동에 옮겼는데 그중에는 여학생의 집으로 사람을 보내(아마도 이때 아버지의 심부름을 간 사람이 김상조라고 했던 그 남자가 아니었을까. 그는 생각해보았지만 그건 어디까지나 그의 짐작일 뿐이었다.) 생업에 바빠 아무것도 모르고 있던 여학생의 아버지에게 두툼한 돈다발을 건네는 일도 포함되어 있었다. 여학생의 아버지는 이 일로 큰 충격을 받았다.

나중에 그 말을 전해 들은 여학생은 몹시 화가 난 표정으로 그를 찾아왔다.

"대체 왜 내가 이런 일을 당해야 하지? 설명해봐."

그는 차마 연인의 얼굴을 바라볼 수가 없어 고개를 숙였다. 대답할 말이 없어서가 아니라, 자신이 아무리 최선을 다해봐도 상황을 바꾸기 어렵다는 것을 알고 있었기 때문이었다. 그렇게 얼마쯤 시간이 흐르고 상황이 나아질 기미를 보이지 않을 때 여학생은 다시 그를 찾아와 물었다.

"더 이상 참을 수가 없어. 결정해. 네가 평생 의지해온 아버지의 그늘을 잃을래, 나를 잃을래. 아니면 둘 다 잃을래?"

그때 불현듯 그는 깨달았다. 자신이 무엇을 선택하든 모든 것을 다 잃게 되리라는 것을. 그는 당연히 그녀를 원했지만 그 선택은 자신이 그녀를 포기했을 때보다 더 그녀를 망가뜨리게 될 것이다. 인정하고 싶진 않았지만 자신이 알고 이해하고 있는 아버지는 그런 사람이었다. 그래서 그는 겨우 이렇게 대답했다.

"미안하다."

그러자 그녀는 기다렸다는 듯 그의 뺨을 후려치며 정말이지 그런 바보 같은 얼굴은 처음 보았다는 표정으로 말했다.

"그렇게 애매모호한 표정 짓지 마. 혹시라도 네가 좀더 나은 인간이라고 생각할까 봐 말해두는 것이니 기억해. 이제 보니 너나 너의 아버지나 구제불능이긴 마찬가지야."

그때서야 그는 정신이 돌아온 사람처럼 후회의 눈물을 흘렸지만 모든 일은 이미 돌이킬 수 없게 된 뒤였다.


물론 이 얘기 또한 사실이 아닐지도 모른다. 하지만 세상 모든 얘기들의 어디까지가 진짜이고 어디까지가 거짓인가. 그것에 대해 아무 의심 없이 자신 있게 말할 수 있는 사람이 몇이나 될까.

돌이켜보건대, 그가 생각하는 자신의 얘기 속 가장 큰 맹점은 결말이었다. 아버지에 대한 자신의 섣부른 비관이 한 여자의 사랑을 짓밟아버렸다는 데서 오는 끝없는 죄의식과 후회만 가득한 결말. 하필이면 뱀 같은 남자의 혓바닥 위로 수연의 이름이 호명된 이 시점에, 또 한 명의 무고한 여자의 인생이 그렇게 되지 않으리라고 누가 장담할 수 있을까. 아직은 아무것도 확신할 수 없지만 바로 그런 불안이 그를 이곳으로 이끈 건 아니었을까.

그런데 왜.

에일리는 그의 팔라완행에 대해 그토록 거부감을 가졌던 걸까.

의문을 풀지 못한 채로 그는 이제 거의 기력이 다한 의식을 놓아 버린다.

에일리에겐 아무 잘못이 없다

# 5

## aladiner's 노트

시원시원한 말투에 충청도 사투리가 섞인 한국어를 쓰던 미스터 임은 전화를 받고 한동안 놀라서 말을 잇지 못했다.

"미스터 박의 동생분이시라고요? 박 의원님이 보내셨고요?"

학교를 운영하고 있어서인지 처음 전화를 걸었을 때는 무척이나 사무적인 느낌이 들었지만 내가 형의 동생임을 밝히고 용건을 말하자 그는 매우 뜻밖이라는 듯 긴 한숨을 내쉬었다.

"알겠습니다. 그러나 오늘은 너무 늦었으니 내일 점심을 함께하도록 하죠. 따로 차를 보낼 테니 그걸 타고 제가 있는 곳으로 와주시면 감사하겠습니다."

하루가 급한 마당에 또 하루를 넘겨야 한다고 생각하니 가슴이 답답해져왔다. 그러면서도 한편으론, 그가 다른 사람들과 달리 형

을 '리틀 박'이라 부르지 않고 '미스터 박'이라 부르는 걸 이상하게
생각하며 대답했다.

"계신 곳이라면."

"기사가 알아서 안내해드릴 겁니다. 아참. 징코라고, 제 운전기사
이름입니다."

"네, 기억해두죠."

"11시까지 로비로 내려오시면 됩니다."

"네."

지나가던 택시를 불러 세워 '호텔 인 따가 이따이'에 방을 잡았다.

얼마가 걸릴지 알 수 없어 며칠 묵으실 거냐고 묻는 직원에게 내
가 나갈 때까지 다른 손님을 받지 말아 달라고 부탁했다. 형이 없
는 형의 호텔에 혼자 묵는다는 게 어쩐지 기이한 운명 같다는 생각
이 밀려왔다.

*

늦은 아침, 약속시간에 맞추어 호텔 로비로 막 내려가려던 순간
경찰서에서 전화가 왔다. 코리안데스크팀의 앤디 형사였다.

"다행히 전화를 받으시는군요. 지난번 결례도 있었던 터라 혹시
나 했습니다."

이자가 지금 농담을 하나. 가슴에서 뭔가 확 올라오는 걸 누르며
대답했다.

"당연히 전활 받아야지요. 지금으로선 믿을 사람이 형사님밖에

더 있나요. 그래 아직 저에게 하실 말씀이 남아 있었던가요?"

"팔라완에서 리틀 박을 봤다는 가이드를 붙잡았습니다."

역시나 앤디. 그럴 것 같더라니. 내 귀가 번쩍 뜨였다.

"정말인가요? 그런데 가이드라뇨?"

"팔라완에서 지하강까지 가는 절차가 좀 복잡해서 말이죠. 잘 모르고 그냥 갔다간 허탕을 치기 십상이죠. 어쨌거나 이놈 말이 자기는 리틀 박이 부탁해서 운전수를 구해주었을 뿐이니 아무런 잘못이 없다고 하지 않겠습니까."

"그래서요?"

"그래서 그럼 그 운전수가 누구냐고 다그쳤더니 어떤 놈의 이름을 대긴 하더군요. 헌데 그놈은 도리어 리틀 박인지 뭔지 하는 남자를 본 적도 없다고 펄쩍 뛰지 않겠습니까. 오히려 얼마 전 면허증을 잃어버리는 통에 며칠 공치는 중이라고 하소연만 늘어놓더라 이겁니다."

"그러니까 당신 말은……."

"네, 맞아요. 누군가 그놈 면허증을 훔쳐 리틀 박을 태우고 간 거죠."

"그럼 그놈을 찾으면 되지 않습니까. 혹시 아직 못 찾은 겁니까?"

"아쉽게도요. 하지만 너무 낙심하진 마세요. 그 근방에 얼마 없는 CCTV를 다 뒤져 놈이 누구인지는 알아냈으니까. 화질이 나쁜데다 고장 난 것들이 태반이라 솔직히 기대하지 않았지만 운이 좋은 편이었습니다. 눈알이 빠지게 고생한 보람이 있었던 거죠. 아무튼 그날 놈이 가이드와 만나는 모습, 갈색 지프를 몰고 지하강 쪽으로 움직인 모습을 다 찾아냈습니다."

그렇다면, 이제 놈의 은거지를 찾아내는 것도 시간문제라는 얘기가. 다른 누구도 아닌 앤디가 먼저. 이상한 안도감이 스치는 걸 느끼며 내가 물었다.

"그런데 도대체 뭐 하는 놈이랍니까? 그 운전수 말이에요."

"틴이라는 놈인데요."

"틴? 그게 누굽니까?"

"그게 좀, 전화로 말씀드리긴 복잡하군요. 나중에 경찰서로 오시면 자세히 설명해드리겠습니다. 지금으로선 그저 에일리가 열일곱 살 때 준이라는 애인을 따라 민다나오로 갔고, 그때 그들을 민다나오로 데려간 사람이 틴이었다고밖에 말씀드릴 수 없겠네요. 틴은 준의 형이죠."

에일리와 준, 그리고 틴. 그들 셋과 형. 짧은 침묵이 지나가는 동안 엊그제 본 하나의 장면이 뇌리를 스쳤다. 장과 함께 처음 경찰서를 갔던 날 바람처럼 나타나 축 쳐진 에일리의 어깨를 끌어안고 사라진 남자.

"그럼 그날 경찰서에서 내가 본 그 남자가 준이었을까요?"

내가 묻자, 수화기를 사이에 두고 앤디가 한숨을 내뱉었다.

"그러고 보니 그럴 수도 있겠네요. 하지만 납치범이 틴으로 밝혀진 이상 이제 그놈을 찾아내는 것도 시간문젭니다. 우선은 팔라완에서 틴과 어울리던 패거리 몇 놈을 잡아들여야겠죠. 그럼 또 뭔가 나올 거라 기대합니다만. 그럼 다시 전화 드리죠."

"잠깐만 앤디."

끊어지려는 전화기를 붙잡고 내가 덧붙였다.

"언제든 전화 주세요. 혹시 새로운 뭐가 나오면 말이죠. 특히 놈의 은거지를 찾게 되면 꼭 연락해주시길 부탁드립니다. 별일은 없겠지만 하루하루가 참 조마조마해서요. 여기서 미스터 임이란 사람을 만나보고 바로 그쪽으로 가겠습니다."

"알겠습니다. 오죽하시겠어요, 형님이신데. 그럼."

전화를 끊고 로비로 내려가자마자, 나보다 먼저 나를 알아본 필리피노가 내게 다가왔다.

"프로페서 박, 미스터 임이 보내서 왔습니다."

"이름이……."

"징코입니다. 미스터 임이 운영하는 스쿨 오피서죠."

"아."

고개를 끄덕이고 그가 문을 열어준 차의 뒷좌석에 자리를 잡고 보니 '스쿨 오피서'라는 단어가 묘한 여운을 불러일으켰다. 뭐랄까. 자기가 하고 있는 일에 대한 자부심이 한껏 묻어나는 말 같았달까. 그래서인지 운전석의 필리피노에게 이상한 신뢰감이 생겨나는 것을 느끼며 나는 손에 쥐고 있던 휴대폰을 열었다. 내키지는 않았지만 한국의 아버지에게 중간보고라도 할까 하는 마음 때문이었는데 역시나 통화 감도가 매우 좋지 않았다.

징코가 그런 나를 힐끗 돌아보며 물었다.

"근처에 스타벅스가 있는데 잠깐 들를까요? 제가 좀 일찍 온 데다 어차피 미스터 임도 12시에 돌아오십니다."

그러고 보니 참으로 눈치가 빠른 현지인 아닌가. 나는 얼른 고개를 끄덕여 보이고 땡큐, 라는 인사도 두 번이나 반복해주었다. 친절한 징코를 주차장에 기다리게 하고 스타벅스 안으로 들어가자 비로소 통화 감도가 좋아졌다.

신호음이 몇 번 울리지 않았는데 아버지가 전화를 받았다. 기다렸던 것일까. 나는 차분히 그동안 있었던 일을 설명하고 아버지의 대답을 기다렸다. 그러면서도 무의식중에 어제저녁 경찰국 뒷골목에서 만난 이상한 남자 얘기를 하지 않았다는 사실을 깨닫고선 다시 말할까 하다가 그만두었다.

아버지의 대답은 의외로 싱거웠다.

"알았다. 다시 전화하자. 그쪽 수사가 그만큼 진행되었다면 금방 좋은 소식이 들려오겠지. 그나저나 장이 여러모로 신경을 써주고 있겠지?"

빌어먹을 또 그놈의 장. 나도 모르게 입술을 질끈 깨물었다. 그가 없으면 내가 한 발짝도 못 움직일 것이라 생각하는 것도 우스운 일이었지만 그가 보이지 않는 곳에서도 아버지의 기대에 충분한 역할을 할 거라고 믿는 건 더 우스운 일이었다. 늙으신 것일까. 그래서 판단력이 흐려지신 것일까.

아버지와 전화 통화를 마치고 나는 다시 김에게 전화를 걸었다.

근엄한 표정의 두터운 가면을 쓰고 절대로 속내를 드러내 보이지 않는 아버지보다 지저분한 뒷일을 부탁하기에는 김이 제격이었다. 명색이 정치연구소의 연구원이면서 한가하게 낮잠을 즐기는 중이었던지 잠이 덜 깬 목소리로 김은 전화를 받았다.

싱거운 안부를 주고받은 뒤 나는 곧바로 어젯밤 경찰국 뒷골목에서 만난 남자의 이름과 그가 대표를 맡고 있다는 단체의 이름을 김에게 알려주며 말했다.

　"되도록 빨리 알아보고 전화를 주면 좋겠어."

　"이거야 원, 탐정 놀이 하는 기분인 걸. 하지만 나쁘지 않아! 나중에 모른 척하기 없기야."

　전화를 끊고 잠시 멍하니 앉아 있었더니 어젯밤 만난 남자의 긴가민가한 목소리가 다시 떠올랐다.

　"믿기 어려우실 거라는 걸 알지만 제 말을 믿으십시오. 지체할 시간이 없다고 형님에게도 말씀 드렸는데 제 말을 안 들으시더군요. 그래서 이 사단이 난 거 아닙니까. 다시 말씀드리지만 저는 형님을 납치한 자가 누구인지 알고 있습니다. 놈이 어디로 갔을지도 짐작되고요. 그러니 간단한 문제입니다. 당신이 저를 고용하시면 됩니다. 형님이 무사히 돌아오시길 바란다면 말이에요. 형사들이 들이닥치기 전에 놈이 먼저 형님을 어떻게 해버릴지 누가 장담할 수 있겠습니까? 원한다면 아무도 모르게 놈의 머리통에 총알을 심어드릴 수도 있습니다. 그런 뒤 조용히 사라질 수 있도록 뒤만 봐주실 수 있다면. 사실 우리 모두 형님이 무사히 돌아오길 바라는 것 아닙니까. 우선 착수금 조로……."

　언뜻 그럴듯해 보이는 남자의 말이 황당한 거짓말이라는 걸 모를 만큼 나는 어리석지 않았다. 뭔가를 알고 있다면 경찰서로 가야지 왜 나를 찾아온다는 말인가. 무슨 이유인지는 모르겠으나 남자는 뭔가에 쫓기고 있었다. 그리고 그것으로부터 벗어나기 위해 나에게 돈을 요구하고 있었다. 나는 남자의 제안을 거절했다. 아버지라면 모를까. 남자를 고용하고 뒤를 봐줄 만큼의 돈도, 배포도 내게는 없었다. 충혈된 눈빛으로 나를 쏘아보던 남자는 어둠 속에서 절망적인 표정을 지어 보였다. 이상한 일이었다. 나는 그런 남자의 얼굴에서 아버지의 그림자를 본 것 같았다.

한낮의 스타벅스에는 사람이 많지 않았다.

귀에 익은 팝송들이 흘러나오는 실내에는 혼자 혹은 둘인 사람들이 잡지를 보거나 랩탑을 두드리며 자기만의 세계에 빠져 있었다. 성능 좋은 에어컨 때문인지 팔뚝에서 으스스 소름이 돋았다. 갑자기 커피 생각이 났다. 나는 들고 있던 전화기를 도로 주머니 속에 집어넣고 팔뚝을 손바닥으로 문지르며 카운터로 다가갔다.

그러다가 문득 주차장 쪽으로 고개를 돌렸을 때였다. 누군가와 열심히 통화를 하고 있던 징코가 심상찮은 표정으로 제자리를 왔다 갔다 하더니 갑자기 몸을 돌려 세워놓았던 차의 타이어를 걷어차는 모습이 보였다. 그러고서도 화가 풀리지 않는지 차창에 이마를 기대고 머리를 감싸 쥐었는데 여차하면 그렇게 맨 머리로 유리창을 들이받을 기세였다.

뭐지? 이 상황은?

의문이 빠르게 뇌리를 스쳤지만 한편으론 쓸데없는 관심이란 생각이 들었다. 나는 애써 그쪽으로는 시선을 두지 않은 채 주문을 하고 있는 사람들을 바라보았다. 한참을 기다려 커피를 받은 뒤 밖으로 나왔을 때는 모든 게 정상으로 돌아와 있었다.

정오를 조금 남겨둔 시간에, 징코의 차는 임의 학교에 도착했다.

담벼락 근처에 앉아 졸고 있던 스쿨 가드가 클랙슨 소리를 듣고 벌떡 일어서더니 교문을 열어주었다. 징코는 따갈로어로 그와 인사를 주고받으며 교문 안쪽으로 차를 댔다. 허리에 권총을 찬 가드가 달려와 내가 앉은 쪽 차문을 열어주었다. 호의는 고마웠지만, 나를 왜 이곳으로 데려온 건지 이해되지 않았다.

"이봐요, 징코. 미스터 임과 점심을 먹기로 했는데 나를 왜 학교로 데려온 겁니까?"

차키를 빼서 나에게 다가오던 징코는 그때서야 아차 싶은 표정으로 대답했다.

"맞습니다, 선생님. 미리 말씀드리지 못해 죄송합니다. 하지만 미스터 임이 선생님을 여기로 먼저 모시라고 하셨습니다. 곧 미스터 임이 돌아오실 겁니다. 사무실로 안내하겠습니다. 이쪽으로 오십시오, 선생님."

말할 때마다 'sir'를 갖다 붙이는 말투가 묘하게 내 신경을 건드렸다. 이상한 말 같지만 그게 '조롱'이 아닌 '존경'의 의미로 느껴졌기 때문이었다. 한국에서 선생님이라는 말을 들을 때완 완전히 다른 느낌으로 그것이 너무 진실하게 들려 오히려 불편하게 느껴졌다고 나 할까.

나는 징코를 따라 2층으로 올라갔다. 임의 사무실은 2층 맨 안쪽에 자리를 잡고 있었다. 소박한 소파와 탁자, 다양한 어학교재들이 책장마다 가득한 단정한 사무실이었다. 커다란 회의용 탁자 주위로는 아직 누군가의 온기가 남아 있는 듯 따뜻한 느낌을 주는 나무 의자들이 어지럽게 널려 있었다.

나는 의자에 앉는 대신 징코가 갖다준 음료수를 들고 창가에 섰다. 널따란 운동장이 한눈에 들어왔다. 평소 테니스를 즐기는 듯 흰 선들이 분명하게 그어진 운동장과 노랗고 붉은 꽃들이 흐드러지게 핀 화단, 여러 개의 농구대와 모래 놀이터까지 갖춘 모습이 한눈에도 정성이 많이 들어갔다는 인상을 주었다. 그러나 그뿐, 한국의 웬만한 학교보다 시설이 훌륭하다는 첫인상에도 불구하고 형친구의 학교라는 것 이상의 별다른 감흥이 일지 않았다.

\*

미스터 임은 호리호리한 체격에 작은 눈을 가진 중년의 한국인이었다.

사십대 초반쯤 되었을까? 귀를 드러낸 단정한 머리에 셔츠를 바지 안으로 집어넣은 차림이 깔끔해 보였고 목소리는 우렁찼다. 그러나 내가 정말 형의 동생이라는 사실이 믿기지 않는 듯 놀랍다는 표정을 숨기지 않았다.

"살다 보니 이런 날도 있군요. 미스터 박의 진짜 가족을 만나게 되리라곤 생각해본 적이 없었습니다."

"그러셨군요. 그런데 이런 일로 찾아뵙게 되어 유감입니다."

"그래요. 그러고 보니 닮은 것도 같군요. 딱히 꼬집어 말할 순 없지만 하여튼 형제가 맞긴 맞나 봅니다."

그렇게 말하며 그는 다시 내 얼굴을 찬찬히 뜯어보았다.

"어쨌든."

임이 물었다.

"여기 학교에 직접 와 보시니 어떠세요? 소감이 궁금하네요."

뜬금없이 학교를 둘러본 소감을 말하라니, 그게 지금 이 상황에 어울리는 질문인가. 내가 어리둥절한 얼굴로 아무런 대답을 하지 못하자 임은 그런 나를 물끄러미 바라보았다. 어서 소감을 말해보라는 듯, 마치 그 대답을 듣기 전에는 나와 형에 관한 얘기를 한마디도 나눌 수 없다는 듯 어딘지 완고함마저 느껴지는 얼굴이었다. 그래서 나는 대답했다.

"생각보다 좋더군요."

그러나 뭐가 어떻게 좋았던 건지 구체적으로 설명할 수가 없다. 임은 그런 나를 물끄러미 바라보며 입꼬리를 올려 웃었다. 그러고는 사뭇 비장감이 느껴지는 목소리로 이렇게 말하는 것이었다.

"이만큼 오기까지 고생 많이 했습니다. 이제 벌써 7년이 다 되어 가네요. 한국에서 멀쩡히 다니던 직장 때려치우고 여기로 온 게 말이죠. 이상하게 들릴지 모르겠지만 여기 서서 운동장을 내려다보고 있노라면 아직도 전 뭉클한 기분이 들곤 합니다. 친구 생각도 많이 나고 말이죠."

"아, 네."

내가 짧게 응수하자 임이 말했다.

"말뜻을 못 알아들으셨군요. 제 말은 형님이 없었다면 이게 다 불가능한 일이었다는 뜻이었는데요. 애초에 보잘것없던 학교를 이만큼 크게 만들어준 사람도 그였으니까요."

"네?"

"놀라신 모양이로군요. 하지만 궁금해하실 거 같아 미리 말씀드리는 겁니다. 그래도 동생분이시니까 알 건 알아두는 게 좋겠지요."

얼떨결에 나는 고개를 끄덕였다.

그러자 임은 다시 차근차근 꽤 긴 시간을 들여 자기 자신에 관한 얘기를 들려주기 시작했는데 그의 말인즉 자신은 한국의 중학교에서 오랫동안 영어 교사로 근무했고 부장 승진을 앞둔 어느 날 투자한 주식이 잘못돼 크게 망했다는 것이었다. 그때 문득 찾아온 이혼 위기에서 자살을 궁리하다가 마지막 여행지로 찾아온 곳이 이곳이었단다.

따가 이따이. 해발 700미터. 인간이 가장 최적의 신체조건을 유지하며 살 수 있는 높이의 마을. 말을 타고 달릴 수 있는 화산이 있고 딸호수가 있고 마닐라 부자들의 휴양지가 있는 곳. 물론 여기에도 가난은 흔했고 7성급 호텔 근처에도 다 쓰러져가는 판잣집이 있었다. 나는 물론 동의하지 않았지만 임의 눈에 그 모습은 하나의 경이였다. 부와 가난이 나란히 공존하는 나라. 심지어 자연스럽게 어울리는 나라. 저토록 가난한데도 지구상의 그 어떤 나라보다 행복지수가 높은 나라. 어느 순간 임은 평생 이 나라 사람들과 함께 살아야겠다고 다짐했고 실제로 한국의 아내와 이혼한 뒤 빚뿐인 통장을 들고 조국을 떠났다. 그러고는 자신의 경력을 살려 이곳에 학교를 지었다. 헌신의 결과는 눈부셨다. 자타공인 그는 이제 현지인들의 신뢰를 한 몸에 받는 교육 사업가가 되었으니까.

"2012년 여름이었나. 한국에서 총선이 끝난 뒤 얼마 지나지 않아

코트라 마닐라 무역관에서 한국 기업인들을 상대로 한 한국 대표의 연설이 있던 날이었습니다. 행사가 끝나고 한국 대사와 직원들까지 참석한 성대한 만찬에서 형님을 처음 만났습니다. 저야 뭐 물건을 사고파는 사업가는 아니지만 학교에 필요한 기자재를 보다 안정적으로 납품받을 수 있는 곳을 찾고 있던 터였고요. 이왕이면 낯선 나라에서 고군분투하는 한국 기업인들의 물건을 공급받고 그들과 안면을 터두는 것도 나쁘지 않겠다는 생각에 참석했다가 만찬장 바깥에서 혼자 술을 마시고 있던 형님을 보게 되었습니다.

서로 인맥을 넓히느라 시끌벅적했던 만찬장 바깥에서 그러고 있는 사람이 평범해 보일 리는 없는 거죠. 사람들에게 물었더니 그날 연설을 한 한국 대표의 아들이라고 하더군요. 그러면서도 아버지와 별다른 접촉 없이 그러고 있는 형님에 대해 자기들끼리 뭐라고 수군거렸는데 무슨 말인지 자세히 알 수는 없었습니다. 다만 이상하게 형님에게 자꾸 눈길이 갔습니다. 같이 술을 마시게 되었고 몇 마디 얘기를 나누다가 우리는 친구가 되었습니다. 무엇보다 그는 그날, 한국 대표가 연설에서 강조한 무역관세 인하에 관한 법률이니 고충 해결이니 하는 문제들엔 시큰둥하다가 제가 운영하고 있는 학교 얘기에 큰 관심을 보여주었거든요. 뭐랄까. 사업가이면서도 자신이 하고 있는 사업보다 다른 데 더 관심이 많아 보이는 얼굴이었다고나 할까요.

그날 한국 대표로 연설을 하신 분이 박 의원님이었습니다. 듣기로 2004년에 한 번 낙선하신 적이 있다던데 그 뒤로 연거푸 당선되어 4선 의원이 되신 뒤라서인지 표정이 아주 밝으시더군요. 국회

대표로 오셨다가 연설을 마친 후 다음 날엔 필리핀 법무장관과도 면담할 예정이라고 하더군요. 어쨌거나 박 의원님은 뒤늦게 동남아로 뛰어든 한국 기업인들에게 마닐라 박으로 잘 알려진 인물이었고, 박 의원님 또한 자신의 노하우를 그들에게 나누어줄 수 있었다는 점에서 만찬은 아주 화기애애한 분위기였죠. 간간이 사람들이 다가와 형님을 리틀 박이라 부르며 인사를 청했지만 그는 웬일인지 자신이 그렇게 불리는 걸 그다지 좋아하지 않았습니다. 아니 실은 아주 싫어했습니다."

아시겠습니까? 하는 눈빛으로 임이 나를 바라보았다. 그러나 나에겐 모두 처음 듣는 얘기였을 뿐이고 그런 사연을 궁금해한 적도 없었다. 다만 미스터 임이 형을 왜 미스터 박이라 부르는지는 어렴풋 이해할 수 있을 것 같았다.

"그런 깊은 사연이 있는 줄은 몰랐습니다. 아시다시피 너무 오랜만이라……. 게다가 저는 형이 여기서 사업을 한다고만 알고 있었지 이런 일에 관심을 두고 있는 줄은 전혀 몰랐습니다."

"이런 일이라……."

임이 내 말을 받아 중얼거렸다. 그러더니 문득 창밖으로 시선을 돌려 한 무리의 아이들이 운동장으로 쏟아져 나오는 모습을 바라보며 말을 이었다. 쉬는 시간인 모양이었다.

"아이들 얼굴 좀 보세요. 순수하잖아요. 유치원 때부터 입시에 찌든 한국 아이들과는 완전히 다른 얼굴이에요. 처음부터 전 저 아이들 얼굴이 그렇게 좋을 수가 없었답니다. 그런데 말입니다. 여기까지 영어연수를 받으러 온 한국 학생들이 저 아이들에게 함부로

에일리에겐 아무 잘못이 없다

대하는 것을 볼 때면 머리끝까지 화가 나요. 그저 조금 잘 살게 된 나라에서 왔다는 이유로 말이지요. 제가 아무리 주의를 줘도 소용이 없을 때가 많았어요. 미스터 박이나 저나 특히 그런 점을 안타까워했죠."

어느새 아이들의 뼛속에까지 파고든 힘의 논리. 아이들이라고 어른들과 다르지 않다. 인간이란 어떤 상황에서도 위계와 갈등을 창조하는 독특한 존재였으니까. 그런데 이 남자는 왜 지금 나에게 이런 얘기들을 늘어놓고 있는 것일까. 형이 그리고 자신이 그렇게 훌륭한 사람이었다는 것을 강조하기 위해서? 하지만 지난번에 앤디는 형이 이곳에서 항상 존경을 받았던 건 아니라고 말하지 않았던가. 누구의 말이 사실이고 누구의 말이 거짓인가. 아무리 오래전일이라 해도 지금껏 내가 알고 있는 형과 이들이 알고 있는 형은 어떻게 다른 것인가. 머릿속이 뒤죽박죽되는 걸 느끼며 내가 말했다.

"그나저나 전 궁금한 게 좀 있어서요. 몇 가지만 여쭤보고 다시 경찰서로 가봐야 될 것 같습니다."

갑자기 대화의 방향을 돌린 나를, 임은 못마땅한 듯 바라보았다. 그러나 이제야 분명히 내가 찾아온 이유가 떠올랐다는 듯, 혹은 그때서야 생각하고 싶지 않은 현실의 일로 돌아왔다는 듯 선글라스를 집어 들며 말했다.

"그러시죠. 그런데 자리를 옮기는 게 좋을 것 같네요."

나는 총총 사무실 문을 열고 나가는 임의 뒤를 따라갔다.


10분 후, 우리는 맥주를 앞에 놓고 마주 보고 앉았다. 점심시간이었지만 서로 밥 생각이 없긴 마찬가지였다. 손님이 거의 없는 한 가한 레스토랑어서인지 주차장도 썰렁해 보였다. 우리가 사무실에서 내려오는 걸 보자마자 자동인형처럼 일어나 시동을 걸었던 징코가 거기 서서 담배를 피우고 있었다. 모시는 사람의 충실한 수족 노릇을 할 때 보지 못한 위엄과 꼿꼿한 자존심 같은 게 그런 징코의 모습에서 느껴졌다. 나는 잠깐 선 채로 담배를 피우고 있는 그의 움직임을 바라보다가 다시 임에게로 시선을 돌렸다.

"술을 마시기에 아직 이른 시간인데 괜찮으시겠습니까? 보아하니 술을 썩 잘 마시는 분 같지도 않구요."

임이 빙그레 웃으며 얼음이 가득 든 맥주잔을 입으로 가져갔다.

"그렇게 보는 분들이 의외로 많더군요. 하지만 가끔은 마십니다. 꼭 마셔야 할 일이 있을 때, 혹은 마시고 싶은 기분이 들 때. 게다가 오늘은 징코가 있잖아요. 그건 제가 거의 안전하다는 걸 의미하죠."

"네, 듬직해 보이네요. 여기 출신인가요?"

"아니요, 그는……."

임은 잠시 고개를 젓더니 갑자기 태도를 바꾸어 물었다.

"아까 궁금한 게 있다고 하셨죠? 그래 무엇이 궁금하신가요?"

"그거야 당연히 형에 관한 것들이죠. 지금까지 수사 상황에 대해서는 대충 알고 계시리라 생각합니다만."

"물론입니다. 주로 제가 앤디를 채근하느라 전화를 하는 편이죠."

"그렇다면 얘기가 더 수월하겠네요. 그럼 팔라완에서 형을 태운 운전수가 누군지 알아냈다는 것까지 들으셨겠네요."

"네, 아까 학교로 돌아오기 바로 전에 들었습니다. 결국 그날 밤

술자리가 화근이 된 것 같아 유감이네요."

"혹시 전부터 에일리를 알고 계셨나요?"

"그럴 리가요. 징코가 그들을 태웠다는 말은 들었습니다. 하필 그날 저는 일이 있어 미스터 박과 끝까지 자리를 함께하지 못했으니까요. 그런 곳에서 일하는 아가씨들이야 자주 바뀌는 법이죠. 게다가 죄다 비슷한 화장을 하고 있어서 우리는 그녀들 얼굴도 잘 기억 못해요."

우리. 정겨운 말이지만 우리가 아닌 상대를 지극히 소외시키는 말. 둘만이었는데도 어쩐지 외톨이가 된 기분을 느끼며 내가 물었다.

"그럼 혹시 임 선생님은 형이 왜 팔라완까지 갔는지 알고 계십니까?"

목이 타는지 미스터 임은 그 대목에서 맥주를 한 모금 들이켰다.

"처음엔 몰랐습니다."

"그럼 지금은요?"

"실종되기 전 미스터 박이 한번 전화를 걸어와 알게 되었습니다."

"전화를 걸어왔었다고요? 뭐라고 하던가요?"

"누굴 만나러 간다고 했습니다."

"누구를요?"

"그걸 알 수 있다면, 저도 지금 이렇게 답답하진 않을 것 같군요."

"혹시 어떤 여자 얘기를 한 적은 없었나요? 이를테면 한때 좋아했다거나……."

"전혀요."

임이 고개를 갸울이며 중얼거렸다. 난감했다. 나는 질문을 바꿔 보았다.

"친구로서 형이 어떤 사람이었다고 생각하세요?"

그때였다. 맥주잔을 만지작거리고 있던 임이 불만이 가득한 표정으로 나를 건너보았다.

"어떻게 된 게 형제분이 기자처럼 묻네, 참."

나는 어깨를 으쓱했다.

"그렇게 들렸나요? 죄송합니다. 단지 궁금해서 여쭤본 것뿐이니 오해하지 마세요. 솔직히 너무 오랜만이라 저도 지금 모든 게 혼돈스럽습니다. 더군다나 여기 오기 전에 만난 앤디는 형이 여기서 늘 존경을 받은 건 아니라고 하고요."

"앤디가요?"

"네. 그렇다 보니 저도 여러 각도에서 생각해보지 않을 수가……"

임이 내 말을 가로막았다.

"잘못 짚었습니다."

"네?"

"잘못 짚었다고요. 굳이 그쪽으로 생각하고 싶은 건지 모르겠지만."

임이 말을 이었다.

"좋아요, 궁금해하니 말씀드리죠. 친구로서 미스터 박을 어떻게 생각하느냐고 물으셨습니까? 그는 좋은 사람이라고 생각합니다. 사업가로서도 훌륭했고요. 혼자서 차근차근 이만큼의 성공을 이룬 것도 그렇지만 이곳 사람들을 이용해 돈을 벌 줄만 알았지 친구로 생각하지 않았던 다른 많은 한국인 사업가들과는 달라도 많이 달랐으니까요. 모르는 사람들은 쉽게 그걸 아버지 덕이라고 말하고 싶은지 모르겠지만 제 생각은 결코 그렇지 않습니다. 저와 만나기 전의 일이라 처음엔 어땠을지 모르지만 그는 지금 스스로 우뚝 서 있으니까요. 학교를 둘러보셨으니 동생분도 나름 느끼는 게 있으셨을 줄 믿습니다. 번 돈을 제 나라로 가져가기 바쁜 사업가와 그걸 함께 고생한 사람들을 위해 쓸 줄 아는 사업가는 천지 차이죠.

앤디가 지적한 부분이 무엇인지도 물론 모르지 않아요. 실제로 언젠가 한번 미성년자 고용 문제로 곤욕을 치른 적이 있었으니까요. 하지만 그건 어느 쪽의 입장에서 바라보느냐에 따라 판단이 달라질 수 있는 문제였어요. 결론적으로 말씀드리자면, 일하고 싶어 했던 건 그 애들이었고 미스터 박은 그 애들의 소원을 들어준 거였으니 오히려 칭찬을 받아야 할 일이라는 겁니다. 여긴 한국과 상황이 아주 많이 달라요. 그 점을 기억해주시기 바랍니다. 학교를 다니지 않는 아이들이었고 학교를 다니고 싶어 하지도 않는 아이들이었어요. 먹을 것과 입을 것이 필요해서 도둑질을 일삼던 아이들이었다고요. 그랬던 아이들이 일을 하면서 더 이상 도둑질을 하지 않게 되었다면 잘된 일 아닌가요? 만약 그 애들이 공부하기를 원했다면 미스터 박은 아마 내게 학비를 기부했을 겁니다. 이제 좀 이해가 되시나요?"

"그랬군요."

나는 고개를 끄덕였다. 갑자기 머리가 멍해지면서 형에 대해 들으면 들을수록 형을 알 수 없을 것 같은 이상한 기분에 휩싸였다.

"다만 한 가지."

맥주를 한 모금 들이켠 임이 깊은 한숨을 내쉬며 말했다.

"과거에 발목을 잡혀 늘 우울해하는 모습을 볼 때마다 안타까웠습니다."

"과거에 발목을 잡히다니, 뭘 말하는 겁니까?"

내 질문에 어떤 잘못이 있었던 걸까. 무표정하던 임의 얼굴에 알수 없는 비웃음이 번졌다. 자세히 보니 매서운 눈을 가진 한국인이었고, 그 눈빛 속에는 어떤 거짓도 용납하지 않을 것 같은 고집이 담겨 있었다. 임이 말했다.

"미안하지만 아무것도 모른다는 듯 그렇게 자꾸 절 떠보려 하시면 곤란합니다. 대화를 하러 오셨다면 마음을 여셔야죠. 그런 의미에서 한 가지만 말해두죠. 최근 몇 년 동안 여기서는 제가 미스터박의 유일한 친구였다는 사실을 말입니다. 지금은 동생분보다 제가 더 그를 잘 안다고 해도 과언이 아닐 텐데요."

멀미를 할 때처럼 내 안의 뭔가 시작한 건 꿈틀거리기 시작한 건 그때부터였을 것이다. 나는 형에 대해 아무것도 아는 게 없다는 생각이 들었다. 한때의 반항심을 접고 이미 철수한 아버지 사업을 현지에서 후광처럼 다시 이어받은 줄만 알았던 형이 자기 나름의 방식으로 성공한 사업가가 된 것도 그랬고, 임을 돕고 있다는 것도 그랬다.

아버지는 이 사실을 알고나 계실까.

할 말을 잃고 연거푸 잔을 비워내는 나를 보다 못한 임이 덧붙였다.

"무례하게 느껴졌다면 죄송합니다. 하지만 웬일인지 오늘은 여기서 입을 다물어야 할 것 같군요. 동생분 표정을 보니 더욱 그래요. 때마침 미스터 박도 없는데 내가 그에 대해 이런 얘기를 하는 게 합당한가 하는 생각도 들고요. 해서 오늘은 이만 가보도록 하죠. 나중에 언제든 뭔가 더 얘기하고 싶은 게 있으시거든 그때 다시 찾아오세요. 물론 그사이 좋은 소식이 날아들었으면 좋겠습니다."

"......"

임을 보내고 한 시간쯤 더 있다가 나는 그 식당을 나왔다.

그사이 혼자 마신 술이 꽤 된 듯했다. 푹신한 방석에 조악한 액세서리를 매단 트라이시클 운전수를 보자마자 나는 그 녀석과 오랜 친구라도 된 듯 큰 소리로 외쳤다.

"하이! 오늘은 어때? 좋은 날씨지? 그런데 너는 혹시 벨벳 뷰라는 데를 알아? 리틀 박이라는 유명한 한국인 사업가가 살았다는데."

그는 별 미친놈을 다 보겠다는 듯 뚱한 표정으로 고개를 가로젓고는 내 옆의 다른 손님을 태우고 저쪽으로 멀어져갔다. 택시를 잡아야 할까. 인상을 찌푸리며 차도로 한발 내딛은 순간 버스 한 대가 나를 칠 듯이 다가오더니 욕설을 퍼붓고 지나갔다. 황급히 인도로 내려선 나는 하늘을 한번 올려다보았다가, 자동차와 사람들과 오토바이와 말들이 뒤섞여 떠다니는 것 같은 도로를 멍한 눈으로 바라보았다. 서서히 어둠이 내리는 가운데 시끄러운 트라이시클 소리가 난무하는 도로는, 그 순간 내 마음을 대변하듯 혼돈스럽기만 한 무법천지 같았다.

쪽지를 보고 단번에 고개를 끄덕였던 운전사는 높다란 철문으로 가로막힌 빌리지 입구에 나를 세워주었다. 벨벳 뷰. 철문에 달린 초인종을 누르자 예의 허리에 권총을 가드가 뛰어나와 누구냐고 묻고는 고개를 갸웃거렸다.

"할로, 익스큐스 미, 그러니까 내가 누구냐면……."

형의 집을 찾아왔으면서도 나는 마치 와서는 안 될 타인의 집을 찾아온 사람처럼 말을 더듬었다. 벌써 한참의 시간의 지나서 취기는 많이 가라앉은 상태였고, 머리 뒤에선 열대의 붉은 석양이 타올랐다. 나는 마른침을 삼키고 다시 한번 차분히 찾아온 용건을 설명했다. 혹시 몰라 대사관의 장으로부터 연락을 받지 않았느냐고 덧붙이자 가드는 그때서야 알겠다는 듯 순순히 철문을 열어주었다.

"이쪽으로 오세요."

철문 안으로 한 발짝 들어서고도 선뜻 움직이지 못하는 나를 물끄러미 바라보던 가드가 앞장을 섰다. 밤이었지만 어쩐지 눈이 부시도록 아름답다는 생각이 들었는데 자세히 보니 사방이 아름다운 정원이었다. 두리번거리는 곳마다 색색의 이름 모를 꽃들이 심어져 있었고, 거의 모든 집들이 약속이나 한 듯 앞마당에 꾸며놓은 정원 가운데엔 이제 금방 연인이 앉아 있다 간 것처럼 다정해 보이는 그네들이 두 개씩 놓여 있었다. 화려하지 않았지만 단정하면서도 품위 있는 평화로운 정경이었다.

"아름답네."

무심코 중얼거린 말을 알아들은 걸까. 앞서가던 가드가 뒤를 돌아보며 의미심장한 미소를 지어 보였다. 영문을 모른 채 나 또한 웃음을 터트렸다가 뒤이어 들려온 가드의 말에 나는 다시 어안이 벙벙해졌다.

"미스터 박. 굿 맨. 좋은 사람이에요."

서툰 한국어지만 분명히 의미를 알아들을 수 있는 발음이었다. 정식으로 배운 것 같지는 않았고 재미 삼아 주워 배운 말을 읊조려 보는 듯한 인상이었다. 하지만 그 이상 아는 표현이 없는 모양인지 내가 아무런 반응을 보이지 않자 가드는 곧 입을 다물고 어깨를 으쓱해 보였다. 형에게 주워 배운 표현일까. 아마도 그럴 것이다. 그렇다면 '좋은 사람'이란 실제로는 형이 가드에게 한 말이었겠지. 그러니까 형이 좋은 사람이라는 뜻이었다기보다 그것은 가드가 좋은 사람이라는 뜻으로……

혼자 생각에 골몰하다 보니 내 자신이 한없이 옹졸해지는 것 같아 그만두었다. 아무려나 무뚝뚝한 내가 그에게 어떤 인상을 주었을지는 불을 보듯 뻔한 일이었다. 좋은 사람과는 거리가 먼 인상에 굳은 얼굴, 선의의 제스처를 보고도 못 본 체하는 뻔뻔함, 괜한 의심과 경계, 그리고 삼십대 중반을 넘기며 조금씩 늘어나는 체중처럼 감출 수 없는 타성들. 그것들이 한데 뿜어내는 냉랭함에 기가 질린 가드는 형의 집 앞에 이를 때까지 잠자코 걷기만 했다. 머리 뒤에서 붉게 타던 노을이 산 뒤로 사라졌을 때쯤에야 나는 결국 그 집 앞에 섰다.

창문이 많고 천정이 높았으나 가구가 거의 없고 썰렁한 집이었다. 밖에서 보면 단층이었으나 막상 안으로 들어가 보니 2층이었다. 1층의 현관에서 고개를 들어올리면 2층의 천정이 보이도록 설계된 집이었고, 현관 왼쪽의 계단을 따라 2층으로 올라가면 1층의 거실이 훤히 내려다보였다. 나는 문을 열어둔 채 현관에서 서성대는 가드에게 팁을 주어 돌려보내고 천천히 집 안 구석구석을 둘러보았다.

혼자 사는 남자의 방. 혼자 자기에는 너무 넓어 보이는 트윈 베드. 혼자 밥을 먹기에는 너무 커 보이는 4인용 식탁. 차분히 생각을 정리하기에는 너무 어지러운 무늬의 천을 뒤집어쓴 패브릭 소파. 상상대로 모든 것이 내 눈에는 식상하고 처량해 보였다. 눈에 띄는 것이라곤 거실 한가운데 놓인 등받이가 긴 의자뿐이었는데 그것 또한 이런저런 잡동사니들에 묻혀 거의 의자로서의 기능을 상실한 듯 보였다.

나는 얼굴을 찡그리며 거실 주변을 어슬렁거리다가 2층으로 올라갔다. 하지만 두세 개의 방과 욕실들로 이루어진 2층 또한 1층과 마찬가지로 별다른 인상을 주지 않았다. 나는 그중 책이 제일 많은 방으로 들어가 희미한 거미줄이 놓인 커튼을 열고 빌리지 안의 다른 불 켜진 집들을 바라보았다. 늘 그렇듯, 이쪽이 아닌 저쪽의 세계는 동경을 불러일으키는 신비로운 침묵을 덧입은 채 캄캄한 어둠 속에 잠겨 있었다.

뭐가 궁금하여 여기까지 왔나.

낯선 어둠 속에서 스스로에게 던진 질문들이 메아리처럼 되돌아와 내 뒤통수를 때리고 달아났다. 내친김에 창문을 조금 열어보았더니 상쾌한 밤공기가 뺨을 스쳤다. 나는 입을 한껏 벌리고 그 공기들을 가슴 깊이 빨아들였다. 철문 밖 도로 쪽으로는 불빛을 쏘고 달아나는 차들의 행렬이 길게 이어져 있었다. 거리가 있어선지 이 나라 도로에 서면 어김없이 들려오던 클랙슨이나 트라이시클 소리는 들리지 않았고, 창가에 서서 바라보는 밤풍경은 더없이 고요하게 느껴졌다. 집으로 돌아오는 차들이 경비실 앞에서 헤드라이트를 반짝일 때마다 가드가 뛰어나가 철문을 열어주고 있었다. 한 대. 그리고 두 대. 이유도 없이 그렇게 빌리지 안으로 들어오는 자동차의 수를 세고 있을 때였다. 세 번째 차의 헤드라이트가 미등으로 바뀌면서 한 남자가 내렸다.

장이었다.

나를 만나러 온 것일까. 바쁜 척은 혼자 다 하는 사람이 갑자기 왜?

내가 속으로 그런 시큰둥한 생각을 하는 사이, 가드와 잠깐 얘기를 나누던 장은 다시 운전석으로 돌아가 차를 후진시켰다. 마치 내가 거기 있다는 걸 알고 마주치기 싫어하는 사람처럼. 그럴 리가 없을 텐데도 말이다. 나는 장의 전화번호를 눌렀다. 장은 전화를 받지 않았다. 혹시 몰라 다시 전화를 걸었지만 마찬가지였다. 속을 알 수 없는 사람이었다.

오래전 형과 함께 뒹굴었던 우리 형제의 방이 떠올랐던 건 아래층으로 내려오다 긴 등받이 의자 깊숙이 놓인 익숙한 노트를 발견했을 때였다. 유심히 바라보지 않으면 보통의 책들과 다를 게 없어 보이지만, 빛바랜 표지의 주름이나 투박한 모양이 아무래도 낯설지 않은 저건?

그랬다. 그것은 노트였다. 그냥 노트가 아니라 언젠가 입대를 앞둔 형이 나를 위해 직접 사서 주었던 노트와 같은 것이었다. aladiner's note, 1999 Edition. 그해 7월 첫 서비스를 시작한 인터넷 서점 알라딘에서 나온 기념 다이어리였다.

"근사하지? 내가 이 다이어리를 너한테 주는 이유는 하나다. 앞으로는 너도 만화책만 보지 말고 여기에 일기라는 걸 써봐라. 꼭 일기가 아니더라도 뭔가 적고 싶은 기분이 들 때 한두 문장 적어보는 것도 좋겠지. 혹시 아니? 그것이 알라딘의 요술램프처럼 너에게 기적을 가져다줄지."

형이 입대를 하고 혼자 남은 내가 그 노트를 어떻게 했는지는 잘 기억나지 않는다. 하지만 짐작컨대, 영어 단어를 외우거나 수학 문제를 풀다가 더 이상 낙서를 할 수 있는 무지가 남지 않았을 때 아무 생각 없이 버렸을 가능성이 가장 컸다. 나란 인간은 무엇이든 지나간 것을 기억하는 건 어리석다고 하신 아버지의 말씀을 잘 듣는 자식이었으니까.

계단을 다 내려와 잡동사니를 치우고 나니 내 손에 오롯이 그 노트가 들어왔다. 지나간 시간들과 무심한 망각, 빛바랜 잉크들을 껴입고 조용히 잡동사니 속에 파묻혀 있는 그것이 일기장이라는 건 어렵지 않게 알아볼 수 있었다. 주인도 없는 집에서 이걸 읽어봐도 되는 걸까. 머릿속으로 언뜻 그런 생각이 스쳤지만 내 손은 이미 그걸 펼쳐든 상태였다.

나는 로마시대 황제에게나 어울릴 법한 등받이가 긴 의자에 앉아 그걸 읽기 시작했다. 창밖으론 어둠 속에 낮게 흐르는 저녁 구름들이 의혹 가득 찬 시선을 내게로 흘리며 지나갔다. 그러거나 말거나 그것은 두툼했고 유혹적이었으며 한 사람의 잠언록이라고 해도 무방할 만큼 다양한 의미들을 담고 있었다. 그러나 기대와 달리 그 메모들은 책에서 읽었음 직한 경구들을 불특정한 날짜별로 옮겨 적은 것들이어서, 그때 그 시간 형이 어떤 삶을 살고 있었는지 모르는 나로서는 그 의미를 온전히 이해하기 어려웠다. 그리하여 대충대충 노트를 넘기며 앞으로 돌아가기를 반복하다가 '2004년 5월, 출국 전'이라고 쓰인, 다른 날보다 다소 긴 메모를 발견했을 때 나는 문득 이상한 슬픔을 느껴야 했다.

나는 그 문장들을 반복해서 소리 내어 읽었다. 이게 대체 무슨 소리일까. 나는 다시 그 문장들을 눈으로 읽었다. 그래도 무슨 뜻인지 감이 오지 않아 이번에는 조금 큰 목소리로 읽었다. 한 음절 한 음절 또박또박. 이상한 일은 바로 그 순간에 일어났다. 아무 생각 없이 읊조렸던 형의 메모들이 돌연 아까와는 전혀 다른 의미로 읽히기 시작한 것이다.

나는 사랑에 빠진 한 남자가 되었다. 나의 고통은 바로 그날부터 시작되었다.*

증오란 무엇일까. 프로이트의 말처럼 그것은 단지 어떤 불행이나 불편한 감정을 없애기 위한 치열한 자아의식의 발로인 것일까. 그렇다면 나는 무엇을 할 수 있을까.

* 이 두 문장은 이반 투르게네프의 소설 『첫사랑』에서 인용한 것이다.

과거를 기억하지 마라. 아버지는 말했다.

지나간 것들이 아니라 지나가야 할 것들을 기억해라.

네가 원하기만 한다면. 내가 이룬 세계를 너의 것으로 만들 수도 있다.

내가 원하기만 한다면? 그때 언뜻 붉어진 얼굴, 붉어진 혀끝으로 더 이상 생각하지 말아야 할 사람의 얼굴이 끝없이 떠올랐다.

그녀의 차가운 눈빛. 아픈 손바닥. 돌아설 때 불현듯 내 어깨를 후려치고 달아나던 바람.

하지만 그럼에도 떠나는 이유. 여기서는 더 기억하고 싶은 게 없다는 것.

불안한 망명자의 얼굴로 억지 의미를 찾아가는 한 남자의 행색은 어디로 보나 초라하기 그지없다.

몇 번이나 반복해서 그 문장들을 읽었는지는 알 수 없는 일이었다. 고개를 들었을 때는 이미 많은 시간이 지난 뒤였고, 열대의 새벽은 노을처럼 붉은 해를 산 위로 밀어내느라 안간힘을 쓰고 있었다.

*

돌이켜보면, 주어진 운명대로 아버지의 뜻을 거스름 없이 살아온 나와 달리 형은 유난히 아버지와 부침이 많았다. 어려서 잘 보이지 않던 두 사람의 갈등이 머리가 크면서 더 커 보였던 것일 수도 있고, 네 식구가 마주 앉는 밥상에서면 늘 알게 모르게 감돌았던 이상한 침묵들이 이제 와 의미심장하게 다가와서일 수도 있을 것이다. 하지만 대부분 그 구체적인 내용을 알 수 없는 것이어서 아는 척을 할 수도 없었고 나보다 항상 생각이 많았던 형에게 참견할 주제는 더욱 못 되었다.

다만 드문드문 기억나는 건 생의 중요한 전환점에서마다 아버지가 형에게 퍼붓던 말들뿐이다. 이를테면 아버지가 권한 법대를 뿌리치고 인문대를 선택한 형에게 했던 다음과 같은 말들. 두 사람의 언쟁에 끼어 벌써 주눅이 들어 있던 나도 들으라는 듯 아버지는 이렇게 말했다.

"사회의 낙오자들, 정신병자들이나 하는 그따위 공부를 왜. 기어이 멋대로 하려거든 이 집에서 나가라. 그깟 보이지 않는 환상을 추구하는 얼빠진 자식 뒷바라지할 생각은 추호도 없으니. 그만큼 나이를 먹었으면 제 몸에 어울리는 옷이 무엇인지 판단할 줄도 알아야지."

하지만 인간이 언제나 자신에게 어울리는 옷을 입고 사는 건 아니지 않는가. 제 몸에 어울린다는 판단은 누구의 판단이란 말인가.

그때는 물론 알지 못했지만 불과 몇 년 후 어엿한 대학생이 된 내가 그랬고, 14년 전 홀연히 우리 곁을 떠난 형의 갑작스러운 이주가 그랬고, 틈만 나면 좋은 줄을 잡아 국회로 입성할 순간을 꿈꾸며 사는 김이 그랬고, 장사꾼이던 아버지의 가슴에 지겹게 반짝이던 국회의원 배지가 그랬다. 어쩌면 인간은 늘 자신에게 어울리지 않는 옷을 입고 살며, 그 옷의 크기와 모양에 따라 자신의 몸과 영혼을 늘렸다 줄였다 할 수 있는 지구상의 유일한 존재가 아닐는지.

의문의 꼬리를 부여잡고 한국의 아버지와 전화 연결을 시도했지만 회의 중이라는 응답이 돌아왔다. 잠시 사이를 두었다가 다시 눌러보았지만 마찬가지였다.

*

혼돈스러워진 마음을 정리하기 위해 스타벅스에 들렀다가 그들을 다시 만났다.

임과 징코.

아니 정확히는 보게 되었다고 하는 게 옳을 것이다. 한동안 구석자리에 앉아 있던 내가 두 사람을 알아본 것일 뿐이었으니까. 굳은 표정으로 카페에 나타난 그들은 커피 따윈 마실 필요가 없다는 듯 곧장 테라스로 나가 마주 앉았다. 생각보다 좁은 동네였다.

어제의 스콜이 다시 오려는지 어둑해진 하늘에 습기를 가득 품은 검은 구름들이 떼를 지어 떠다녔다. 나의 시선은 오늘따라 적도의 석양만큼 오묘하고 어두운 낯빛을 띠고 있는 임의 맞은편 필리피노의 실루엣에 머물렀다.

징코라고 했던가.

공손히 허리를 세운 채로 그는 웬일인지 고개를 푹 숙인 모습이었고, 임은 가로놓인 탁자 깊숙이 가슴을 숙이고 무언가를 열심히 말하는 중이었다. 어제의 문제가 아직 해결되지 않은 것일까. 주차장에서 차바퀴를 걷어차며 전화 통화를 하고 있던 징코의 모습이 뇌리를 스쳤다. 하지만 그것은 늘 그렇듯 대수롭지 않은 남의 일에 불과했을 뿐, 내 마음에 어떤 특별한 인상도 남기지 않았다. 그러나 바로 다음 순간 탁자를 박차고 일어난 징코가 건물 밖으로 뛰어나가는 것을 보았을 때는 나도 모르게 긴장이 됐다.

대체 저들은 무슨 일로 저토록 심각한 것일까.

호기심이 발동한 나는 임이 징코를 쫓아 급하게 나가는 걸 확인한 뒤 자리에서 일어섰다. 어둑한 주차장, 두 사람은 바로 밴에 오르지 않고 밴 옆에 선 채로 다시 뭔가를 얘기하는 중이다. 나는 조용히 그들의 등이 바라보이는 다른 자동차 옆으로 몸을 숨겼다. 바로 그때, 앞뒤 없이 분절된 알파벳 낱말과 구문들이 수상한 어둠을 타고 내 귀로 와서 부서졌다.

왜? 싫습니다.

내 말 들어.

에일리는 그럴 만했어요. 단지 턴이 일방적으로.

그래도 준, 징코 나는…….

여전히 주위는 어두웠다. 나는 허리를 곧추 세우고 두 사람의 대화를 이해해보려고 애를 써보았다. 그러나 이해할 수 있는 것은 아무것도 없었다. 어째서 저 듬직해 보이는 필리피노의 입에서 에일리의 이름이 흘러나오는 걸까. 임은 또 징코에게 무엇을 애원하고 있는 걸까. 생각을 해보고 또 해보다가 경찰서 앞마당에서 보았던 남자를 떠올리던 순간 갑자기 다가온 검은 그림자가 나를 아는 체했다.

"여기서 뭐 하시는 겁니까?"

고개를 돌려보니 장이었다. 나는 어리둥절한 표정을 지어 보였다.

"그러는 장 영사님은 여긴 어쩐 일로."

나는 벨벳 뷰까지 와서 그냥 돌아가던 장의 뒷모습을 떠올렸다. 장이 말했다.

"앤디가 결국 틴의 은거지를 알아냈습니다. 그래서 조금 전 팔라완으로 떠났죠. 해서 교수님을 경찰서로 모셔다드리려고 왔습니다."

경찰서로 모신다고? 그것도 본인이 직접 친절하게? 갑자기 제멋대로라는 기분이 들어서인지 그 순간 문득 여기 오기 전 아버지가 한 말이 떠올랐다.

장의 도움을 받되 필요할 경우 네 선에서 적당히 알아서 처리해.

내가 말했다.

"고맙지만 앤디는 저 혼자 만나보도록 하죠. 어차피 당장은 기다려야 할 테니까요. 혹 도움 필요한 일 있으면 그때 다시 연락드리겠습니다."

혹시라도 서운해하면 어쩌지? 했던 일말의 걱정은 장이 다음과 같은 말을 내뱉는 순간 말끔히 사라져버렸다.

"그래요? 그럼 그렇게 하시든가요."

장은 아무 말 없이 뒤돌아 가버렸다.

뭐야, 저 자식?

순간적으로 욱해진 마음을 다독이며 뒤돌아섰을 때였다.

임과 징코가 나란히 탄 차가 태연히 내 앞을 지나갔다.

에일리에겐 아무 잘못이 없다

# 6

## 에일리와 준

멀리서 어떤 소리가 들려오는 것 같다.

건조하기만 한 공기 속에 땀이 흐르는 느낌이랄까. 인기척 같은 것. 이건 진짜 꿈일까. 나는 아직 죽지 않은 걸까. 깊은 잠 속에서 허우적거리던 순간, 문이 열리고 복면을 한 누군가 잽싸게 그 앞으로 다가온다. 그러고는 그의 몸을 옥죄고 있던 밧줄을 풀어주며 빠른 억양으로 명령한다.

"일어나요. 어서!"

갑자기 밧줄에서 놓여난 몸 전체로 부르르 전율이 인다. 이제야 피가 제대로 흐르는 느낌이랄까. 그는 살아난다. 그런데 당신은 누구? 그는 밧줄을 풀고 그에게 명령을 한 목소리의 얼굴을 확인하기 위해 고개를 들어올린다. 하지만 괴한은 그런 그의 몸을 빠르게 돌려세우고는 돌아보지 못하게 머리통을 붙잡는다. 문밖에는 생전 처음 보는 것 같은 검은색 밴이 그를 집어삼킬 듯 입을 벌리고 있다. 뜻밖에 부드러워진 목소리가 그에게 다시 한번 명령한다.

"타세요. 어서."

그의 몸은 다시 종잇조각처럼 구겨진 채 밴의 뒷좌석으로 밀려 들어간다. 잽싸게 운전석으로 뛰어오른 괴한은 후진을 하는 둥 마는 둥 차머리를 틀어 골목을 빠져나간다. 쫓기는 사람처럼 급하고 긴장된 몸짓이다.

쓰레기와 무질서, 딴 지 오래된 망고와 바나나 좌판들이 끝없이 이어진 거리에는 맨 처음 이곳으로 들어올 때 느끼지 못한 평화로운 풍경들이 우두커니 그를 바라보고 있다. 군데군데 낭떠러지가 보이는 걸 보니 여전히 높은 지대였고 코끝에 스치는 공기는 청정수처럼 맑고 깨끗하다. 비스듬히 기운 채로 낭떠러지에 매달린 판잣집들 또한 나뭇가지에 나뭇잎이 매달려 있는 것처럼 자연스럽다.

이게 팔라완의 모습인가.

문득 스치는 상념을 헤치고 이상한 안도감이 피어오르는 게 그로서도 신기한 일이었다. 그는 고개를 돌려 룸미러를 쏘아본다. 괴한은 이 더운 날 목까지 올라오는 재킷에 짙은 선글라스를 끼고 있다.

"이봐, 날 어디로 데려가는 거지? 그리고 넌 누구야?"

그의 재촉 때문인지, 이제 골목을 벗어나 안전궤도에 들어섰다고 판단해서인지, 운전기사는 그때서야 안경을 벗고 뒤를 돌아본다. 순간 그의 입에서는 외마디 비명이 터져 나온다.

"이런, 징코!"

그는 뭐가 어떻게 된 건지 정신을 차리지 못하면서도 다급히 묻는다.

"미스터 임이 보낸 건가? 그런데 여길 어떻게 알고."

"죄송합니다, 선생님."

징코가 대답한다. 하지만 그가 듣고 싶은 대답은 그게 아니었다.

"그런 말을 들으려는 게 아니야."

징코는 어두운 낯빛으로 같은 말을 반복한다.

"죄송합니다, 선생님. 일단 안전한 곳으로 모시겠습니다."

"징코!"

그는 다시 한번 소리친다. 그러자 징코는 할 수 없다는 듯 핸들 가까이 상체를 숙이며 대답한다.

"준 징코. 제 이름은 준 징코입니다."

그는 언뜻 그 말의 의미를 알아듣지 못한다. 무슨 소리를 하는 거지? 너는 임의 운전기사가 아닌가. 아니 그의 스쿨 매니저가 아닌가. 아니 내가 임을 만날 때면 늘 그 옆에 어른거리던 그림자가 아니었던가. 그런 네가 누구라고?

"다시 한번 말해봐. 네가 누구라고?"

"준 징코요, 선생님."

그러니까 네가, 그는 잠시 한숨을 내쉬었다가 다시 묻는다.

"틴의……, 그 준?"

징코가 힘없이 고개를 끄덕이며 말한다.

"일부러 속이려고 그랬던 건 아닙니다."

그는 할 말을 잃는다. 이렇게 가까이 함정이 있었을 줄은. 수치심과 모욕감으로 심장이 몸 밖으로 튀어나올 것만 같다. 오래전 여기 팔라완에서 에일리를 좋아했다는 그 준이 징코였을 줄은, 정말이지 단 한 번도 생각해본 적이 없었기 때문이다.

"좋아. 그렇다면 이제부터 내가 묻지. 넌 대답만 하면 돼. 그러니까 너는 그날 밤 우리를 호텔에 데려다줄 때는 물론이고, 아주 오래전부터 에일리를 알고 있었던 거야. 그렇지?"

왜인지 모르게 체념을 한 표정으로, 이제는 그에게 징코가 아닌 준으로 각인된 청년이 대답한다.

"그렇습니다, 선생님."

"에일리가 그곳에서 일하게 된 것도 우연은 아닌 거지? 처음부터 나를 노렸던 거야. 맞지?"

준이 잠시 머뭇거린다. 하지만 이내 수긍하는 듯 고개를 끄덕인다.

"어쩌면요, 선생님."

순간 그는, 준이 말끝마다 붙이는 sir라는 호칭이 귀에 몹시 거슬린다는 걸 깨닫는다.

"빌어먹을. 그놈의 선생님이라는 소리는 좀 집어치워!"

그리고 다시 묻는다.

"그래서, 설마 다 같이 짠 거야? 이참에 나를 털어먹기로?"

점점 화를 참을 수 없게 된 그와 달리, 준의 목소리는 단호하고 침착하다.

"그건 아닙니다. 맹세코."

"아니라고? 그걸 지금 나한테 믿으라는 건가? 너 같으면 지금 이 상황에 그걸 믿을 수 있겠어?"

그가 거의 폭발 직전의 목소리로 물었지만 어찌 된 일인지 준은 이 대목에서 완강히 입을 다물고 있다. 괴로운 듯 인상을 찌푸린 얼굴이 더 어둡게 느껴질 뿐이었다. 그는 생각해본다. 에일리도 알고 틴도 알고, 서로 모두 알고, 에일리가 처음부터 의도적으로 그에게 접근한 것도 사실이지만 모의한 건 아니라는 준의 말이 과연 타당한지를. 설마 일주일 전 그를 찾아왔던 남자의 말이 모두 사실인 건 아니겠지. 서글픈 생각이 새의 날카로운 부리처럼 그의 머리를 쪼아댄다.

"대답 못하는 걸 보니 너도 믿을 수 없는 거겠지. 그래, 그렇게 입장을 바꿔 생각해보면 쉬운 거야. 그런데 준, 너는 대체 지금 나를 어디로 데려가려는 거지?"

말을 마친 그를 물끄러미 바라보던 준이 대답한다.

"우선은 안전한 곳으로 모신 뒤에."

"그런 곳이 대체 어디야? 더 이상 날 속일 생각은 하지 않는 게 좋을 거야. 너희들의 목적이 무엇이었든 이렇게 된 이상 모든 게 없었던 일이 되긴 어렵다는 건 모르진 않겠지. 안 그런가?"

"알고 있습니다. 하지만 그전에 다 설명해드리겠습니다. 그러니 잠시만 기다려주십시오."

그사이 징코가 모는 밴은 어느새 방향을 바꿔 평지로 접어드는 중이었다. 끝없는 바다의 출렁임에 젖었다 말랐다를 반복하는 해변들이 평화롭게 그의 시야를 스쳐 간다. 하지만 배신감에 입술이 떨릴 지경인 그에게는 모든 것이 비현실적이라는 느낌뿐이다. 기다리라고 말하는 준도, 그들 뒤에 숨어 여태 얼굴을 내비치지 않는 에일리도, 무엇보다 속수무책 준의 요구를 받아들이고 있는 자신도.

잠시 후 차는 다시 방향을 알 수 없는 골목으로 꺾어져 들어간다. 좁고 잡초들이 무성하다. 군데군데 컨테이너박스 같은 판잣집들이 보였지만 사람이 사는 것처럼 보이지는 않는다. 죽은 듯 가지가 꺾인 야자수 잎들이 그런 집들 지붕 위로 무수히 내려앉아 있다.

불현듯 불안감에 휩싸인 그는 결국 다시 묻는다.

"어디로 가는 거지? 준, 그것만 말해줘."

그러자 조용히 앞을 응시하고 있던 준이 대답한다.

"에일리가 기다리고 있습니다."

"아, 에일리."

그는 깊은 한숨을 내쉰다. 그런데 이상하다. 그의 입에서 발음되는 에일리보다 준의 입에서 발음되는 에일리가 훨씬 익숙하고 자연스럽다는 느낌이 드는 건 왜일까. 뭐랄까. 조금 전 단 한 번, 준의 목소리에 실려 나온 에일리라는 이름이야말로 비로소 살아 있는 사람의 이름처럼 느껴졌다고나 할까. 최근 그의 기억 속에서 늘 안개이나 구름이거나 했던 그 이름이 말이다.

그러고 보니 이 짧은 순간 그동안 별달리 생각해보지 않았던 그와 준의 관계에서도 미묘한 변화가 일어난다. 그는 더 이상 준에게 픽업을 부탁하거나 무언가를 지시하는 사람이 아니다. 그는 어쩌면 준이 갑자기 태도를 바꿔 이마에 총구를 들이댄다 해도 꼼짝할 수 없는 인질에 불과하다.

그런데도 준, 너는 왜 이토록 깍듯한 거지?

긴장된 침묵 속에 몇 번씩 심호흡을 토해내고서야 그는 일말의 평정을 되찾는다. 평소에도 준은 과묵하고 조용한 성격이었다. 임과 함께 있을 때면 그도 자신이 모시는 상관인 것처럼 예의 바르게 대해주었다. 그런 준이 그에게 당장 어떤 해코지를 할 것이라고는 생각하기 어려웠다. 게다가 지금 준은, 조금은 역설적이긴 하지만 그를 틴의 손아귀에서 꺼내준 은인 아닌가.

목적지에 거의 도착했다는 생각이 들 무렵, 그는 문득 묻는다.

"그런데 준, 임도 이 사실을 알고 있나?"

"아뇨, 몰랐습니다. 하지만 지금은 알고 계십니다. 여기 오기 바로 전에 말씀드렸습니다."

"그랬군."

준의 고백을 듣고 놀랐을 임의 얼굴을 떠올리며 그는 말한다.

"어쨌든, 돌아가면 넌 해고야."

"알고 있습니다, 선생님. 하지만 그건 제 문제입니다. 혹시 지금 미스터 임과 통화하길 원하십니까?"

"됐어. 나중에 하지."

쉽게 안정되지 않는 마음을 진정시키기 위해 고개를 돌리자, 그 때서야 막다른 골목 끝 담벼락 앞에 다소곳이 서서 그들이 탄 차를 바라보고 있는 에일리가 보이기 시작한다. 허름한 면 티에 청바지를 걸친 수수한 모습이다. 그는 조금 놀란다. 하지만 금방 상황을 이해한다. 이곳은 희뿌연 담배연기 속에 휘황찬란한 조명이 춤을 추며 돌아가는 노래방이 아니었던 것이다. 그는 마른침을 삼키고 눈에 힘을 준다. 차가 멈추고 그가 내리자 에일리는 조용한 눈빛으로 그의 얼굴을 바라보며 말한다.

"오셨군요. 모습이……."

에일리가 알 수 없는 표정으로 그의 몰골을 위에서부터 죽 훑어내린다.

"유감이네요. 이렇게 보게 되리라고 기대하진 않았지만 나도 어쩔 수 없는 일이었어요."

이유가 무엇이었든 유감인 건 그도 마찬가지다.

*

준은 남고 조그만 판잣집 안엔 그와 에일리만 들어간다.

얼떨결에 그는 에일리 앞에 마주 앉는다. 그녀의 목에는 아직 삼파귀타 목걸이가 걸려 있다. 얼마 만인 거지. 저 꽃이 주는 감상에 취해 모두 취한 술집에서 여린 에일리의 어깨를 끌어안았던 게. 막상 기다렸던 순간이 다가왔건만 그는 오히려 무엇을 어떻게 해야 할지 모르겠는 심정이 되고 만다. 어색한 침묵 속에서 에일리가 먼저 입을 연다.

"멋대로 여길 찾아오다니, 혹시라도 엄마를 만날 생각이었다면 정말이지 어리석은 결정이었어요."

에일리의 입에서 스스럼없이 발화되는 엄마라는 말에 그의 신경이 곤두선다. 엄마. 에일리의 엄마. 김상조의 말을 듣고 아버지의 여자가 맞을 수도 있겠다는 짐작을 안 해본 건 아니지만 아직 얼굴도 보지 못한 여자.

그는 혼란스러운 표정으로 고개를 가로젓는다.

"그래, 그렇겠지. 네 표정이 그렇게 말하고 있다는 걸 이젠 이해해. 하지만 에일리, 난 아직도 모르겠어. 내가 왜 지금 이런 몰골로 네 앞에 앉아 있어야 하는지. 대체 무슨 잘못을 했다는 거야?"

"잘못이라기보다는 경솔한 행동이었죠. 상대방이 자신을 만나고 싶어 하는지 아닌지도 모르면서 무턱대고 찾아온 것부터 그렇잖아요."

"좋아, 그렇다고 하자. 내가 경솔했다고 해. 하지만 그게 이렇게 엄청난 일을 당할 만큼 큰 잘못인가? 그것까지도 내가 이해를 해야 하는 거야?"

에일리의 대답은 조용하면서도 단호하다.

"이해를 하건 말건 그건 당신의 자유죠. 난 단지, 아무도 엄마를 건드리지 않길 바랐을 뿐이었으니까. 당신이든, 누구든, 아무도."

그의 가슴이 답답해져 온다. 지나친 경계. 누구든 자신들의 삶에 해가 될 거라는 의심. 안타깝게도 에일리의 마음은 온통 그런 불안정한 감정들로 채워져 있다.

"하지만 에일리, 나는 결코 나쁜 마음으로 여기 온 게 아니야. 그런 사람을 이토록 경계해야 할 이유는 무엇이지?"

"말뜻을 못 알아듣네요. 당신을 경계해서가 아니라 그녀의 평화를 깨고 싶지 않아서라는 뜻이니까. 평화 말이에요. 당신 같은 사람이 결코 알 리 없는 평화. 강가에 앉아 바다를 바라보며 조용히 하루를 보내는 사람만이 느낄 수 있는 평화. 오랫동안 그녀는 단 하루도 그 시간에서 벗어난 삶을 살아본 적이 없어요. 그건 그 시간 속에서만 그녀가 행복하다는 뜻이기도 하죠. 누구도 지금의 그 평화를 깨뜨릴 수 없어요. 그녀는……."

잠시 말을 멈춘 에일리의 촉촉해진 눈빛이 발아래로 떨어졌다가 돌아온다. 무엇인가 하고 싶은 말이 많은, 그런 표정이다. 하지만 무엇부터 말해야 할지 몰라 조용히 혼자 순서를 가늠하는 표정이다. 그는 그런 에일리를 유심히 관찰하면서도 집 밖에 서성이는 준을 의식하고 있다. 망을 보는 걸까. 이런 외진 곳에 보는 눈이 어디 있다고. 하지만 준은, 그가 임을 만날 때면 으레 그랬듯이 예의 바르게 밖에 서서 안에서의 일이 끝나기를 기다리고 있다. 혹시 모를 불상사를 대비해 주변을 살피는 충실한 보디가드 같은 몸짓으로.

에일리가 말을 잇는다.

"이미 많은 상처를 받았으니까요. 어쩌면 나를 뱃속에 잉태하던 그 순간부터. 하지만 여전히 확인이 필요한 얼굴인 당신을 위해 오늘은 보여줄 것을 가져왔어요."

에일리가 옷 속을 더듬어 뭔가를 꺼낸다. 손바닥 안에 꼭 쥐어질 만큼 작고 납작한, 사각의 그 물건은 다름 아닌 낡은 스냅 사진이다. 혀 밑의 침이 마르는 걸 느끼며 그는 손을 뻗어 사진을 얼굴 가까이 가져온다. 그리고 사진 속의 인물을 확인한 순간 그의 동공은 커다랗게 벌어진다.

사진 속에서는 사십대의 아버지와 한 여자가 웃고 있다. 한때 아버지가 머물렀을 팔라완의 어느 해변에서 누군가 찍어준 사진일 것이다. 그들은 어깨를 맞댄 채로 한곳을 바라보고 있다. 여자의 목에는 이제 막 꺾어온 듯 화사해 보이는 삼파귀타 목걸이가 걸려 있고, 그런 여자의 허리를 감싸 안은 젊은 아버지는 세상의 모든 것을 얻은 남자처럼 함박웃음을 머금고 있다. 하늘거리는 하얀 원피스에 몸매를 고스란히 드러낸 여자의 모습은 이제 막 결혼식을 마치고 나온 신부처럼 들뜨고 행복해 보인다. 거대한 야자수 잎들마저 가리지 못한 뜨거운 햇빛이 그들의 머리를 비추고 있어서일까. 사진 속에서 웃고 있는 남자의 얼굴은 그가 오랫동안 알고 지낸 아버지의 얼굴과 너무나 달라 보인다. 하지만 그렇다고 그의 아버지가 아닌 것도 아니다. 그는 바로 그 사실에 분노한다. 지금 그가 기억하는 아버지 얼굴에선 한때나마 이런 얼굴을 한 적이 있던 남자의 표정을 찾을 수가 없었다. 한때나마 이런 얼굴을 한 적이 있었던 한 남자가 자신의 사랑을 그토록 잔인하게 짓밟았다는 사실 또한 믿기 어려웠다.

깊은 한숨을 토해내는 그를 바라보며 에일리가 다시 입을 연다.

"이제 알겠나요? 그녀가 누구인지. 나와 당신이 누구인지?"

"······."

"물론 나는 처음부터 알고 있었어요. 굳이 만나지 않았어도, 굳이 만나서 이렇게 의미 없이 시간을 소모하지 않았어도 당신이 누구인지 다 알고 있었다는 말이에요."

그는 듣는다. 잠자코 듣는다.

"하지만 난 당신이 이제 와 엄마를 만나는 걸 원치 않았죠. 그래서 틴에게 부탁했어요. 당신이 여기서 한 발짝도 움직이지 못하게 해달라고. 단지 그것뿐이었는데, 일이 이렇게까지 되리라곤······.

변명을 하거나 용서를 구하려고 하는 말은 아니에요. 틴이 중간에 마음이 흔들릴 수도 있다는 걸 그땐 미처 생각하지 못했다는 얘기를 하는 거니까. 하지만 그때 내 마음속에, 틴이 이렇게 해주길 바라는 마음이 없었다고 자신 있게 말할 순 없을 것 같네요. 아들을 잃고 고통에 빠질 아버지를 떠올리는 순간 거칠고 무자비한 틴이 당신을 어떻게 하든 신경 쓰고 싶지 않았던 것 또한 사실이었으니까."

그랬다면, 그는 아마도 굶어 죽었거나 발등의 상처가 곪아 구더기 밥이 되었겠지. 아니면 끝내 한 방에 가버렸거나. 틴이라면 충분히 그러고도 남았으리라 생각하니 갑자기 눈앞이 아득해지며 정말 죽을 것 같은 기분이 든다.

"그런데도 이렇게 위험을 무릅쓰고 찾아온 이유는."

그는 고개를 든다. 그리고 어느 날 갑자기, 자신이 한때 고이 접어 책갈피에 꽂아둔 시간들을 떠올리게 만드는 이국의 누이를 바라본다.

"준 때문이에요."

숨이 차는지 에일리는 거기서 잠시 말을 끊었다가 다시 말을 잇는다.

"애초에 내가 당신을 만나고자 했던 이유가 무엇이었는지, 준이 계속 일깨워주지 않았다면 여기까지 와서 당신을 다시 만나는 일은 결코 일어나지 않았을 테니까요."

말을 마친 에일리가 부르르 몸을 떠는 것을 바라보다 더 이상 바라보기 어려울 만큼 정신이 아득해져 올 무렵 어딘지 슬프고도 촉촉한 느낌이 그의 전정기관을 자극하기 시작한다. 멀리서, 아주 멀리서 어떤 소리가 다가오는 느낌이었다. 고요하고 조심스럽게, 그러나 점점 세게 그의 귀는 순식간에 수천, 수만 개의 빗방울이 요란하게 땅을 두드리는 소리들로 채워진다.

준은 아직 밖에 서 있다.

*

저런, 불쌍한 준이 밖에서 비를 맞고 있겠네요. 그러나 나는 그를 믿죠. 준은 정직하고, 내가 엄마를 떠나던 열일곱 살 팔라완에서부터 지금까지 내 곁을 지켜준 유일한 사람이니까. 지금까지 여러 사람을 만났지만 그들은 그저 얼굴을 아는 사람들이었을 뿐 마음을 나누거나 함께 울 수 없다는 점에서 아무 의미 없는 존재들일 뿐이죠. 어린 시절 아무것도 모르고 나를 코피노라 놀렸던 아이들처럼.

신기하게도 아이들은 외관상 자기들과 크게 다르지 않은데도 뭔가 다른 점이 있다는 걸 귀신같이 알아차리더군요. 내가 일정 부분 자기들과 다른 피를 소유했다는 걸 알아차린 아이들은 그때부터 신나 보였어요.

"니네 엄마 한국 남자랑 씹했다며? 니네 아버지 유학생이야? 그리고 도망가버린 거지? 너도 언젠가는 한국 갈 거야?"

물론 나는 그 말을 믿지 않았어요. 그런데도 엄마는 종종 학교를 바꿔 이사를 다니곤 했죠. 그래봤자 그런 놀림에 아무런 악의가 없고, 필리핀에선 오히려 일상적인 현상이라는 걸 알면서도. 바로 그런 사실이 수치스럽다는 듯 다시 또다시. 지긋지긋한 가난과 함께 잦은 이사는 내 일상이 된 지 오래였어요. 어느 날 내 앞에 나타난 준이 내 손을 잡고 내가 아직 행복하게 할 수 있는 일이 많다는 걸 일깨워주기 전까지는.

나는 그 말도 온전히 믿지 않았지만 준의 말을 들을 때마다 마음이 차분히 가라앉았던 건 사실이에요. 코피노면 어떻고 코피노가 아니면 또 어떤가. 코피노가 아니더라도 아버지 없이 자라는 아이들은 나 말고도 주위에 많았으니까요. 당신도 알다시피 필리핀은 낙태가 금지된 국가이고 대부분의 사람들은 가톨릭인이기 때문이에요. 중요한 건 아버지가 있느냐 없느냐가 아니라 자유로운 한 생명이 태어났다는 사실이라고, 나는 스스로를 위로했어요. 그 생명은 그저 이 세상에 나왔다는 것만으로도 축복받아 마땅한 존재일 거라고.

그러다 보니 어느 순간에 오히려 나는 내가 코피노여서 다행이라는 생각을 한 적도 있었는데, 그건 나중에라도, 혹시 나중에라도 한국에 가서 아버지를 만날 수도 있을 거라는 막연한 기대를 가졌기 때문이었죠. 아버지를 닮아 머리가 나쁘지 않았는지 나는 한국말도 쉽게 배웠어요. 얼굴도 모르는 아버지가 보고 싶어질 때마다 남몰래 한국말을 외우며 즐거워하곤 했죠.

하지만 그것조차 내게 허락된 행복이 아님을 알게 된 건 수년 전 어느 날 양복을 입은 낯선 남자들이 우리 집을 찾아왔을 때였어요. 내가 엄마와 함께 시프리 해변으로 마지막 피크닉을 가기 얼마 전 오후였죠. 무슨 일이 있었던 것인지 난장판이 되어버린 마당 한가운데 엄마는 두 손으로 볼을 감싸 쥔 채 주저앉아 있었어요.

설마, 맞은 것일까.

놀란 내가 엄마! 하고 부르며 뛰어오는 것을 물끄러미 바라보던 남자들이 이상한 웃음을 흘리며 내 옆을 스쳐 사라지더군요. 아직 어린 애일랑 상대할 필요가 없다고 생각했던 것이겠죠. 하지만 그들이 내 나라의 것이 아닌 낯선 나라의 바람과 향수를 풍기며 내 옆을 스쳐 가던 순간 나는 모든 걸 알아버렸죠. 그런데도 엄마는, 이 말만큼은 자신의 입으로 똑똑히 들려주어야겠다는 듯 내게 이런 말들을 들려주었어요.

"한국에 다녀왔단다. 그냥, 너의 존재를 알아야 할 단 한 사람을 찾아보고 싶었어. 더 늦기 전에. 하지만 내가 찾는 그런 남자는 어디에도 없더구나. 도움을 주기로 했던 단체를 찾아가 언젠가 그가 적어주고 간 주소를 보여주었단다. 하지만 그런 주소 또한 한국 어디에도 없는 주소였어. 마지막으로 나는 그의 사진을 그들에게 보여주었단다. 그때서야 그들은 그 사진을 유심히 들여다보더구나. 그리고 어디론가 전화를 걸었지. 한국어로 뭔가를 확인하는 것 같았는데 이내 당황한 표정으로 전화를 끊었단다. 그리고 나를 돌려보냈어. 더 이상 머무를 수 없어 필리핀으로 돌아와야 했단다. 난감해하던 단체 사람에게 내 주소를 주며 혹시라도 그를 찾을 수 있게 되거든 연락해주길 바란다는 말도 남겼어. 단지 그뿐이었다. 네 존재를 알려주려고.

그랬는데, 그랬는데도 저들이 왔구나. 저들이 와서 내 입을 막고 내 목을 조르며 가만히 있으라고 말하는구나. 에일리, 저들은 누구일까. 누구라서 우리를 이토록 슬프게 하는 걸까. 어린 네가 이 이상한 일들을 어떻게 이해할 수 있을까. 두렵지만 솔직히 말해줄까. 나는 진실을 알고 싶지 않다. 하지만 이것만은 분명히 말해주겠다. 너는 분명 사랑으로 태어난 아이였으나 이제 아버지를 잃었다는 것을. 나는 그 사실 또한 너에게 숨기고 싶지 않구나. 네가 그 슬픔을 어떻게 이겨내든 그건 너의 자유다. 내가 해줄 수 있는 말이 이것뿐이라는 게 너무나 슬프구나. 에일리, 사랑스러운 내 딸."

하지만 나는 엄마의 생각처럼 어리지 않았어요. 벌써 열일곱이었는걸요. 할 말을 다 하고 끝내 눈물을 쏟는 엄마를 바라보며 얼마나 상처를 받았던지 나는 그 상처를 끌어안고 엄마와 함께 죽고만 싶었어요.

그럴 수 없었던 나는 집을 뛰쳐나가 정신없이 술을 마셨어요. 술을 마시면서도 생각을 멈출 수 없었는데 아무리 생각하고 또 생각해봐도 한 가지 생각에서 벗어나지 못하는 거예요.

그래서 그렇게 된 거로구나. 내 피의 절반을 이룬 그는 나의 존재를 알지도, 사랑하지도 않는구나. 그래서 그녀도 어쩔 수 없이 나를 떠맡게 된 거로구나. 우여곡절 끝에 정착한 지하강 입구에서 관광객의 짐을 맡아줄 때처럼, 엄마는 나를 떠맡고 살아온 거로구나. 그런 의미에서 나는 어쩌면 어느 얼빠진 관광객이 부려놓고 찾아가지 않은 짐과 같은 존재였겠구나.

순간 견딜 수 없이 죽고 싶다는 생각이 밀려들었어요. 펍에 와서 술을 마시고 있던 얼간이들이 그런 내 모습을 침을 흘리며 바라보더군요. 참을 수 없는 웃음이 터져 나오기 시작했던 건 그때였죠. 나는 입고 있던 옷들을 하나씩 훌훌 벗어 던지며 춤을 추기 시작했어요. 무대 위에서 춤을 추고 있던 스트립 걸들의 표정이 일그러졌지만 나는 멈출 수가 없었어요. 나는, 나를, 매일 밤 먹이를 찾아 두리번거리는 젊고 건강한 승냥이들에게 던져 줘버릴 참이었으니까. 누가 뭐라고 하든 그 순간 나는 세상에서 가장 하찮은 존재처럼 여겨졌고, 그렇다면 그렇게 내던져지는 게 옳다는 생각이 들었으니까.

하나둘 남자들이 붙기 시작했고 나는 그들 모두에게 진한 입맞춤을 해주었죠. 키스에 만족하지 못한 남자들이 슬금슬금 내 몸을 더듬기 시작했어요. 나는 그들의 귀에 입술을 대고 속삭여주었어요.

"마음대로 가져."

응? 하고 되묻는 바보들에게 다시 한번 속삭여주었죠. 마음대로 가지라고. 그런데 막상 그들 중 하나가 정말로 내 팬티 속으로 스윽 손을 집어넣었을 때는 견딜 수 없는 구역질이 몰려들더군요. 정말이지 그 구역질만큼은 참을 수가 없어서, 나는 그의 따귀를 후려치고 탁자 위의 나이프를 집어들었어요. 순식간에 모든 일이 일어났죠. 어렴풋 정신이 들었을 때 나는 바닥에 쓰러져 있었고 내 몸 어디선가 나온 붉은 피가 아직도 흥겨운 음악이 흘러나오고 있는 펍을 적시고 있었어요. 그때 정신없이 눈물을 흘리며 달려와 나를 업고 병원에 데려다준 사람이, 준이에요.

다행히 엄마는 내가 그런 준을 따라 집을 떠나는 걸 말리지 않았어요.

준의 고향은 팔라완보다 훨씬 외떨어진 남부의 섬 민다나오였는데, 이슬람을 포함해 필리핀에서도 소수인 인종들이 밀집해 살고 있는 지역이었죠. 가난하고 불안정하며 아직도 가끔 전쟁이 일어나 수없이 많은 고아들이 산 채로 버려지는 곳. 알라를 따르는 사람들과 예수를 따르는 사람들이 뒤섞여 끝없이 싸우는 곳. 치안이 불안정하여 곳곳에 예기치 못한 위험이 도사리고 있는 곳. 하지만 나에겐 그곳이 어울렸어요.

준이 없었다면 다시 고등학교에 다닐 생각을 하지 못했을 거예요. 팔라완에서와 마찬가지로 틴은 여전히 세상 언저리에 겉돌기만 했을 뿐, 실과 바늘처럼 서로를 의지하는 나와 준을 못마땅해했어요. 틴이 보기에 나는 준의 어깨를 무겁게 짓누르는 짐일 뿐이었으니까요.

만족스럽진 않았지만 준을 생각해서라도 거기에서 만족해야 한다고 스스로를 타일렀어요. 모두를 잃어도 준이 곁에 있다는 것에 위로를 받으며 나는 다시 공부를 시작했고 대학에 진학했어요. 어려서 부모를 잃은 틴과 준은 무엇이든 해서 자신들은 물론 나도 굶지 않게 해주었어요. 하지만 딱 거기까지였죠. 나는 종종 학비를 벌기 위해 휴학을 해야 했어요. 틴과 준이 그랬듯 무엇이든 해야 했지만 술집에 나간 적은, 맹세코 그때가 처음이었죠. 당신을 만나야 했으니까. 어느 날 우연히 준을 만나러 간 학교에서 당신을 본 뒤부터 나는 줄곧 그 생각을 하고 있었으니까요.

물론 당신은 나를 보지 못했고, 보았더라도 그냥 지나치고 말았겠지만 나는 아니었죠. 한 번, 두 번, 기회가 있을 때마다 유심히 살

펴본 당신의 얼굴에서 내가 익히 알고 있던 아버지의 얼굴을 발견했기 때문이에요.

아버지의 얼굴. 지금의 내 얼굴. 그는 에일리의 말에 놀란다.

어느 날, 동상처럼 굳은 얼굴로 한곳을 물끄러미 바라보고 있던 내게 준이 묻더군요.

"뭘 그렇게 유심히 봐?"

나는 함박웃음을 머금은 채 운동장에서 아이들과 공을 차고 있는 당신을 가리켰어요. 그러자 준은 뜻밖에도 존경이 가득한 눈빛으로 이렇게 말하더군요.

"아, 저분? 미스터 임의 친구인데 내가 전에 말한 적 있지? 미스터 박이라고. 이 지역에서 꽤 유명한 한국인 사업간데 우리 학교 일을 정말 많이 도와주셔. 일 있을 때 가끔 내가 모실 때도 있지. 얼마나 좋은 분인지 너도 만나보면 금방 좋아하게 될 거야."

그러나 입에 침이 마르도록 당신을 칭찬하는 준의 말들은 내 마음을 더 갈기갈기 찢어놓았을 뿐이에요. 나는 화를 냈고, 영문을 몰라 어리둥절해하는 준을 내버려두고 내 방으로 달아났어요. 전화기를 끄고 아무도 만나지 않은 채로 일주일을 보낸 뒤에야 방에서 나온 나는 준에게 처음으로 나의 진짜 얘기를 들려줄 수 있었죠. 나와 나의 엄마와 내 얼굴도 모르는 아버지에 대해. 나의 아버지라는 사람이 나와 나의 엄마에게 저지른 이해할 수 없는 행위들에 대해. 평소 감정을 잘 드러내지 않는 준의 얼굴이 그때 얼마나 새파랗게 질려 있었는지 당신은 아마 상상할 수 없을 거예요.

하지만 그 순간 준이 걱정한 건 당신이 아니라 나였죠. 팔라완에서 그 소란을 모두 지켜본 준으로선 당연한 일이었을 거예요. 그때 당신을 보고 난 뒤 내 마음이 다시 지옥이 되어버렸다는 걸, 다른 사람은 몰라도 준은 알 수 있었을 테니까요.

"쥐도 새도 모르게 죽여버릴까? 돈만 주면 총을 구해주겠다는 친구가 있어. 그러고 나서 그가 가진 모든 걸 빼앗아버리는 거야. 어때?"

어느 날 틴이 말했을 때 준은 펄쩍 뛰었어요.

"말도 안 되는 소리! 그랬다간 우리 셋도 끝이야"

틴이 빈정거렸어요.

"또 그 소리! 다시 생각해봐, 준. 그깟 부도덕한 자본가 한 사람 손봐준다고 누구 하나 신경 쓰는 사람도 없다고. 너도 알잖아? 여긴 아무도 모르게 숨어버릴 수 있는 섬이 지천으로 깔린 필리핀이야"

"그래도 안 돼. 우리가 그런 식으로 숨어 살아야 할 이유는 없으니까."

"돈만 있으면 되지 뭐가 문제야? 그 아버지란 사람에 대해서 나도 좀 알아본 게 있는데, 에일리 문제는 둘째치더라도 준. 타락한 부자들 손봐주는 일이니 우리에게도 전혀 의미 없는 건 아니잖아."

그러나 준은 더 이상 틴으로부터 들을 말이 없다는 듯 나를 바라보며 애원했어요.

"에일리, 조금만 시간을 두고 생각해보자. 분명 다른 방법이 있을

에일리에겐 아무 잘못이 없다

거야. 너의 고통으로부터 빠져나올 수 있는 다른 방법이. 응?"

나의 고통으로부터 빠져나올 수 있는 방법…… 그런 게 과연 있기는 한 걸까.

회의하면서도 혹시나 하는 기대감을 저버리지 못한 채 혼자 생각에 골몰했죠. 아까도 말했듯 어떻게든 당신을 만나야 했으니까요. 당신을 칭찬하는 준의 말들을 떠올리며 나와 엄마가 다시 세상에 드러나 겪게 될지 모를 몹쓸 일에 대한 두려움을 떨쳐내려고 애를 썼어요. 설사 당신이 준의 말과 달리 좋은 사람이 아니라 하더라도 그때 이미 내 마음은 스스로도 어쩔 수 없는 충동에 속수무책 떠내려가고 있었으니까요. 다른 누구도 아닌 아버지의 아들인 당신한테 나와 엄마의 얘기를 들려주고, 왜 우리가 그토록 슬픈 시간을 견뎌야 했는지 대답을 듣고 싶다는 벼락같은 충동 말이에요. 오랫동안 내 머릿속에서 지워버리려고 애를 써도 결코 지워지지 않던 단 한 사람. 내 아버지는 대체 어떤 사람이기에 우리를 이렇게 세상 밖으로 내몰기만 하는 것인지 알지 않고서는 더 이상 숨을 쉴 수 없을 것 같았으니까요.

사랑하는 준을 속이고 노래방에 취직했어요. 거짓말처럼 당신이 나를 지목했죠.

그때 문득 말을 멈춘 에일리가 그를 바라본다. 얼마나 시간이 흐른 것일까. 이제 숨을 쉴 수 없는 사람은 에일리가 아니라 그였다. 위험을 무릅쓰고 여기까지 찾아온 에일리의 마음도 그랬지만, 열대의 어느 새벽 취기가 번지던 차 안에서 에일리의 손을 어루만지던 그에게 아무 말도 하지 못한 준의 마음은 또 어떤 거였는지 도무지 가늠이 되지 않아서였다. 땅을 두드리는 빗소리마저 그의 어리석음을 마음껏 비웃는 듯하다. 그는 더 이상 에일리의 얼굴을 바라보지 못한다.

*

임의 그림자였을 때와 마찬가지로, 에일리의 그림자처럼 밖에 서 있던 준이 안으로 뛰어 들어온 건 바로 그 순간이다.

에일리는 말을 멈춘다. 그는 고개를 돌려 준을 바라본다. 불현듯 문이 열린 판잣집 뒤로 비가 내려 저녁 같아진 대낮의 숲이 괴기영화의 한 장면처럼 그의 눈을 파고든다. 준의 얼굴이 파랗다.

"무슨 일이야. 준, 왜 그래?"

"일어나. 나가야 해. 턴이 오고 있어."

그는 뭔가 일이 잘못 돌아가고 있다는 걸 깨닫는다. 하지만 뭐가 어떻게 잘못되고 있는 것인지 알지 못한 채로 머리를 감싸 쥔다. 갑작스레 머리가 깨질 것 같은 두통이 찾아왔기 때문이다. 아아, 안 돼. 외마디 신음소리와 함께 그의 몸은 바닥으로 꼬꾸라진다. 당황한 에일리가 주위를 두리번거리는 동안 준이 소리친다.

"내가 업을 테니 밖에 나가서 차문을 열어."

에일리가 뛰어나간다. 그는 준의 등에 업힌다. 그런데 이상한 일이다. 한 사내가 한 사내를 들쳐 업는 일이 그렇게 가볍고 쉽게 느껴질 수가 없다. 강인한 준. 그는 오래전 에일리가 이 등에서 느꼈을

186
에일리에겐 아무 잘못이 없다

안도감을 이해할 수 있을 것 같다. 준은 망설이지 않고 차를 출발시킨다.

어디로 가는 걸까. 타고 왔을 때와 같이 뒷좌석에 부려진 그의 귓속으로 앞좌석에 앉은 연인의 대화가 꿈속인 듯 아련히 들려온다.

"이제 어떻게 하지. 준. 나는 아직⋯⋯."

이건 에일리의 목소리.

"알아, 에일리. 하지만 일단 이곳을 벗어나야 해. 다시 얘기해볼 기회는 얼마든지 있어."

이건 준의 목소리다. 상대를 안심시키려는 듯 나직한 목소리엔 에일리에 대한 깊은 걱정과 사랑이 묻어 있다.

"아니, 됐어. 내가 원하는 건 그런 게 아니야. 대화라니, 당치도 않은 소리. 그런데 준. 말해봐. 이제 어떻게 할 생각인 거지?"

"글쎄. 우선은 틴이 다른 생각을 못하도록 시간을 끌어야지."

"그런 다음엔?"

"모든 걸 제자리로 돌려놓아야겠지."

에일리가 잠시 침묵한다. 그러자 준이 풀이 죽은 목소리로 말한다.

"너도 기억하지, 에일리? 틴이 원래부터 나쁜 사람은 아니었다는 걸."

짧은 침묵 끝에 에일리가 대답한다.

"그런 건 중요하지 않아."

이번엔 준이 침묵한다. 차 안이 고요해진다. 그는 몸을 움직여보려고 애를 쓴다. 하지만 뜻대로 되지 않는다. 손가락을 움직이고 시트를 짚은 채 상체를 일으켜보려다가 번번이 실패한다. 몸이 완전히 맛이 가버린 느낌이다. 일어나 에일리에게 말을 걸어야 하는데. 운전석과 조수석에 나란히 앉은 준과 에일리는 앞으로의 일들을 의논하느라 여념이 없다.

"에일리, 어머니께 가는 건 어떨까?"

다시 준의 목소리. 걱정이 가득 찬 목소리다.

"거기라면 틴도 함부로 접근하지 못할 거야. 그사이 잠시 시간을 벌어 우리가 틴을 만나 설득한다면……."

"그건 안 돼. 절대로!"

에일리가 외마디 비명을 지르자마자 그의 몸은 한차례 위로 튕겨 올랐다가 떨어진다. 갑자기 뭔가를 발견한 준이 핸들을 오른쪽으로 꺾으면서 급브레이크를 밟았기 때문이다. 끼이이익. 그리고 이어서 들려오는 펑, 하는 굉음. 차는 순식간에 젖은 수풀 속으로 처박힌다. 그 바람에 이마를 찧은 에일리는 두 손으로 머리를 감싸 쥐고 낮은 신음소리를 내고 있다. 당황한 준이 자동차의 잠금장치를 확인한 뒤 급하게 후진 기어를 넣었지만 수풀 속에 빠진 바퀴는 조금도 움직이지 않는다.

그는 가까스로 몸을 일으킨다. 그리고 고개를 차창으로 돌린 순간, 그들 앞에 멈춰 선 또 한 대의 지프를 등지고 이쪽으로 다가오고 있는 청년을 발견한다. 비 때문에 흐릿해진 그의 눈빛이 놈의 손에 들린 총구 안으로 빨려 들어간다. 한 무리의 필리피노들이 그런 놈의 뒤에서 히죽히죽 웃으며 이쪽으로 다가오는 중이다.

"틴!"

에일리에겐 아무 잘못이 없다

외마디 소리를 지른 준이 막 운전석 문을 열고 내리려 할 때였다. 에일리가 다급히 준의 손의 붙잡는다.

"안 돼, 준."

하지만 준은 에일리의 손을 뿌리치며 말한다.

"걱정 마. 꼼짝 말고 여기 있어. 틴은 내가 잘 알아. 그리고 상황이 여의치 않으면 에일리 네가 운전해. 알았지?"

준이 차문을 잠그면서 밖으로 내려선다.

*

해가 지고 있었다. 여전히 비가 내린다. 머릿속에서 작은 북소리가 끊임없이 울리는 것 같다. 고장 난 라디오의 소음 같기도 하고 오래된 흑백텔레비전에서 나는 소리 같기도 하다. 누군가 이 기분 나쁜 소리를 멈추어주면 좋으련만. 그는 미동도 하지 않은 채 차창 밖에서 벌어지고 있는 일들을 비현실적인 느낌에 사로잡혀 바라본다.

운전석으로 옮겨 앉은 에일리는 차를 빼기 위해 안간힘을 쓰고 있다. 진흙 속에서 공회전을 거듭하는 자동차를 바라보며 틴의 패거리가 웃고 있다. 오랜만에 재미난 구경거릴 발견한 듯 여유롭고 만만한 웃음들이다. 아직은 행동을 개시할 때가 아니란 판단을 한 건지 줄곧 거리를 유지한 채 서성이는 모습이 더 불안하게 느껴진다. 언제이든 여차하면 이쪽으로 쳐들어오겠단 뜻이겠지. 그들이 주시하고 있는 대상이 에일리가 아니라 그라는 건 불을 보듯 뻔한 이치였다.

그렇다면 이제라도 그가 나서 준을 설득해야 하는 것 아닐까. 저들이 원하는 것을 주겠다고 말하면 되지 않을까. 그가 이런 생각들을 하는 사이, 에일리의 짧고 날카로운 비명이 들려온다.

"오, 맙소사."

엎치락뒤치락 떨어뜨렸다 줍기를 반복하던 틴의 총이 준의 이마를 정조준하고 있는 걸 본 것이다. 그러나 어찌 된 일인지 준은 그런 틴이 전혀 두렵지 않은 표정이다. 바로 그런 준의 태도가 틴을 더욱 자극하는 건 아닌지 그는 몹시 걱정스럽다. 두 사람은 형제다. 하지만 이런 생각이 그를 안도하게 해주는 건 아니다. 가만히 앞을 쏘아보던 준이 자신의 이마에 놓인 틴의 총구로 손을 뻗는다. 상황은 더 나빠진다. 더 이상 화를 참을 수 없게 된 틴이 준의 턱을 날려 수풀 속에 처박아버린다. 그때 패거리가 움직이기 시작한다. 이제 더는 시간을 끌 필요가 없다고 느낀 것이다. 빗속에 뒤로 넘어진 준이 절망적인 신음을 내뱉으며 일어나려고 안간힘을 쓴다. 그런 준의 가슴을 누군가 밟고 서 있다. 여전히 비가 내린다.

쾅쾅쾅쾅!

억센 남자들의 주먹이 지프의 유리창을 두드린다. 문 열어. 어서! 빗물에 젖은 차창으로 그들의 얼굴이 일그러진다. 운전석에서 에일리가 새파랗게 질린 채 몸을 떤다. 문득 가슴이 아파진 그는 혼잣말하듯 중얼거린다.

"문 열어, 에일리. 괜찮아. 저들에게 나를 줘."

하지만 에일리는 그의 중얼거림을 듣지 못한다.

쾅쾅쾅쾅!

에일리에겐 아무 잘못이 없다

"문 열라니까. 어서!"

다시 들려오는 남자들의 고함 소리. 누군가 둔탁한 무언가로 창문을 내리친다. 한 번, 두 번, 그리고 세 번. 웅크린 그의 얼굴 위로 끝내 날카로운 빗방울 한 조각이 떨어진다. 빗물을 머금은 유리 파편이다. 순간 그는 거의 남아 있지 않은 힘을 짜내 앞좌석에 앉은 에일리의 어깨를 끌어당긴다.

"엎드려!"

앉은 채로 몸을 떨고 있던 에일리가 그의 품에 으스러진다. 생각보다 작고 여린, 애처로운 몸피에 그는 흠칫 놀라 두 눈을 크게 뜬다. 그러나 이내 육중한 손 하나가 뒤통수를 낚아채는 바람에 그의 목은 뒤로 꺾이고 만다. 그의 몸이 질질 차 밖으로 끌려 내려간다.

"이 새끼가, 어딜!"

어느 틈에 다가온 틴이 그를 내려다보며 패거리에게 명령한다.

"노, 에일리. 리틀 박만 데리고 가."

틴의 말이 끝나기 무섭게 그의 몸은 곧장 짐짝처럼 그들의 손에 들어올려진다. 마술처럼 아주 잠깐 그의 품에 머물렀다 떠난 에일리의 체취가 코끝에서 흩어진다. 의식이 있는 한 아직은 괜찮다고 스스로를 위로해보지만 쏟아지는 빗줄기와 놈들의 재빠른 손놀림 때문에 눈을 뜰 수가 없다. 하지만 걱정이 되어 견딜 수가 없다. 그는 눈두덩을 향해 떨어지는 빗방울을 밀어내며 가까스로 눈을 떠본다. 수직으로 떨어지는 빗발에 눈알이 파일 것 같은 통증이 느껴진다.

그때 가만히 등을 보이고 서 있던 틴이 갑자기 에일리의 뺨을 후

려친다.

"에일리!"

그의 목소리는 빗속에 묻혀버린다. 틴이 소리친다.

"네년이 다 망쳐놨어. 빌어먹을. 네 까짓 게 뭔데 감히 내 보물을 빼돌려. 왜, 이제 와 갑자기 마음이 약해지기라도 한 거야? 응? 왜 이제 네가 보상을 해야 할 차례라는 생각은 못하는 거지? 도대체 언제까지 넌 우리 등골을 빼먹을 거냐고!"

틴이 계속 고함을 지르는 동안 그의 몸은 점점 그들로부터 멀어진다. 저항을 하고 싶지만 몸이 말을 듣지 않는다. 그는 자신이 제대로 버둥거리지도 못하는 한 마리의 벌레 같다고 생각한다. 잠시 후 놈들은 쓸모없는 짐을 처리하듯 간단히 그를 그들의 차에 태우고 문을 잠근다. 한 놈을 보초로 세운 뒤 나머지 놈들이 틴에게로 달려간다.

이제 다 끝난 건가? 그는 이제 다시 틴의 손아귀에서 조용히 죽음을 기다리게 될 것인가?

안 돼. 이렇게는 아직. 마침내 그는 미쳐버릴 지경이 되어 자동차의 손잡이를 잡아당기며 소리치기 시작한다.

"에일리! 준!"

밖에서 보초 역할을 하던 놈 하나가 문을 열고 밖으로 나오려는 그를 거듭 발로 차 넣는다. 그러나 어느 순간 필사적으로 차문을 열고 나온 그의 몸은 아무런 저항을 받지 않고 바닥으로 나동그라진다. 좀 전까지 차 밖에서 보초를 섰던 놈이 눈 깜짝할 사이에 사라져버린 것이다. 뭐지? 왜 이렇게 조용한 거지? 불안하게 주위를 두리번거리던 그의 눈 속으로 어느 틈에 일어난 준이 틴의 가슴에 총을 겨누고 있는 모습이 들어온다. 틴이 아니라 준의 손에 총이라니. 화가 잔뜩 난 틴이 그런 준의 팔을 쳐내자 준은 다시 틴의 이마에 총을 갖다 댄다. 그는 이 상황이 농담이 아니라고 생각한다.

안 돼, 준!

그는 아기처럼 두 손을 바닥에 짚고 기기 시작한다. 그러나 몇 미터 앞으로 나가기도 전에 고막을 찢을 것 같은 한 발의 총소리가 그의 귀를 덮어버린다.

정말 쏜 건가?

설마……, 준이 틴을?

쏟아지는 빗속에 강렬한 화약 냄새가 그가 있는 곳까지 번져온다. 귀를 막고 진흙에 엎드린 그는 토할 것 같은 기분을 느낀다. 고개를 들어보니 바닥에는 두 남자가 쓰러져 있다. 마치 좀 전까지 없던 넓적한 바위가 땅속에서 솟아오른 듯, 두 남자는 꿈쩍도 하지 않는다. 어떻게 된 일일까. 두리번거리는 그의 눈 속으로 언뜻언뜻 푸른 제복을 입은 남자들의 실루엣이 스며들었다 멀어져간다. 이윽고 들려오는 분주한 발자국 소리. 고함 소리. 건장한 남자들의 몸과 몸이 부딪치는 소리. 흙탕물을 튀기며 찰칵찰칵 수갑이 채워지는 소리, 소리들……. 경찰이 온 것이다.

하지만 그는 누가 총에 맞은 것인지 확인하지 않고서는 안도할 수가 없다. 그는 다시 진흙 위를 기기 시작한다. 그러다 문득 어깨에서부터 피를 흘리며 들것에 실려 가는 틴을 발견하고 그 자리에 멈춰 선다.

비가 내려 저녁 같았던 숲에 더 이상 비는 내리지 않았고, 당황하여 어쩔 줄 몰라 하는 준과 에일리의 손에도 수갑이 채워진다. 거짓말처럼 햇살이 따갑다. 그 빛 속에 다가온 누군가 그의 팔을 부축하는 것을 느끼며 그는 이제 정말 완전히 몸이 맛이 가버렸다는 것을 깨닫는다.

의식을 잃어가는 그의 귓가에 요란한 사이렌 소리가 길게 이어졌다.

어디선가 흐느끼는 에일리의 목소리가 들려오는 듯하다.

에일리에겐 아무 잘못이 없다

# 7

## 지하강 앞에서

16세기 중후반부터 차례로 스페인과 미국, 일본의 지배를 받은 필리핀에 독립 정부가 들어선 건, 우리나라가 일본으로부터 해방된 지 얼마 되지 않은 1946년 7월이었다. 전쟁 전후 극심한 이념 대립을 겪은 한국과 마찬가지로, 필리핀 또한 독립 후 항일인민군의 반정부 무장투쟁으로 몸살을 앓았다.

NPA로 불리는 공산계 신인민군은 1968년 필리핀 공산당(CPP)에서 분리돼 1969년에 결성되었는데, 루손섬과 민다나오섬의 도시-농촌 빈민세력의 지원 아래 거점 지역을 중심으로 폭동-테러-게릴라전을 활발히 전개했다. 1980년대가 반군 활동의 전성기였다면 1990년대는 위축기였다. 국제공산주의가 쇠퇴의 길로 들어가기 시작한 바로 그 시점이다.

한국의 팀스프리트와 같은 성격의 발리까딴balikatan(어깨를 나란히)이 필리핀에서 시작된 것도 이 시점이었다. 1998년 필리핀 경제 사정 악화로 NPA가 잠시 증대되는 추세를 보이기도 하였으나 2006년에서 2007년에 걸쳐 필리핀 정부군은 주요 무장 테러집단의 주모자급을 대거 체포 및 사살함으로써 반군 활동의 전반적인 강도를 완전히 약화시키는 데 성공했다. 그 바람에 1969년 결성되어 남부를 거점으로 활동을 하던 공산반군들은 여러 곳으로 흩어졌다. 어떤 이는 부모와 형제를 잃었으며, 또 어떤 이는 가족보다 소중하게 여긴 동지들을 잃었다.

그중에는 팔라완에서 에일리를 좋아했다는 준과, 준의 형인 틴도 있었다.

장은 이 부분에서 내 반응이 궁금했던지 "그러니까 틴과 준은, 아니 징코는 팔라완에서부터 이미 에일리와 알고 지내던 사이였던 거죠." 하고 부연 설명을 했다.

수만에 달했던 사람들이 죽거나 사라진 후 몇천 남은 동지들은 외국인이나 민간인을 납치해 몸값을 요구하며 조직을 연명시켰다. 이름하여 '혁명세금 징수운동'이었지만, 이후 정부군이 대대적으로 신설되고 기독교 민병대까지 증강되는 바람에 그들의 '혁명세금 징수운동'은 늘 위기에 봉착해야 했다. 급기야 2009년 필리핀 정부군이 NPA와 함께 공산반군의 양대 세력인 아부샤야프그룹(AFP)의 사칸달을 체포한 뒤 이들 공산세력들은 쫓기는 신세가 되었고, 이념성과 조직력이 약화된 채 소단위로 분열된 범죄테러 집단으로 전락하고 말았다.

그러나 아무리 그렇다 한들, 군사 쿠데타로 정권을 장악한 정부군과 공산 반군의 내전 가능성이 완전히 종식된 것이라고는 볼 수 없었다. 각지로 흩어진 반군의 후예들이 사회에 적응하지 못하고 문제를 일으킬 소지도 농후했다. 이유인즉 필리핀은 여전히 불안정한 사회이며 지역 간 소득 불균형 및 엄청난 빈부격차라는 고질적인 문제가 해결되지 않고 있기 때문이라는 게 장의 설명이었다.

　형의 사건을 담당한 코리안데스크팀 앤디의 설명도 비슷했다.

　"최근 한국 일본을 비롯한 외국인들이 많아지면서 그들의 표적은 정부 인사뿐 아니라 민간 외국인으로도 확대되는 추세라고 볼 수 있죠. 한 예로 지난해 우리 팀에 접수된 사건 대부분이 한인 사업가들과 관련되어 있었습니다."

　"그러니까 당신 말은 형이 사업가인 데다 부자여서 틴의 표적이 되었다는 말이로군요."

　내 말에 앤디는 어정쩡한 모습으로 고개를 끄덕였다.

　"말하자면 일단은 그렇죠. 틴은 군인은 아니었지만 뼛속 깊이 군인의 피가 흐르는 반군의 자식이었으니까요. 아직까지 특별한 직업 없이 출신지역 친구들과 패거리 지어 몰려다녔던 걸 보면 그렇다고도 볼 수 있습니다."

　앤디의 말에 갑자기 확 짜증이 치미는 걸 누르며 다시 내가 물었다.

　"그러면 그렇고 아니면 아닌 거지 그렇다고도 볼 수 있다니, 그게 무슨 말입니까?"

　"그게 그러니까 무슨 말이냐면, 에일리와 인연으로 틴이 리틀 박이라는 한국인 자본가를 알게 된 게 화근이었다는 말씀을 드리는 겁니다. 미안하지만 여기에는 꼭 돈이 아닌 다른 복잡한 문제들이 얽혀 있을 수 있다는 것이죠."

이자가 또, 뭘 알고 이런 소릴 지껄이는 걸까. 나는 슬그머니 복잡해지려는 마음을 숨긴 채 앤디를 떠보았다.

"이를테면?"

"글쎄요. 그것까진 아직."

더 조사해봐야겠다고 하겠지. 매번 조사의 필요성을 역설할 뿐 시원스러운 답을 주지 않는다는 점에서 경찰은 의사랑 닮은 데가 있다. 내가 문득 이런 생각을 하는 찰나, 앤디가 혼잣말처럼 중얼거렸다.

"다만 한 가지. 틴은 준과 달리 한국인 사업가에 대한 반감이 컸던 것 같더군요. 최근까지 한국인 사장이 운영하는 가게에 여러 번 일용직으로 취직한 적이 있었는데 그때마다 끝이 좋지 않았어요. 물론 다혈질인 틴의 성격도 한 원인일 수 있었겠죠. 그나마 가깝게 지낸 사람이 준과 에일리였는데 그때 뭔가를 모의했을 수도 있고요. 물론 아직은 다 짐작일 뿐입니다. 미스터 임이 준을 적극 변호하는 걸 보면 틴 혼자 한 짓 같기도 하고 아닌 것 같기도 하고."

혼자 한 짓 같기도 하고 아닌 것 같기도 하다? 그렇다면 공범이 있다는 이야긴가? 말문을 잃고 멍한 표정이 된 나를 힐끗 바라보며 앤디가 말을 이었다.

"아무튼 더 조사해보면 알 수 있겠지요. 하지만 사건의 전모가 밝혀지더라도 준과 에일리 둘 다 책임을 피하긴 어려울 겁니다. 정황상 이 모든 상황을 알고도 모른 척한 것이라면 말이죠."

내가 대답했다.

"좋아요. 일단은 알겠습니다. 결과야 곧 드러날 테니까. 그런데 한 가지 궁금한 게 있습니다. 형은 왜 팔라완까지 가서 그런 일을 당한 것입니까?"

순간 앤디가 나를 빤히 바라보았다. 그러더니 어딘지 애매한 표정으로 뭔가를 내밀며 말했다.

"글쎄요. 어쩌면 아실지 모른다고 생각했습니다만, 모르시겠다면 이게 도움이 될지 모르겠군요. 보세요. 지난번 팔라완 급습 때 준의 차에 떨어져 있던 것들을 수거한 것입니다. 거기 웃고 있는 여자가 에일리 엄마 테스인 건 맞는데 그 옆에 서 있는 남자가 누구인지는 좀더 정확히 확인해봐야겠군요."

얼떨결에 그것을 받아들고 나서, 나는 그대로 얼굴이 굳어버렸다.

하나는 조그만 팸플릿이었다. 바다에 반쯤 잠긴 악어의 입처럼 날카로운 석순을 드러낸 지하강. 그리고 또 하나는 사진이었다. 멈춰 선 듯 한가로운 풍경 속에 다정히 웃고 있는 한 쌍의 연인. 환한 햇빛 속에 신부처럼 행복한 웃음을 짓고 있는 낯선 여자와 젊은 아버지. 나도 모르게 나는 더듬거렸다.

"왜, 왜 이 사진이 준의 차에서 나온 겁니까?"

"글쎄요. 그건 이제부터 알아봐야죠. 마침 절 부르는군요."

그때 취조실 문이 열리고 얼굴을 내민 형사가 큰 소리로 앤디를 불렀다. 앤디는 서류철을 챙겨 들고 내 쪽으로 몸을 돌린 뒤 이제 그만 비키라는 듯 어깨를 으쓱해 보였다.

앤디에게 길을 내어주고 문 쪽으로 나가다가 작고 여린 새처럼 조용히 취조실에 앉아 있던 그 아가씨와 눈을 마주쳤다. 경찰서에서만 두 번째. 이번에는 선글라스를 끼고 있지 않아 꽤 오랫동안 서로를 마주 보게 되었는데, 그녀의 축 처진 어깨 때문인지 조금 전 앤디가 보여준 사진이 불러일으킨 충격 때문인지 이상하게 가슴이 아파왔다.

물끄러미 나를 바라보는 그녀의 눈빛이 어느 순간 흔들렸다는 생각이 든 건 아마도 그런 나의 복잡한 기분 탓이었으리라. 얼마 전 경찰서 앞마당으로 바람처럼 불어와 에일리를 안고 사라졌던 징코는 이제 어깨를 떨고 앉은 연인의 손을 잡고 그 자리에 못 박힐 듯 앉아 있는 든든한 기둥이 되어 있었다.

나는 쫓기듯 경찰서를 박차고 나와 곧장 택시를 잡아탔다.

"급하신 마음은 이해하겠지만 열흘 가까이 납치 상태였다는 걸 기억하시기 바랍니다. 심각한 영양실조에 탈수 증상으로 여기까지 이송이 불가능한 상태였습니다. 게다가 발등엔 총상의 상처까지. 조금만 더 지체되었다면 자칫 발목을 절단해야 하는 상황이었다고 의사들이 입을 모으더군요."

형이 입원해 있는 병원의 위치를 알려주며 앤디가 해준 말들이 조용히 되살아났다.

경찰이 쏜 총에 중상을 입은 틴의 병실은 경찰이 지키고 있다고.

위급한 상황들만 지나가면 모두 불러 처음부터 다시 조사를 하게 될 것이라고.

*

돌아보면 모든 것이 놀랍고 충격적이다.

한편으로 이 넓은 지구상의 시간들이 모두 비슷한 궤적을 돌고 있는 건 아닐까 하는 생각이 들었다. 그러니까 말하자면, 우리는 모두 각자 살아가고 있다고 생각하지만 가느다란 선으로 이어진 점들처럼 서로 영향을 주고받으며 지구와 함께 돌고 또 돌고 있는지도 모른다는 이상한 생각이 갑자기 들기 시작했던 것이다.

그렇지 않고서는 지금의 이 상황을 설명할 길이 없다. 그렇지 않고서는, 여기 머무르는 며칠 동안 나를 스치고 간 생각들을 설명할 수가 없다. 그리하여 저마다의 이유로 어딘가에 잠자고 있던 기억들이 가리키는 한곳의 근원을 확인하려드는 순간 어떤 일이 발생할지 아무도 알 수 없는 일이었다.

김의 전화가 온 건 내가 막 그런 생각들을 하고 있을 때였다.

"안 그래도 막 전화를 하려던 참이었는데."

김의 목소리는 다른 때보다 상기되어 있었다.

"뉴스 봤어. 형님 무사한 거지?"

"응, 그런 것 같아. 아직 만나보진 못했어. 그보다."

김의 말을 가로막으며 내가 먼저 물었다.

"알아본 거지? 그 김상조라는 남자."

"응. 알아봤어. 흥미롭던데."

"뭐가? 자세히 좀 말해봐."

"좋아. 각설하고 요점만 말할게. 우선 그 사람 고아 출신이야. 안 해본 일이 없어. 대학에선 정치학을 전공했는데 그거랑 상관없이 회사를 다니다가 나와서 장사도 하고, 정부보조금이 나오는 시민단체에 들어가 활동하다가 쫓겨나기도 하고. 재미있는 건 이자가 한때 박 의원님 밑에서 일한 적이 있다는 거야. 그런데 무슨 문제가 있어서 그만둔 것 같아."

"문제라니, 무슨 문제?"

"도박에 손을 댔거든."

김이 거기서 잠시 말을 끊었다 이었다.

"경험상 그거 좋아하는 사람치고 빚에서 자유로운 사람은 없는 법이지. 여기서 팽 당하고 거기까지 건너간 걸 보면 뻔하잖아. 그런데 뭐 NGO 활동가라고? 필리핀 현지에 코피노를 돕는 단체가 있다는 건 익히 아는데 그 사람이 말하는 Kopino with us라는 단체에 대해서는 아는 사람이 없던걸. 오히려 정말 그런 쪽 일을 열심히 해온 사람들은 김상조라는 이름도 처음 듣는다고 했어. 대체 이 사람이 누군데 그래?"

"……"

*

경찰서 앞 도로를 빠져나온 택시는 어느덧 이름 모를 동네의 좁은 오르막을 힘들게 기어 올라가고 있었다. 갑자기 길이 막혀 난처하다는 듯 택시기사가 나를 돌아보았다.

"지름길로 갈까 했는데 이런 낭패네요. 결혼식이 열리는 모양이 에요."

"결혼식요?"

"네, 저기 보세요. 먹고 마시는 사람들 때문에 길이 혼잡하잖아 요."

나는 고개를 빼고 운전석 앞 좌석 너머로 보이는 골목길의 어수선한 풍경들을 훑어보았다. 흰옷을 입은 사람들이 좁은 도로를 오가는 차들을 거의 신경 쓰지 않은 채 길가에 모여 담소를 나누며 뭔가를 마시고 있었다. 한쪽에선 경쾌한 기타 소리와 노랫소리도 들려왔다. 나는 군중 속에 신부 옷을 입고 하얀 꽃을 목에 건 여자에게 눈길을 주며 혼잣말처럼 중얼거렸다.

"요란해 보이는군요. 이렇게 차가 막히는데도 불평하는 운전사도 별로 없고요."

"결혼식이니까요. 다들 이날만큼은 신랑 신부를 위해 맘껏 취하는 거지요. 어쨌든 아름답지 않습니까?"

아름답다…….

나는 그 말을 입으로 한번 따라 해보고는 금세 고개를 저어버렸다.

뜻하지 않는 교통정체에 어수선해진 마음을 추스르며 얼마간 지저분한 도로의 축제 같은 결혼식 풍경을 구경하고 나서야 나는 비로소 한 군데 더 전화를 해야 할 곳이 있었음을 깨달았다. 몇 번 신호음이 가기도 전에 아버지가 전화를 받았다. 웬일인지 아버지의 목소리가 좋지 않았다. 아버지와 통화를 할 때면(사실 그런 적이 몇 번이나 있었나 싶기도 하지만) 늘 들려오던 주위의 말소리도 거의 들리지 않았다.

혼자 있는 걸까.

문득 내 귓속으로도 아버지가 있는 곳의 고요한 어둠이 쏟아지는 듯해 나도 모르게 인상을 찌푸렸다. 앤디로부터 들은 사건의 개요를 전해주는 나의 목소리가 다른 때보다 더 긴장되어 있었다. 내 말을 가만히 듣고 있던 아버지가 낮은 목소리로 대답했다.

"알았다. 장에게도 들었으니 너는 이제 그만 귀국해라."

그럴 생각이 없었던 건 아니지만 막상 아버지로부터 그 말을 듣는 순간 내 안에서 이상한 오기가 솟아올랐다. 이 나이에, 어울리지 않는 반항심인가. 나는 아버지에게 앤디가 보여준 사진 얘기를 했다. 아버지는 금시초문인 듯했다.

"장이 그 얘긴 하지 않았던가요?"

아버지는 대답을 머뭇거렸다. 아버지의 그런 모습은 내게도 처음이었다. 나는 잠시 기다렸다가 다시 말했다.

"형을 납치한 범인이 붙잡히기 전에 김상조라는 남자가 절 찾아왔었습니다. 그가 제게 형을 찾아주겠다며 뻔뻔한 제안을 했지만 저는 물론 거절했고요. 그런데 아버지, 그 남자를 아세요?"

재차 물었지만 아버지는 이번에도 아무런 대답을 하지 않았다. 그리고 한참 침묵을 지키고 있다가 도리어 내게 이렇게 묻는 것이었다.

"그 얘기를 누구한테 한 적이 있니?"

"아뇨."

"장이나 네 형이 친하게 지냈다는 그 임이라는 친구에게도?"

"네."

"알았다. 잘했구나. 앞으로도 그런 얘긴 할 필요가 없겠지."

이것은 칭찬인가. 그런데도 왜 이렇게 기분이 나쁜 건가. 새삼스레 아버지가 뭔가를 부끄러워하리라 기대한 건 아니었지만 그래서 내가 더 부끄러워지는 건 아무래도 억울한 일이었다. 나는 용건이 끝났다는 듯 전화를 끊으려는 아버지에게 내 생애 처음인 듯 분명한 목소리로 말했다.

"하지만 당장 귀국은 어려울 것 같습니다. 여기까지 와서 전 아직 형도 못 만나봤어요. 그래서 내일은 팔라완으로 가 형을 만나보고 귀국할까 합니다."

순간 아버지의 언성이 높아졌다.

"그럴 필요 없대도! 몸 회복되는 대로 네 형도 곧 한국으로 불러들일 테니 그때 만나도 충분해."

"아버지!"

아버지는 내 말을 더 들을 필요가 없다는 듯 전화를 끊어버렸다. 연결이 끊어진 전화기 안에서 내 목소리가 공명하는 것 같은 기분을 느끼며 나는 문득 이제 남은 건 나의 선택뿐이라는 생각을 했다. 저토록 완고한 아버지의 말을 거역하고 팔라완으로 가서 형을 만날 것인가. 아니면 이대로 한국으로 돌아갈 것인가. 그러나 아무리 생각해도 여기까지 와서 형을 보지 않고 바로 귀국한다는 건 안 될 일이었다.

나는 망설임 없이 팔라완행 비행기를 예약하고 포털에 올라온

기사를 검색하기 시작했다. 뉴스를 봤어, 했던 김의 말이 묘한 느낌으로 떠올랐다 사라졌다. 맨 처음 형의 실종을 보도했던 때와 기사의 논조도 그사이 많이 달라져 있었다.

**필리핀에서 실종된 사업가, 극적으로 구조**
**모 국회의원의 아들로 밝혀져**

필리핀 팔라완에서 납치된 한인 사업가 박 씨(42)가 십여 일 만에 극적으로 구조되었다. 외교부 당국자는 지난 12월 28일 팔라완에서 한인 사업가 박 씨가 괴한에게 납치되는 사건이 발생했지만 현지 경찰국 코리안데스크팀의 적극적인 수사와 한국대사관의 지원으로 무사히 구조되었다고 밝혔다.

아직 수사가 끝나지 않아 정확한 납치 이유는 밝혀지지 않았지만 이번 사건을 담당한 코리안데스크팀은 최근 증가하고 있는 한인 대상 범죄와 마찬가지로 돈을 노린 단순 강도 사건일 가능성이 크다고 했다. 납치에 가담한 피의자들의 수사 결과가 어떻게 나오느냐에 따라 좀더 구체적인 보강 수사가 이루어질 가능성도 있다고 밝혔다.

현지 경찰은 범인 체포 과정에서 함께 붙잡힌 피의자들이 묵비권을 행사하고 있는 데다 주도자급 피의자 한 명이 중상으로 치료를 받고 있어 이번 사건의 동기와 목적을 정확히 밝히는 데 아직은 어려움이 있다고 말했다.

한편 이번에 납치되었다가 구조된 박 씨는 현지에서 주민들과 매

우 가깝게 생활해온 한인 사업가로 모 국회의원의 아들인 것으로
도 알려져 더욱 충격을 주고 있다.

피곤한 몸을 이끌고 호텔로 돌아왔을 때 시계는 어느덧 12시를
가리키고 있었다.

대충 씻고 침대에 누웠다가 아무래도 잠이 오지 않아 냉장고의
양주를 꺼내 마셨다. 얼음 없이 스트레이트로 몇 잔을 마시고 나자
비로소 노고한 잠이 쏟아졌다. 내일이면 드디어 형을 만나게 된다
는 사실 때문이었을까. 깊은 잠 속에 정신을 놓을 듯 허우적거리면
서도 나는 내내 뒤척였고 뒤척이는 내내 땀을 흘렸다.

뭘까, 형이 돌아오고 납치범이 잡혔는데도 뭔가 일이 끝나지 않
았다는 이 느낌은…….

기분이 좋지 않았다.

그러나 그것은 다만 전조 증상에 불과했다.

*

마닐라 근교 앙헬레스라는 한인 밀집지역에서 어젯밤 오십대 초
반의 한국 남성이 괴한의 총에 맞아 그 자리에서 숨졌다는 기사를
본 건, 팔라완행 비행기를 타기 직전 게이트 앞에 앉아 포털 뉴스
들을 훑고 있었을 때였다.

또 시작인가.

나는 근래 이런 뉴스들이 너무 자주 포털을 장식하고 있다는 생

각에 인상을 찌푸리면서도 천천히 기사를 읽기 시작했다. 당장 귀국하라던 아버지의 호통이 내내 귓전을 맴도는 것이 스스로 생각해도 이상하다는 생각을 하면서.

기사에 따르면 피살된 남자 김 모 씨(51)는 최근 몇 년 동안 특별한 직업 없이 필리핀 전역 카지노를 돌며 도박을 일삼아온 한국인으로, 도박 빚을 갚기 위해 자신이 친분을 맺고 있는 한국인 사업가나 정치인, 심지어는 시민단체 관계자들의 이름을 도용하여 돈을 빌려 쓰다 이미 몇 차례 사기죄로 고소를 당한 적이 있는 어글리 코리안이었다.

사건 발생 직후 한국 외교부는 지난달 발생했던 한인 사업가 납치사건에 이어 또다시 한국인 피살 사건이 일어난 것에 대해 심각한 유감을 표명하고, 한-필리핀 수교 이래 처음으로 한국인 범죄수사 전담팀으로 구성된 특별수사대를 파견해 필리핀 경찰국과 공조수사를 벌일 계획이라고 밝혔다.

아울러 필리핀 및 동남아시아 전역에서 증가하고 있는 한인 대상 범죄를 줄이고 사건 발생 시 기민하게 대응하기 위해 외교부 내에 전담기구를 신설할 것이며 최근 해외여행의 증가로 이 지역들을 자주 방문하는 한국인들에게 여행주의 경보를 발행한 상태라고 했다.

이와 별도로 필리핀에 거주하고 있는 한인들은 최근에 한인 대상 증오 범죄가 날로 증가하고 있는 데에는 현지 한국인들의 잘못된 처신이나 문화적 차이에 대한 잘못된 이해가 있음을 인식하고 교민들의 주의와 안전에 만전을 기할 것을 당부했다.

무엇보다 내 눈길을 끈 것은 다음과 같은 기사의 마지막 한 단락
이었다.

한편 이번에 피살된 김 씨의 최근 행적을 조사한 결과, 지난달 팔
라완에서 납치되었다가 구조된(관련기사 참조, 링크) 사업가 박 씨
와 한 차례 접촉했던 정황이 드러남에 따라 필리핀 경찰국 코리안
데스크팀은 지난번 납치사건과의 관련 가능성도 염두에 두고 수
사를 펼칠 계획이라고 밝혔다.

*

시골의 요양원 같은 허름한 병원 창문으로 햇살이 눈부시게 쏟
아지고 있었다.

병실 문을 열자마자 문 쪽으로 고개를 돌린 한 남자가 나를 뚫
어지게 바라보았다. 길게 자란 수염에 볼이 움푹 들어간 얼굴, 꼼짝
없이 누워 환자복을 입고 있었지만 다른 환자들에 비해 피부가 하
얗고 점잖아 보이는 모습이 영락없는 형이었다. 천천히 발걸음을
옮겨 침대로 다가가자 형은 그때서야 덮고 있던 이불을 걷어내고
허리를 세워 앉았다.

"네가 왔을 줄은, 꿈에도 생각하지 않았다."

"나도 이렇게 올 줄 몰랐어."

14년 만이었다. 서로 얼싸안고 포옹 정도는 해야 하지 않을까. 문
득 그런 생각이 들었지만 그러면 더 어색해질 것 같은 기분이 들 뿐

이었다. 주위를 두리번거려 의자를 끌어당겨 앉았다. 등받이도 없이 빙글빙글 받침대가 돌아가는 것이어서인지 자세가 불안정했다. 인상을 찌푸린 채 말없이 앉아 있었더니 형이 말했다.

"그랬겠지. 임에게 들었다. 아버지가 보냈다고."

"처음엔 그랬지."

"지금은 그렇지 않다는 뜻이냐?"

나는 대답하지 않았다. 형의 질문에 아무런 의도가 없다는 걸 알지만 아버지의 뜻을 거스르고 여기까지 온 데 대해 어떻게 설명해야 할지, 그 순간 나도 알 수 없는 기분이 되어버렸던 것이다. 그래서 나는 최대한 아무렇지 않은 표정으로 형에게 물었다.

"몸은 이제 괜찮은 건가?"

"글쎄. 발등의 총상을 제때 치료하지 못해 생긴 염증이 종아리까지 번졌어. 얼마간 더 있어야 한다더군. 그동안 몸도 많이 상했지만 긴장이 풀려선지 아직 제정신이 아니다."

"그것 참, 안됐네. 곧 괜찮아지겠지."

성의 없는 위로를 건네자마자 내 머릿속은 다른 생각들로 가득 찼다. 형도 기사를 보았을까. 그걸 보고서도 이렇게 태연한 걸까.

"다행히. 아직. 이렇게 살아 있으니까."

잠시 한숨을 내쉰 형이 다시 얼버무리듯이 물어왔다.

"아버지……는?"

"아, 그렇지. 그걸 말해야지. 하지만 걱정할 필요는 없어. 뭐든 조용히 처리되는 걸 좋아하시잖아. 그래선지 이젠 도리어 나더러 빨리 귀국하라고 성화시더군. 형이 사라졌다고 나를 강제로 출국시키실 때는 언제고 말이야. 하지만 내 입장에서야 여기까지 와서 형 얼굴도 안 보고 갈 수는 없는 일이지. 안 그래?"

"그래. 아무튼 고맙다. 낯선 나라에 와서 여러모로 불편했을 텐데."

"뭘. 중간에 장 영사가 여러모로 신경을 써주었지."

"응?"

형이 갑자기 깜짝 놀라는 얼굴로 나를 바라보았다.

"네가 장을 어떻게 알아?"

"아버지가 맨 처음 날 여기로 보내면서 만나보라고 한 사람이 장이었으니까. 설마 서로 모르는 사이인가? 장은 형을 아주 잘 알고 있는 것 같았는데."

"알지. 당연히. 하지만 장이 아버지와도 알고 지낸 사이였는지는 몰랐는걸? 게다가 장이 그렇게 날 잘 알고 있었다는 것도 금시초문이야. 타지에서 사업을 하다 보니 자연스럽게 알게 됐고, 여럿 속에서 몇 번 술을 마신 게 다인데 말이지. 이렇게 되면 장이 아버지의 첩자였다는 얘기가 되는 건가? 뭐 어쨌든 여러 가지 편의를 봐줬다니 다행이다만."

"첩자는 무슨. 한국에는 대놓고 그런 일 하고 싶어 안달인 사람이 많아."

"그래? 어떻든 그 작자가 여러모로 뭘 신경을 써주었다는 거냐?"

대답 대신, 나는 슬쩍 화제를 돌려보았다.

"그보다 형. 뉴스 봤어?"

"무슨 뉴스?"

"어제 아침 한국 포털에 뜬 형에 관한 기사야."

내가 휴대폰을 내밀자 형은 시큰둥한 얼굴로 기사들을 살펴보더니 역시나 시큰둥한 얼굴로 말했다.

"깔끔하게 썼네. 내 일로 아버지가 좀 곤욕스러워지긴 하겠다만 늘 그랬듯 며칠 그러다가 말겠지. 어쨌거나 요란하게 다시 아버지의 아들로 돌아간 느낌이 드는 게 별로 기분이 좋지 않구나."

기분이 좋지 않다는 형의 말이 그 순간 나에게는 우스꽝스럽게만 들렸다. 과연 형은 다음의 기사를 보고도 그런 말을 할 수 있을까. 지금처럼 며칠 그러다 말겠지, 하는 태평한 소릴 아무렇지도 않게 할 수 있을까. 애초에 내가 형에게 보여주고 싶었던 기사는 그게 아니었다는 걸 정말 모르는 걸까. 갑자기 마음이 급해진 나는 형의 손에 들린 휴대폰을 빼앗듯이 가져와 다른 화면을 보여주며 물었다.

"그럼 이건 어때? 오늘 아침 비행기를 타기 전에 본 기사인데, 앙헬레스 지역에서 오십대 초반 한국인 남자가 어젯밤 늦게 괴한의 총에 맞아 그 자리에서 즉사했다는 거야."

총이니 즉사니 하는 끔찍한 말들 때문이었는지 모른다. 형은 물끄러미 내 얼굴을 바라볼 뿐 선뜻 기사를 읽을 생각을 하지 않는다. 하지만 읽지 않을 수 없을 것이다. 한 남자가 죽었다. 납치와는 차원이 다른 사건이었다. 그건 기분이 좋지 않다는 말로도, 신경 쓰고 싶지 않다는 태도로도 피할 수 없는 바로 우리의 문제였으니까.

휴대폰을 손에 들고 한참을 머뭇거린 형이 마침내 기사를 읽기 시작했을 때에야, 나는 막혀 있던 숨을 토해내며 이렇게 중얼거렸다.

"아침에 형한테 오려고 비행기를 기다리고 있었는데 이 기사가 뜨더군. 처음엔 나도 이게 무슨 일인가 했어. 이번 사건을 담당한 경찰로부터 형이 무사하다는 얘기를 듣고 이제 곧 귀국을 할 수 있겠구나 한숨을 돌릴 때까지만 해도 이런 뉴스를 접하게 되리라곤 상상도 하지 못했으니까. 하지만 오늘 아침 이 뉴스를 보고, 비행기를 타고 오는 동안 지금까지 내가 여기 와 겪은 일들을 가만히 되돌아보았더니 비로소 분명해지는 게 있었지."

형은 계속 기사를 읽고 있었다. 나는 천천히 말을 이었다.

"우리 곁에는, 아니 우리 뒤에는 늘 아버지가 있었다는 사실. 어쩌면 그가 늘 우리보다 먼저 생각하고 우리보다 먼저 행동해왔다는 사실. 어제도 그랬고 오늘도 그렇고 내일도 그러하리라는 바로 그 사실."

그사이 몇 번이고 기사를 훑어 내렸는지 얼굴이 하얗게 질려가는 형을 바라보며 나는 마침내 단도직입적으로 물었다.

"누가 그를 죽였을까?"

형은 선뜻 대답하지 않았다. 나는 다시 물었다.

"누가 그를 죽였을 거라고 생각해, 형은?"

형은 이번에도 아무런 대답을 하지 않았다. 나는 더 이상 묻지 않았다. 그런데 갑자기 실실 웃음이 터지기 시작했다. 때때로 침묵은 무서운 대답이 되기도 한다는 걸 나는 그때서야 처음 알게 된 사람 같았다. 나는 미친놈처럼 중얼거렸다.

"그 남자를 나도 만난 적 있어. 마닐라에 온 둘째 날이었나. 어떻게 알고 나를 찾아왔더라고. 나보다 먼저 형을 만났지만 형이 자신의 요구를 들어주지 않아 이 사단이 난 것이라고 횡설수설하더니 나에게 돈을 요구했지. 그냥 미친놈이라고 생각했을 뿐이야. 이렇게 죽을 거라고는……. 아직 회복 중인 환자한테 미안한데 형, 나는 지금 정말 궁금한 게 많아. 여기까지 온 이상 이젠 그걸 듣지 않고 돌아갈 수 없어. 여기로 처음 왔을 때와는 상황이 아주 많이 달라져버렸으니까."

휴대폰을 덮고 미동 없이 앉아 있던 형의 얼굴이 굳어졌던 건 바로 그 순간이었다.

"돌아가라."

"응?"

"한국으로 돌아가라고."

"왜?"

"왜라니, 네가 이 더운 땅에서 할 수 있는 일은 아무것도 없으니까."

"그러는 형은 왜 여기까지 와서 이 고생을 하고 있는데?"

"네가 상관할 일이 아니야."

갑자기 냉랭해져버린 형의 태도에 내가 얼마 동안이나 잠자코 앉아 있었는지 모르겠다. 참아내기 힘든 불편한 침묵이 우리 두 사람을 알 수 없는 힘으로 짓누르고 난 뒤에야 형은 다시 조심스럽게 입을 열었다.

"틴이 붙잡히기 전에 에일리와 잠시 얘기를 나눌 기회가 있었어. 그때 그 애가 그러더구나. 언젠가 에일리 엄마가 한국에 다녀온 다음 한국에서 이곳으로 사람들이 찾아온 적이 있었다고. 그들이 자신의 엄마를 모욕하고 이 세상에 존재하지 않는 것처럼 살기를 명령했다고."

그들이 누군데? 하고 물었다가, 나는 금세 내가 어리석은 질문을 했다는 걸 깨달았다. 형도 그걸 알고 있었다.

"그 말을 들었을 때 내 기분이 어땠는지 너는 상상할 수 없을 거다. 왜냐하면 그건 오래전 아버지가 내게서 수연을 빼앗을 때 했던 행동과 똑같이 비열한 짓이었으니까."

"……."

"그러나 사실 그때만 해도 이렇게까지 불안하지는 않았어. 에일리의 아픈 기억을 머릿속에서 지워줄 순 없겠지만 그것도 벌써 수년 전의 일이고, 얼마간 시간이 지나면 어떻게든 아물 상처라고 생각했으니까. 죽은 그 남자, 김상조가 찾아왔을 때도 마찬가지였어. 그런 속물들이야 바라는 것이 뻔했으니까. 앞으로 그가 뭐라고 떠들든 그것 또한 어렵지 않게 대응해 나갈 자신이 내게는 있었으니까. 하지만 지금은, 지금은 네 말대로 그때와는 상황이 완전히 달라졌구나. 아니 어쩌면 훨씬 나빠진 것인지도 모르겠다. 그래서 더 불안하구나……."

*

이제 그만 한국으로 돌아가라는 형의 말에도 마음을 바꿔 지하강으로 향한 건 무슨 생각에서였는지 모르겠다. 지금껏 모르고 살아왔던 어떤 진실을 마주하는 일이 무슨 의미가 있을까 끊임없이 회의하면서도 나는 내 행동의 옳고 그름을 판단할 수 없었다.

그러나 그건 어쩌면 판단의 문제가 아니라 감정의 문제였는지 모른다. 한 무리의 관광객들 속에 섞여 비포장도로에 들어선 순간 나는 실로 오랜만에 금지된 것들에 다가서는 자의 짜릿한 흥분을 느꼈고, 그것이 주는 무모한 자유로움에 취해 있었다. 머지않아 자신이 맞서게 될 것이 무엇인지도 모른 채 태연히 눈을 감고 맞서려는 사람처럼.

사방비치에서 10여 분, 방카를 타고 바다를 가로지르자 여인의 팔처럼 긴 가지를 늘어뜨린 해송이 비로소 눈에 들어왔다.

"자, 이제 내리실까요? 배가 흔들릴 수 있으니 손을 붙잡아 드리죠."

나를 여기까지 안내한 필리피노의 음성이 꿈속인 듯 멀리서 들려왔다.

잠이 덜 깬 걸까. 아니면 여기까지 와서 되돌아가고 싶은 걸까. 마음이 갈피 없이 흩어지고 있던 탓인지 해송 뒤로 보이는 열대우림의 입구는 내가 늘 동경해 마지않았던 여인의 그곳처럼 어둡고 축축하게만 느껴졌다.

여기서부터 지하강까지 10분입니다.

입구의 팻말을 일별하고 정글 숲을 걸어가는 동안, 여기저기 손을 잡고 걸어가는 연인들과 아빠의 무등을 타고 즐거워하는 아이들의 모습이 보였다. 야자수에 매달린 원숭이들이 호기심 어린 눈빛을 빛내며 그런 아이들을 바라보았고, 연인들의 발밑으로는 더위에 등가죽이 말라비틀어진 도마뱀들이 출몰했다. 뜨거운 햇볕 아래 함께여서 행복한 사람들의 즐거운 비명과 웃음이 이어졌다. 하지만 나는 그들 속에 섞여 웃는 대신 온몸으로 흐르는 식은땀을 닦아내야 했다. 현기증이 날 것만 같은 긴장감 속에서 전보다 더 불안해지고 말았다는 형의 목소리가 끝없이 되살아났다.

정글 숲을 거의 다 빠져나가자 지하강 입구에 다다른 듯 서서히 시야가 밝아졌다.

나는 걸음을 재촉했다. 그러나 얼마 못 가 우뚝 다시 걸음을 멈추어야 했다. 사진과 실제의 차이가 이렇게 큰 거였나? 울창한 열대 우림을 이고 남중국해로 뻗어 있는 석회암 동굴이 악어의 그것처럼 거대한 입을 벌리고 나를 기다리고 있었다.

그 입속에 포박을 당한 듯 흐름을 멈춰버린 강의 표면은 짙은 초록의 심연을 언뜻언뜻 물위로 비추었을 뿐 고요한 침묵에 잠겨 있었다. 대여섯 명의 관광객들을 태운 작은 배들만 악어의 입속으로 사라졌다 나타나기를 반복할 뿐이었다. 강 속이 어지간히 위험스럽게 느껴졌던지 투어를 마치고 동굴 밖으로 나온 사람들의 얼굴에는 묘한 안도감이 감돌았다.

먼지와 이끼들이 밀려 나온 강의 가장자리에는 그들이 진저리를 치며 벗어던진 구명조끼들이 말라비틀어진 나뭇잎들과 뒤엉켜 있었다. 카키색 반바지에 흠뻑 땀에 젖은 티셔츠를 걸친 뱃사공들이 대기 중인 관광객들의 손을 잡아끌며 빈 배에 태우고 있었다.

앤디가 말한 짐 보관소를 찾아 고개를 두리번거리다가 그곳을 발견했다. 벽돌을 쌓은 뒤 콘크리트로 대충 마감을 한 듯 초라하게 지어진 그곳은 바다를 향해 'ㄷ' 자 모양으로 놓여 있었다. 내가 서 있는 쪽에서는 벽돌 몇 개를 빼서 만든 것 같은 창문만 보였다. 혹시나 싶어 그 구멍을 뚫어지게 바라보았지만 아무것도 보이지 않았다.

아무도 없는 걸까.

고개를 갸웃거리며 그쪽으로 다가가려던 찰나, 콘크리트의 네모난 구멍으로 검은 덩어리 하나가 솟아올랐다. 긴 머리카락을 포니테일 스타일로 묶은 여자의 머리였다. 그걸 본 순간 내 발이 주춤 땅바닥에 얼어붙었다. 많이 나이 들긴 했지만 앤디가 보여준 사진 속의 그 여자가 확실했다.

겨우 2, 3미터나 될까. 고개만 돌리면 눈을 마주칠 수 있는 거리를 사이에 두고 나와 그녀는 한참이나 다른 곳을 바라보았다. 그녀는 아무것도 떠다니지 않는 푸른 바다를, 나는 그렇게 망연자실 한 곳을 응시하는 이국의 낯선 여인을 바라보았다.

조심조심 발걸음을 옮겨 그녀가 앉아 있는 곳으로 다가갔다. 그러고는 앤디로부터 들은 이름을 기억해내며 "당신이 에일리의 엄마 테스입니까?" 하고 물어보았다. 낯선 남자를 보고도 망부석처럼 앉아 있던 그녀의 눈동자가 꿈틀했던 건 바로 그 순간이었다.

그녀는 조용히 고개를 들어 내 얼굴을 뚫어지게 바라보았다. 그러더니 별안간 벌떡 일어서 큰소리를 지르기 시작했다. 마치 자신 안의 감정이란 감정은 모두 소모시키고 두려움밖에 남지 않은 여린 짐승처럼, 사납고 격렬하게, 내 가슴을 밀쳐내며.

깜짝 놀란 내가 어떻게 해볼 새도 없이 짐 보관소 밖으로 엉덩방아를 찧었을 때였다. 갑자기 주위가 시끄러워지더니 어디선가 매복을 하고 있었던 듯 죄다 비슷해 보이는 구릿빛 피부의 필리피노들이 내게 달려들었다. 그때서야 나는 지금 이 상황이 무엇을 의미하는 것인지 알아차렸다. 나는 졸지에 짐 보관소의 나이 든 여자를 건드린 파렴치한이 된 것이었다.

정신을 차리고 일어나 항변해보았지만 나를 에워싼 정의의 사도들은 좀처럼 물러날 생각이 없어 보였다. 그때였다. 황급히 나를 비켜 나간 그녀가 총총히 정글 숲으로 내달렸다. 여기까지 오는 동안 무수히 보았던 도마뱀들처럼, 빠른 몸짓으로.

"저기, 잠깐만요. 기다려요!"

다급한 내 외침은 그러나, 그녀의 등에 닿기도 전에 부서지고 말았다. 이제 망부석이 되어 있는 건 그녀가 아니라 나였다. 죽일 듯이 나를 밀쳐내던 필리피노들은 아무런 저항도 하지 않는 치한에 금세 흥미를 잃었다.

나는 조금 전까지 그녀가 앉아 있던 의자에 털썩, 주저앉았다.

이제 어떻게 해야 하나.

한참을 강가에 앉아 있다 선착장으로 나와보았지만 뱃사공들은 보이지 않았다. 사방비치로 나가는 마지막 배를 놓쳐버린 것이다. 지하강에 오신 것을 환영합니다, 라는 팻말만 비스듬히 기운 채 나를 노려보고 있었을 뿐. 숙소도 없이 열대의 밤을 맨몸으로 끌어안게 되리라곤 상상해본 적이 없었다. 그러나 하루도 기다려보지 않고 포기하는 건 어쩐지 안 될 일이라는 생각이 들었다.

해변의 몇 안 되는 가로등을 전등 삼아 벤치에 하늘을 보고 누웠다.

몇 걸음만 내딛으면 바라보이는 남중국해의 파도 소리에 몸을 숨긴 도마뱀들이 어둠 속에서 쉬지 않고 움직이는 소리가 들려왔다.

사사삭 사사삭.

숲의 고요를 깨트리며 재빨리 발등을 밟고 지나가는 검은 밤의
그림자들이었다.


에일리의 엄마가 보냈다는 한 낯선 여자가 나타난 건, 내가 그렇
게 꼬박 하룻밤을 노숙하고 막 선착장으로 돌아가려던 참이었다.
짐 보관소 앞에서 서성거리고 있는 나를 발견한 여자가 내게 물었
다.

"당신이 테스를 찾아온 한국 사람인가요?"

나는 고개를 끄덕였다. 여자가 내게 불쑥 구명조끼를 내밀며 말
했다.

"테스가 당신 때문에 일을 못 하겠다고 해서 내가 대신 온 거예
요."

말을 마친 뒤 갑자기 돌아선 여자는 강가에 매놓은 작은 배를
끌어오며 타라는 신호를 보냈다. 나는 얼떨결에 받아든 구명조끼
를 들고 여자 쪽으로 다가갔다. 하지만 선뜻 배를 타고 싶은 마음
은 들지 않았다. 갑자기 배를 타라니. 왜? 여자는 그런 나를 한참이
나 불만스럽게 바라보다가 뒤늦게야 자신을 에일리의 이모라고 소
개했다. 비록 피 한 방울 섞이지 않은 사이지만 이모가 맞다는 주
장과 함께 근처 베트남 빌리지 레스토랑에서 일을 하고 있는데 테
스와는 오랜 친구로 지내왔다는 것이었다. 그리고 잠시 뜸을 들였
다가 나로 하여금 배를 타지 않을 수 없게 만든 결정적인 한마디를

내뱉었다.

"당신이 여기 있는 한 테스가 지하강가에 모습을 드러내는 일은 없을 거예요, 절대로. 그러니 타세요. 당신에게 전해주고 싶은 말이 있으니까. 듣고 싶다면."

배 위엔 여자와 나, 이렇게 둘뿐이었다.

빈틈없이 엉덩이를 붙이고 앉아 부표처럼 강 위에 떠다니는 다른 배의 관광객들이 흘끔흘끔 우리 쪽을 바라보았다. 정작 배를 타자고 했던 여자는 한동안 아무 말이 없었다. 말없이 노를 저어 검은 목젖을 드러낸 채 이쪽을 노려보고 있는 지하강 입구까지 배를 몰고 갔다. 선캡이라도 쓰고 있을 걸 그랬나. 정글 숲속에 있을 때완 딴판으로 배 위에서 고스란히 받아내는 햇살은 몹시 따가웠다. 그리고 보니 여자는 노를 젓느라 땀을 뻘뻘 흘리면서도 긴 셔츠 차림이었는데, 무슨 생각인지 그 위에 긴 점퍼까지 걸치고 있었다.

"그렇게 입으면 덥지 않나요?"

어색한 분위기를 풀기 위해 내가 물었지만 여자는 아무런 대답을 하지 않았다. 하지만 나는 이내 그 이유를 알아차렸다. 석회암 동굴에 둘러싸인 지하강 입구를 지나치자마자 한겨울 한기 같은 오싹한 추위가 느껴졌기 때문이었다. 거기에다 이 칠흑 같은 어둠이라니. 그나마 여기저기 불빛을 비추며 얘기를 들려주는 뱃사공들의 목소리가 희미하게나마 동굴의 윤곽을 일깨워주고 있었다.

여자는 능숙하게 노를 저었다. 뭐라고 말을 걸어보고 싶었지만 첫마디를 꺼내기가 쉽지 않았다. 입술을 움직이는 순간 동굴의 박쥐들이 날아와 내 입속에 더러운 분비물을 휘갈기고 달아나버릴 것 같은 두려움이 엄습했다. 너무나 고요하고, 그래서 더 끔찍하게 느껴지는 검은 강의 깊이를 가늠해보고 싶었지만 헛수고일 게 뻔한 일이었다. 나는 한숨을 내쉬었다. 그때였다. 갑자기 배가 휘청 기우는 느낌에 화들짝 놀라 난간을 붙잡은 순간, 마침내 여자의 입술이 열리고 퉁명스러운 한마디가 터져 나왔다.

"정말 이해할 수가 없어요. 당신네 한국이란 나라의 남자들을."

불편한 침묵을 견디며 여자의 다음 말을 기다리는 동안 지하강을 품은 석회암 동굴의 추위가 더 오싹하게 느껴졌다. 나도 모르게 몸이 떨려왔다. 랜턴을 켜지 않으면 상대방의 얼굴을 볼 수 없을 만큼 주변이 어둡다는 사실이 차라리 다행스럽게 느껴졌다. 고작 이만한 추위에 어깨를 떠는 것도 모자라 이까지 부딪히고 있다는 게 어쩐지 창피스러운 기분이 들었던 것이다.

여자가 말을 이었다.

"그 나라에선 아버지라는 이름이 그렇게도 부끄러운 건가요? 어찌 된 일인지 그 이름을 불러보려 할 때마다 사람들이 찾아오네요. 조용히 입을 다물라고 협박하는 사람들이 오고, 양쪽을 상대로 돈을 뜯어내려는 사람이 오고, 이제는 당신까지. 정작 와야 할 사람은 오지 않고 엉뚱한 사람들이 찾아와 테스를 오해하고 괴롭히는 것 같아 정말 괴롭군요. 참을 수가 없군요."

나는 마른침을 삼켰다.

"괴롭히려고 찾아온 건 아닙니다. 정말이에요. 전 다만 에일리 엄마라는 분을 만나뵙고 얘기를 나누고 싶은……"

마음이었다고 말하려던 순간, 또다시 배가 휘청 옆으로 기우는 것 같은 느낌에 사로잡혔다. 하지만 이번에는 그 느낌이 제법 생생해 몸을 부들부들 떨었더니 어둠 속에서 그녀가 픽, 웃음을 터트리는 소리가 들려왔다.

"이제 와서요? 테스는 이미 저 지경이 되어버렸는데요."

어쩐지 절망적으로 느껴지는 여자의 말이 내 가슴에 못처럼 박혔다.

"저 지경이라니, 그게 무슨 말입니까? 자세히 좀 알고 싶습니다."

여자의 목소리가 차가워졌다.

"이미 보지 않았나요? 어제 말이에요. 당신이 그렇게 무례하게 그녀를 찾아왔을 때. 그걸 보고도 모른 척하다니……."

"……"

침묵이 흘렀다. 검의 강의 밑바닥에서 뭔가 움직이고 있다는 생각이 든 건 그때부터였다.

언젠가 한국에서 남자들이 찾아온 적이 있었다더구나. 형의 목소리 뒤로 나를 보자마자 격렬한 발작을 일으키던 테스의 모습이 떠올랐다. 동굴 벽을 훑고 있던 다른 배의 불빛이 허공에서 날아와 차갑게 나를 쏘아보고 있는 여자의 모습을 비추고 달아났다.

나는 차마 여자를 바라볼 용기를 내지 못한 채 조금 전 달아난 불빛이 동굴의 다른 벽을 긁고 지나가는 것을 멍한 시선으로 바라보았다. 그러자 드문드문 내 눈에 들어오기 시작한 자연벽화들 사이로, 늘 아무 일 없다는 듯 무표정한 아버지의 얼굴이 또렷이 그려지기 시작했다. 나는 깨질 것 같은 머리를 감싸 쥐고 어깨를 웅크렸다가 이제 돌아가면 꼼짝없이 마주쳐야 하는 그 얼굴에 놀라 배에서 벌떡 일어서고 말았다.

"조심해요!"

여자의 외마디 비명과 함께 한차례 기울었다 제자리로 돌아온 배 안으로 강물이 조금 들어차 있었다. 조용하던 동굴 속에 울려 퍼지던 여자의 비명소리 때문이었을까. 어둠 속에 몸을 숨기고 있던 박쥐들이 우르르 날개를 퍼덕이며 날아왔다가 내 머리를 쪼고 달아나는 느낌이 들었다. 하지만 그건 착각이었을 뿐, 그 순간 내 머리를 실제로 쪼고 달아났던 건 차가운 강물에 발끝이 젖은 나를 한심하게 바라보고 있던 여자의 목소리였다.

"그러니 그만 가세요. 가서 당신을 여기로 보낸 사람에게 전해요. 에일리의 엄마 테스가 원하는 건 이제 아무것도 없다고, 제발 그냥 내버려두라고 말해요. 이런 얘기를 내가 전하게 되어서 유감이네요. 하지만 어쩔 수 없죠. 에일리는 경찰서에 붙들려 있고 얼마 전 뉴스를 본 뒤로 그 애의 엄마 테스 또한 신경쇠약에 걸려버렸으니까. 그렇다 하더라도 내가 이 일과 아주 상관이 없다고 말하기는 어려울 것 같군요. 나의 아버지 또한 한국인이었으니까. 하지만 내 나라의 전쟁이 끝난 후 한 번도 그를 만날 수 없었죠."

"그건 무슨 말씀인지?"

"나 또한 어린 시절 저 바다 건너 베트남에서 보트를 타고 이곳으로 건너왔으니까요. 우리가 자매로 지내는 것은 그래서이고."

"……."

여자는 능숙하게 배를 강가에 댔다. 그리고 곧장 앞으로 걸어가려다 말고 젖은 발을 내려다보고 있는 내 모습이 우스꽝스럽다는 듯 입술을 일그러뜨리며 말했다.

"아참. 테스가 이 말도 꼭 전해달라고 했는데. 당신들이 무슨 짓을 하건 자신은 에일리와 함께 꼭 행복해질 거라고요."

온몸에 힘이 빠졌다. 나는 정말 죽은 듯이 서 있었다. 뉘엿뉘엿 땅거미가 지는 풍경 속에서 여자의 뒷모습이 점점이 멀어졌다. 석양 속에 끼어든 초저녁 구름들이 짓궂게 시야를 가렸다가 물러났다. 조금씩 초점이 흐려졌다. 이윽고 아무것도 보이지 않게 되었다.

내가 그 강가에 얼마나 서 있었는지는 알 수가 없었다. 고개를 들었을 때 어느덧 주위는 어두워져 있었고, 마지막 배를 알리는 뱃사공들의 고함소리가 멀리서 들려왔다. 사사삭. 사사삭. 숲의 고요를 깨트리며 시간을 일깨우던 도마뱀 소리마저 사라진 정글의 저녁이 찾아온 것이다.

지하강 앞에서

# 영혼이 마르는 섬

발등의 상처가 썩는 걸 막기 위해서였으리라. 처치가 끝나 흰 붕대가 감긴 오른쪽 발을 베개에 올려놓으며 그는 긴 한숨을 내쉰다. 한국으로 돌아간 줄 알았던 지훈이 다시 병실 문을 열고 들어왔을 때쯤, 안으로 들어왔던 간호사가 그의 이마를 짚어보더니 괜찮으냐고 묻는다. 그는 고개를 끄덕인다.

에어컨이 돌아가고 있었지만 조금 열린 창밖으로 야트막한 산등성이가 비치고, 조금 전 간호사가 열었다 닫은 문밖에서 소독약 냄새가 한 움큼 안으로 새어 들어온 모양이었다. 침대 옆에 앉아 치료가 끝나기를 기다리는 내내 왼손 검지로 코밑을 문지르고 있던 지훈이 줄곧 의아한 눈빛으로 그를 바라보았다.

영문을 몰라 어리둥절해하는 그에게 지훈은, 병원을 나가자마자 지하강에 다녀왔으며 거기서 만나보고자 했던 사람 대신 다른 사람을 만나고 돌아온 얘기를 전해준다.

"형은 한국으로 돌아가라고 말했지만 내 입장에서 도저히 그럴 수 있어야지. 하지만 역시 틀린 생각이었어. 거기까지 가서 정작 만나보려 했던 사람은 만나지 못한 채 돌아와야 했으니까. 지하강을 나와 버스에 올라탄 뒤 휴대폰을 켜보니 정말이지 엄청난 부재중 전화가 와 있더군. 여기로 오는 동안에도 여러 번 전화벨이 울렸지. 이번엔 형 대신 내가 사라진 거라고 생각했던 걸까. 필리핀 경찰은 물론 아버지와 어머니, 평소 내 안부 따윈 궁금해하지 않던 아내까지 나를 애타게 찾았지만 난 누구의 전화도 받지 않았어. 이곳에 거의 다다랐을 쯤에야 내가 그곳에 다녀오는 동안 어떤 일이 벌어졌는지 궁금해지더군. 뉴스들을 훑어봤어. 이제 형의 설명이 듣고 싶어."

그가 대답한다.

"이미 보았다시피."

지친 것일까. 검게 그을린 얼굴에 투박하게 자란 수염을 쓰다듬으며 지훈은 갑자기 말이 없다. 겨우 사흘이 지났을 뿐인데 30년은 더 늙어버린 것 같은 얼굴이다. 그 얼굴에 짙게 드리운 피로와 절망, 두려움과 불안을 이해할 수 있기에 어쩐지 쉽게 입이 떨어지지 않는다. 하지만 그는 입을 연다. 입을 열지 않을 수 없다.

"네가 병원을 나간 뒤 곧바로 앤디라는 필리핀 경찰이 찾아왔다. 어쩌면 그렇게 민첩한지, 이미 다 알아내고서 확인이 필요한 사람처럼 며칠 전에 피살된 남자를 만난 적이 있느냐고 물었어. 그렇다고 했더니, 이번에는 징코의 차에 떨어져 있던 사진을 보여주며 아는 사람이냐고 물었어. 당연히 안다고 대답했지. 경찰이 보여준 사진 속의 젊은 남자는 다른 누구도 아닌 내 아버지였으니까. 내 대답에 심각해진 경찰이 인상을 찡그리며 웃더라."

"왜?"

"내가 너무 쉽게 모든 걸 인정하는 게 오히려 당황스럽다는 표정이었어."

"경찰이라는 사람이 물러터지긴. 다그쳐 물어도 모자랄 판에."

그는 한숨을 내쉰다.

"그러게나 말이다. 어쨌든 그가 그러더구나."

"뭐라고?"

"이제 사건의 수사 방향이 완전히 달라질 거라고."

말하면서 그는 앤디의 목소리를 떠올린다. 답답해 보이는 외모에 비해 정확하고 예리한 눈빛을 지닌 사람이었다.

'뭐 저희도 이제는 알 만큼 알게 되었습니다만 어떻든 잘 생각해보시고 대답하시기 바랍니다. 지금까지 우리가 알아낸 바로는 준과 에일리는 그다지 죄가 없어요. 오히려 에일리의 복잡한 심경을 이용해 한탕을 해보려고 했던 틴에게 큰 잘못이 있었죠. 하지만 틴 또한 혼자서는 그런 엄청난 짓을 저지르기 어려웠을 거라는 점에서 동정의 여지가 없는 건 아니죠. 그렇다고 유죄가 무죄가 되는 것도 아니겠지만요.

처음에 팔라완 쪽 폐쇄회로 분석에만 열을 올렸던 게 우리 수사의 구멍이라면 구멍이었더군요. 지금 총상을 입고 병원에 누워 있

에일리에겐 아무 잘못이 없다

는 틴의 행적을 좀더 면밀히 역추적하다 보니 마닐라의 어느 술집에서 죽은 남자를 몇 차례 만나는 걸 본 사람들이 있었습니다. 에일리와 준은 이 점에 대해서만큼 아직까지 입을 꼭 다물고 있지만 언제까지나 그러긴 어려울 겁니다. 그들이 처음부터 그 사실을 인지했건 못했건 틴이 죽은 남자에게 매수된 게 분명한 여러 정황과 증거들이 속속 나오고 있으니까요. 당장 팔라완행 비행기표만 해도 죽은 남자의 카드로 결제된 거였고요.

그러니까, 애초에 이 납치 사건의 진짜 범인은 죽은 남자였다는 얘기인데 그걸 미처 밝혀내기도 전에 그 범인이 죽어버린 겁니다. 아직까지 누가 쏜 건지 오리무중인 총알이 정확히 그의 심장에 박혀서 말이지요. 이번 사건의 내막을 가장 정확히 알고 있는 사람이 바로 그였는데 말입니다.

우리 입장에선 하나의 사건이 종결되고 전혀 다른 새로운 사건이 생겨버린 셈인데, 어떻게 생각하십니까. 이제 우리의 수사의 방향이 어디로 향하게 될 것 같은가요? 죽은 남자와 가장 악연이었던 사람이 누구인가로 초점이 맞춰지는 게 당연하다고 생각하지 않으십니까? 어디서 냄새를 맡은 건지 한국 신문들도 이미 굉장한 관심을 보이고 있는, 사진 속의 바로 이 남자 말입니다. 당신 아버지……'

"앤디가 그렇게 물었을 때 내가 어떻게 대답했을 것 같니?"

"글쎄, 어떻게 대답했는데?"

"나는 그저 고개를 끄덕일 수밖에 없었다."

그의 말에 지훈이 픽, 웃음을 터트린다.

"지금쯤 아버지 얼굴이 볼만하겠는걸. 그래도 형을 철석같이 믿고 있었을 텐데 말이야."

그는 고개를 가로젓는다.

"믿은 게 아니라 모르고 있었던 것이겠지. 욕심이 지나쳐 어느 순간부터인가 판단력이 흐려진 것이겠지만 자신이 사들인 총알이 지난 일을 영원히 비밀로 묻어버릴 것이라 믿은 것도 어리석은 일이었고."

괴로운 듯 찡그린 지훈의 입가에 파르르 경련이 인다.

"그렇다 하더라도 형이 그러는 건 사람들이 보기에도 그림이 안 좋잖아. 내가 김상조를 만난 얘기를 전했을 때 깜짝 놀라신 걸 보면 형이 먼저 그 남자와 접촉했던 사실을 모르고 있었던 것 같은데 이렇게 뒤통수를 맞게 되었으니 말이지. 결국은 내가 아버지에게 그 남자를 만난 얘기를 전했던 게 화근이 된 것 같네. 아버지 입장에서 내 입을 단속하는 거야 너무도 쉬워 일도 아니라고 여겼을 거고."

지훈이 말을 잇지 못하고 그를 바라본다. 그러더니 갑자기 슬픈 농담을 던지듯이 말한다.

"그냥 김상조를 만난 적이 없다고 하지. 혹시라도 어쩔 수 없는 증거가 나오면 다른 이유로 그 남자가 형을 찾아온 것이라고 둘러대지 그랬어. 그 남자야 어차피 가면을 쓴 사기꾼이었으니 돈 문제라든가 사업 관련 어떤 이유를 갖다 붙여도 상관없는 인간이었잖아."

지훈 스스로도 자기 말이 터무니없는 농담이라고 여겨졌던 걸까. 그를 바라보는 지훈의 낯빛은 그사이 더욱 어두워져 있다.

그가 대답한다. 아니 되묻는다.

"그랬다면 에일리와 테스는 어떻게 되었을 것 같니? 이미 뿌리 뽑힌 그녀들의 삶이 계속 뿌리 뽑히지 않으리라고 너는 자신할 수 있어?"

"……"

"나도 이런 얘기를 너에게 하는 게 괴롭다만, 생전의 그가 어떤 사람이었든 한 사람이 죽었다는 걸 기억해라. 내가 여기서 입을 다물었다면 아버지가 사들인 총알이 다음 표적을 향해 멈추지 않았을 거라는 것도."

"다음 표적?"

"에일리와 테스 말이야."

그제야 지훈 또한 상황을 짐작하는 듯했다. 그러나 도저히 그 사실만큼 믿을 수 없다는 듯 놀란 얼굴로 멀거니 그를 바라보았다.

"너는 거기까지 짐작하지 못했을지 모르지만, 나는 알아, 아버지가 어떤 사람인지. 어쩌면 아주 오래전, 내가 이곳으로 오기 전부터 그걸 알고 있었어."

참을 수 없는 피곤이 몰려오는 바람에 그는 이제 정말 쉬어야겠다는 생각을 한다.

"이제 좀 쉬고 싶구나. 돌아가면 감당할 수 없는 시간들이 놓여 있을 거라는 걸 알지만 더 이상 너에게 들려주어야 할 얘기도 없고. 어쨌든 잘 지내길 바란다. 나도 곧 퇴원을 해야겠지."

"하지만 형, 마지막으로 궁금한 게 하나 더 있어. 앞으로 그녀들은 어떻게 되는 거지? 에일리와 테스 말이야."

갑작스러운 지훈의 질문에 그는 잠시 망설인다. 이 얘기를 지훈에게 하는 게 옳을까. 아니면 끝까지 감춰야 하는 걸까. 스스로 묻고 생각하고 대답하는 동안 또 한참의 시간이 지나간다. 마침내 그가 말한다.

"너보다 하루 뒤 미스터 임이 지하강으로 출발했으니, 일이 잘 풀렸다면 당분간 테스는 안전한 곳에서 지낼 수 있을 거다. 임이라면 충분히 그렇게 할 수 있을 거야. 에일리 옆에는 징코가 있으니 안심할 수 있겠지. 경찰도 이미 잘 알고 있지만 내가 퇴원하는 대로 경찰서로 가서 그 애들에게 아무런 죄가 없음을 다시 진술할 생각이다. 필요하다면 몇 번씩이라도."

가만히 그의 말을 듣고 있던 지훈의 얼굴에 묘한 웃음이 번진다.

"다행이네. 여긴 어쨌든 형이 있으니 앞으로 어떤 일이 생긴다 해도 잘 해결될 것 같은 기분이 들어. 문제는 이제 내가 돌아가 발 딛고 살아가야 할 아버지의 땅이지. 하지만 걱정 마. 이제 꼼짝없이 돌아가야 할 때가 온 것 같으니까. 필리핀에 온 첫날 장이 그랬어. 팔라완에 가려거든 영혼까지 바짝 마를 각오를 해야 할 거라고. 그자가 그때 벌써 이렇게 될 거라는 걸 알고 한 소리는 아니겠지만 정말 영혼이 바짝 말라버린 기분이야. 하지만 그것도 뭐 나쁘진 않은 것 같아. 이제 곧 머리 위로 흠뻑 젖고도 남을 폭우가 쏟아질 것 같으니까. 어쨌든 형도 몸 잘 회복하길 바라고, 그리고 또 언제가 될지 모르지만 다시 볼 수 있기를……."

"……."

저쪽으로 몸을 돌린 그의 등 뒤로 인기척이 조금씩 멀어진다.

그때서야 혼곤히 쏟아지는 잠 속 어딘가 어깨를 축 늘어뜨리고 한국행 비행기를 타러 가고 있을 동생의 얼굴이 떠올랐다가 까무룩 사라진다.

# 9

## 약속합니다

비행기는 꼬박 네 시간을 날아 다시 서울로 향하고 있었다. 그 몇 시간 동안 얼마나 많은 생각과 불안과 두려움이 내 심장을 들었다 놓았는지 도저히 설명을 할 수가 없다. 잠시 뒤면 모든 게 익숙한 내 나라에 도착한다는 기쁨도 없이 그곳의 공기를 얼리고 있는 한파를 떠올리며 몸을 떨었다. 뜨거운 열대의 온도가 내 몸속에 그대로 남아 있는 것처럼 열이 오르고, 그 열을 잠재우기 위해 눈을 감을 때면 헛소리가 절로 나왔다. 그때마다 나를 실은 비행기가 허공 아래로 곤두박질치는 느낌이 생생하게 찾아왔다.

공항에서 짐을 찾은 뒤 아버지에게 전화를 걸어볼까 했다가 곧장 집으로 들어왔다. 그대로 침대로 뛰어들어 몇 시간을 자고 일어났는지 모르겠다. 밤늦게 집으로 돌아온 아내는 아무것도 묻지 않은 채로 당분간 친정에 가 있겠다고 했다.

당분간? 지금이야 당분간이겠지만 모든 진실이 밝혀지는 순간 그대로 돌아오지 않겠다는 뜻이었으리라. 그래도 몇 년을 함께 산 부부인데 표정이 너무 쌀쌀하다는 서글픈 감정이 몰려들었지만, 그것이 그녀가 할 수 있는 모든 말임을 나는 어렵지 않게 이해할 수 있었다. 약간은 코미디 같은 기분이 들기도 했지만 아내나 나나 저마다 열심히 부모들의 삶을 이어온 것일 뿐이었다. 그러니 예의 바르게 안녕, 하고 마지막 인사를 나누는 것조차 우리에겐 너무도 어색한 일이었는지 모른다.

한 사람이 나간 집 안의 공기는 대번 낯선 것으로 변해버렸다. 그 집에서 어색한 밤을 지새우고 나서 나는 아버지에게 전화를 걸었다. 아버지 대신 아버지 비서가 받아 아버지의 부재를 알려주기를 몇 번. 나는 아버지가 내 얼굴을 보고 싶어 하지 않는다는 것을 깨달았다. 오후에 겨우 연결된 전화로 짧게 귀국을 보고하고 만나기를 청했을 때에도, 그럴 필요 없다. 아무짝에도 쓸모없는 놈들 같으니, 하는 말로 형과 나를 싸잡아 비난했을 뿐이다. 하지만 나는 그 목소리에서 여러모로 자신을 옥죄어오는 상황에서 빠져나가려고 절치부심 중인 아버지의 지극한 불안을 읽었다. 아버지는 나에게 화를 내는 것이 아니라 나를 피하고 있었던 것이다.


서울은 끔찍하게 추웠다. 텅 빈 집에 널브러져 술을 마시다가 꿈을 꾸는 날들이 늘어나고 있었다. 거의 모두가 악몽이었다. 깨어나면 스토리도 기억나지 않는 꿈들 속에서 나는 종종 고아였다가 몰락한 유복자였다가 아무 직업도 없이 방구석을 뒹구는 실업자가 되곤 했다.

문제는 피살된 남자가 납치사건에 휘말린 형을 만난 적이 있고, 그가 아버지의 약점을 빌미로 대가를 요구하다 변을 당했다는 진술이 다른 누구도 아닌 형의 입에서 나왔다는 사실이었다. 아버지는 그 사실에 무엇보다 충격을 받았다.

나는 미친 사람처럼 술을 마셨다. 귀국한 지 며칠이 지나고 있었음에도 나의 몸은 아직 끔찍한 난기류를 만나 수시로 흔들리는 비행기 안에 떠 있는 듯했고, 그 속에서 울렁이는 느낌을 사라지게 하기 위해 내가 할 수 있는 일은 아무것도 없었다.

언론에서는 지속적으로 아버지의 이름을 기사에 올렸다. 덩달아 나와 형의 이름도 기사에 오르내렸다. 호시절을 만난 기자들은 다양한 각도에서 이 사건을 분석하며 기획기사를 내보냈다. 그들이 솜씨 좋게 빚어낸 글감옥 안에서 우리들은 오랜만에 '부정(不正)'이라는 수식어로 지어진 담벼락 높은 집안의 단란한 가족이었다. 선거가 1년 앞으로 다가온 상황에서 아버지는 한국과 필리핀 양쪽 모두에서 엄청난 스캔들의 주인공이 된 것이다.

부정입학. 부정채용. 불법 비자금. 코피노. 청부살인. 국회의원 살인교사와 같은 말들이 인터넷 실시간 검색어에서 내려올 줄을 몰랐다. 이 모든 표현을 '탐욕'으로 이해한 사람들에게 파장은 생각보다 컸다. 처음에 아버지를 적극 변호하던 같은 당 동료 의원들조차 시간이 지남에 따라 아버지를 의심하는 말들을 조심스럽게 뱉어내고 있었다.

증거는 물론 없었다. 필리핀 코리안데스크팀에서도 이후론 별다른 소식이 들려오지 않았다. 미궁에 빠지는 사건들이 대부분 그렇듯 성과 없이 시간만 가고 있었던 것이다.

하지만 대중의 이미지를 먹고 사는 국회의원이었던 아버지는 이미 공천을 받기도 전에 낙선한 거나 마찬가지였다. 그 자신 또한 불법 정치 자금 수수 문제로 곤욕을 치른 적 있던 소속 당 대표는 다가오는 선거에서만큼 조금이라도 문제가 있는 의원을 공천하지 않겠다는 약속을 공공연히 함으로써 자신의 이미지를 쇄신하려고 노력했다. 그것이 이름을 거론하지 않았지만 아버지를 향한 경고의 말이었음을 모르는 사람은 없었다.

아버지는 물론 낙담했다. 하지만 사안이 사안이었던 만큼 거기까지는 감수할 의향이 있었던 모양이었다. 비공식적으로 돌아가고 있던 선거 준비 기구를 해체하고, 자신에게 모욕을 준 언론사들에 대한 고소를 취하하면서 몸을 한껏 낮췄다. 어떻게든 쏟아지는 소나기를 피하고 보자는 계산이었던 것이다. 다시 4년. 이제는 칠십이 다 된 나이가 문제이긴 하지만, 생각하기에 따라서는 가만히 엎드려 모든 의혹들이 덮어지길 기대하기에 충분한 시간일 수도 있었다. 지난 시기 이미 한 번 낙선을 경험한 적 있던 아버지에게 그 시간은 학습된 시간이기도 했다.

하지만 불행히도 그것이 끝이 아니었다.

아버지에겐 아직 넘어가야 할 험난한 산이 하나 더 남아 있었다.

*

어느 때보다 마음이 무거웠던 날 저녁, 김을 기다리며 소주를 마시고 있던 술집에서 나는 그 뉴스를 보았다. 입춘이 지나고 성큼 다가온 봄을 알리려는 듯 아나운서는 가벼운 원피스 차림으로 나왔다. 분홍빛 립스틱에 긴 머리를 보기 좋게 내려뜨린 여자 아나운서는 최근 인터넷을 뜨겁게 달구었던 필리핀에서의 한국인 피살사건 수사가 다시 활기를 띠게 되었다는 소식을 전하고 있었다. 피살된 남자에게 총을 쏜 살인청부업자가 끝내 붙잡혔다는 소식과 함께.

결국 앤디가 해낸 것인가.

내가 이런 생각을 하며 쓴웃음을 짓는 사이, 화면이 바뀌고 검찰청 건물이 비치면서 마이크를 들고 있던 젊은 남자의 상기된 표정이 클로즈업되었다. 아직 바람이 불고 있어선지 휘날리는 머리카락을 고개 짓으로 정돈하고 정면을 응시한 기자가 말했다.

"방금 보도된 대로 최근 필리핀에서 사망한 김 씨에게 총을 쏜 살인청부업자의 신병이 확보되었습니다. 필리핀 경찰의 협조를 받아 살인청부업자의 신원과 공범, 배후를 수사하고 있는 우리나라 검찰 측 발표에 따르면 이번 피살 참여한 공범들의 은신처와 이들에게 살인청부를 의뢰한 것으로 추정되는 한국인의 신원 역시 수일 내로 밝혀질 것으로 보입니다."

김이 술집으로 온 건 내가 벌써 다섯 잔째의 소주를 입안으로 쏟아붓고 있을 때였다.

그도 뉴스를 본 모양이었다. 맞은편에 자리를 잡으며 그가 내뱉는 한숨소리가 유난히 귀에 거슬렸다. 불과 몇 주가 지난 사이에 김의 표정은 많이 어두워져 있었다. 아직 초저녁이어서인지 술집에 손님들은 별로 많지 않다는 사실이 묘하게 위로가 되었다.

"안 나올 줄 알았는데."

김이 대답했다.

"나도 그럴까 했지. 하지만 아무리 생각해도 억울해서 나왔다. 도대체 공들인 보람도 없이 한순간에 모든 걸 무너뜨리는 놈은 나에게도 네가 처음이거든."

"……."

"나중에 모른 척하지 말라고 했더니 이런 식으로 아는 척을 하는 거야?"

"……."

"난 도무지 뭐가 뭔지 하나도 모르겠다."

"나도 마찬가지야. 처음 비행기를 탔을 때만 해도 일이 이렇게까지 커질 줄은……."

내가 끝내 말을 잇지 못하자, 김은 그런 나를 한참이나 물끄러미 바라보다가 물었다.

"앞으로 어떻게 할 생각이야?"

"글쎄, 아직은 잘 모르겠어. 천천히 생각해보려고. 어쨌든 이 비가 멈춰야 뭘 하든지 말든지 하지."

"그래. 그건 그렇고, 오늘은 그만 들어가야겠다. 혹시 나중에라도 술 생각나거든 전화해."

김의 말이 이상해 나는 그만 헛웃음을 터트리고 말았다.

서로 필요해서 만난 사이에도 우정이라는 게 생길 수 있는 건가. 갑자기 아리송해지는 기분 속에서도 나는 차마 그날 학교 당국에

사표를 내고 나오는 길이라는 것을 말하지 못했다. 어차피 알게 될 일이라면 김도 언젠가는 알게 될 일이었다. 아니 어쩌면 이미 알고 있었는지도 모를 일이었다. 아쉬운 점이 있었다면 내게 어울리지도 않는 대학교수 생활을 하는 동안 가끔씩 술잔을 기울여온 김에게 '미안하지만 네가 잡은 줄이 썩은 동아줄이었다는 걸 나도 이제야 알게 되었어.'라는 진심 어린 위로를 건네지 못한 것이었다.

김을 보내고 나는 다시 술집을 찾아 기어들어갔다.

창가에 자리를 잡고 앉아 현지 살인청부업자의 신병 확보, 라고 했던 기자의 말을 떠올리자마자 다시 심장이 뛰는 느낌이 들었다. 이것은 불안일까. 아니면 어떻게 피하든 죽지 않고 살아난 진실이 다시 내 눈앞에 다가오는 소리일까. 마른침으로 입술을 적시는 동안, 어느새 불을 환히 밝힌 네온사인들 사이로 캄캄한 지하강이 흐르는 것 같은 착각이 일었다.


이 소란 속에 형은 무사할까.

갑자기 그런 생각이 들어서였는지 모르겠다. 안주 없이 술을 홀짝이며 휴대폰을 만지작거리다가 나는 결국 장에게 전화를 걸었다. 뉴스를 봤다. 살인청부업자가 잡혔다고 들었는데 그가 뭐라고 말했는지 궁금하다. 그가 지목한 배후 인물이 누구더냐, 하는 질문을 무작위로 던지다가 마지막엔 형에 대해 물었다. 아니 정확히는 형 사건에 대한 수사는 어떻게 진행되고 있는지를 물었다. 결국은 그게 궁금했던 것이다.

"그렇게 궁금하면 직접 전화해보시지 그래요?"

말없이 내 말을 듣고 있던 장의 입에서 역시나 냉정한 목소리가 흘러나왔다. 내 전화를 한 번에 받지 않고 세 번째에 받은 걸로 미루어 예상했던 대로였다.

"이 상황에, 그건 좀, 너무, 그래서죠."

나는 내가 무슨 말을 하고 있는지 알 수가 없었다. 장이 픽, 웃음을 터트렸다.

"무슨 말씀을 하시는 건지 잘 모르겠군요. 하지만 잊어버리신 것 같아 다시 상기시켜 드리자면 전에도 말했듯 이곳 교민이 리틀 박한 분이 아니라는 사실을 기억해주시기 바랍니다. 설마 제가 아직도 비서처럼 교수님이나 박 의원님 일에 시시콜콜 나설 거라 기대하고 계시는 건 아닐 테죠? 무엇보다 그때랑 지금은 상황이 달라도 많이 다르지 않습니까?"

그때나 지금이나 따박따박 맞는 말만 하는 버릇은 여전했다. 처한 위치나 상황이 다를 뿐 장도 역시 김과 비슷한 속내를 숨기고 나를 대해왔을 것란 생각에 씁쓸한 기분이 들었지만 어쩔 수 없는 일이었다. 더 이상 기대할 말이 없다는 생각에 전화를 끊으려는 나를 이번에는 장이 붙잡았다.

"아참, 이것도 인연인데 궁금한 게 많으신 것 같아 한 가지만 더 말씀드리죠. 이곳의 살인청부업자들은 그렇게 쉽게 배후를 불지 않아요. 배후를 불었다 해도 진짜 배후가 아닌 경우도 허다하고요. 금전적인 지원이 계속되는 한 말이죠."

그건 충고였을까. 조롱이었을까. 아니면 기대였을까.

어느 쪽이든 아버지가 유죄로 기소되기까지 시간이 걸릴 거라는 사실은 분명해 보였으나, 늘 그렇듯 현실은 기대를 배반하는 법이었다.

*

검찰에서 소환 통보가 온 건 일주일 전이다. 형식은 참고인 조사였으나 여론은 그걸 피의자 조사로 받아들였다. 평판과 이미지를 중시하는 아버지의 명예는 그때마다 땅에 떨어졌다. 나는 가슴이 조마조마했다. 혹시나 아버지가 이 일로 쓰러지는 건 아닐까. 이상한 걱정이 이상한 기분으로 몰려왔지만 역시나 그건 기우였을 뿐이다. 아버지는 절대 쓰러지지 않는 사람이었다.

대신 아버지는 하루 종일 서재에 틀어박혀 뭔가를 준비했다. 날마다 전화를 해 하소연을 하던 어머니 말에 따르면 그런 아버지의 서재로 매일같이 검은 양복을 입은 남자들이 드나들었다. 대한민국 제일의 로펌 로고가 새겨진 서류가방을 든 사람들이 그렇게 찾아와서 몇 시간씩 아버지와 뭔가를 의논하고 돌아갔다. 구설에 휘말려 다음 선거를 낙관하지 못하게 된 것도 억울한데 유죄로 기소될 순 없다는 게 아버지 최후의 결심이었던 것이다.

끝까지 소환에 불응하던 아버지가 체포라는 형식으로 집을 나서야 했던 날 아침, 나는 큰마음을 먹고 아버지의 집으로 갔다. 아버지의 뜻대로 결혼한 뒤 아내 없이 그 집에 간 건 그때가 처음인 것 같았다. 두 남자에게 팔짱을 끼인 채 현관을 나서던 아버지와 대문을 사이에 둔 정원에서 부딪쳤다.

"무엇하러 여기까지 온 것이냐? 정신 빠진 놈 같으니."

아버지가 멍하니 서 있는 나를 노려보며 말했다. 그런 아버지 얼굴이 생각보다 초라하고 늙어 보이는 데 깜짝 놀란 마음을 감추며 내가 말했다.

"전해드릴 말이 있어 왔어요. 지금이 아니면 영영 기회가 없을 것 같아서요."

그러고는 난감해하는 두 남자 뒤로 수평선이 보이지 않는 푸른 바다가 넘실대는 것 같은 착시를 느끼며 나는 또박또박 준비해 간 말을 뱉어냈다.

"팔라완에서 형을 만나고 지하강에 다녀온 적이 있어요. 지하강요. 설마 거기에 누가 있는지 모른다고 하진 않으시겠죠? 거기서 만난 어떤 여자가, 아 물론 그 여자는 아버지가 생각하는 그 여자는 아니었지만, 저에게 그러더군요. 아버지가 뭘 하셨든, 앞으로 또 뭘 하시든 에일리와 에일리 엄마는 다시 행복해질 거라고. 그 말을 아버지에게 꼭 전하고 싶었어요. 건강 조심하세요, 아버지."

마당에 선 채 잠시 내 말을 듣고 있던 아버지가 대답했다.

"쓸데없이 참견할 생각일랑 말고 네 앞가림이나 제대로 해."

"……."

이윽고 대문이 닫히고 아버지를 태운 자동차가 골목 밖으로 사라졌다.

검찰이 아버지를 불구속 기소한 건 그로부터 두 달 뒤의 일이었다.

지루한 재판이 몇 개월 동안 이어졌다.

취재기자들이 몰려들었고 언론사들은 각양각색의 시각으로 아버지 사건을 다시 기사로 내보내고 있었다. 어떤 곳에서는 아버지의 유죄를 점쳤고 또 어떤 곳에서는 아버지의 무죄를 점쳤다. 거대 언론사가 아닌 몇몇 진보적 인터넷 언론사에서는 아버지의 유죄를 확신했지만 그건 어디까지나 그들의 바람이었을 뿐이다.

계절이 바뀌고 겨울이 다가올 무렵, 아버지는 많은 사람들의 예상을 깨고 무죄를 선고받았다. 장의 말처럼 그곳의 살인청부업자는 배후를 밝히지 않았고, 검찰 쪽에서는 그의 증언만큼 효력을 가진 다른 결정적인 증거를 확보하지 못한 것이다. 한국의 언론들은 즉각 이 재판을 유전무죄의 한 전형으로 해석했다. 한편에서는 봐주기 수사였다는 말도 흘러나왔으나 반향은 크지 않았다. 어쨌거나 막다른 낭떠러지에서 형이 한 선택도, 열악한 환경에서 최선을 다한 앤디의 노력도 모두 수포로 돌아간 셈이었다. 살인청부업자의 신병 확보로도 아버지의 유죄를 증명하지 못한 검찰은 즉각 항소 계획을 발표했다.

그러나 흘러가는 시간 속에서 내가 알지 못하는 세상이 또 어떤 모습으로 돌아가게 될지 누가 알 수 있을까. 할 말을 잃고 멍하니 서 있던 내 귓속으로는 이제 막 미소를 되찾은 아버지가 기자들 앞에서 한 말들이 아버지만 아는 세상의 암호처럼 끝없이 맴돌았다.

"애초에 무리한 수사였습니다. 처음부터 제대로 조사를 했더라면 여기까지 오지 않아도 되었을 텐데 이렇게 일을 키운 검찰에 유감을 표하지 않을 수 없군요. 어찌 되었든 이제라도 나의 무고함

이 증명되어 참으로 다행입니다. 당장 내년에 있을 선거에 당당하게 임해 다시 한번 국민들의 선택을 받을 수 있도록 최선을 다하겠습니다. 진실이란 결국 언젠가는 만천하에 드러나게 되어 있으니까요."

아무 일 없었다는 듯 집으로 돌아가는 아버지의 모습은 낯설지 않았다.

내게 낯설었던 건 오히려, 그런 아버지를 낯설게 바라보는 내 자신이었다.

갑자기 고요해진 세상 속에서 어찌할 바를 모르고 서성이는 한 사람.

왜 갑자기 그 순간 노트를(따가 이따이 형의 집에서 보았던 것과 비슷한 알라딘 노트를) 사고 싶다는 생각이 들었던 것인지는 나도 알 수 없는 일이었다. 형은 내가 그 노트를 사고 거기에 뭔가를 채우다가 더 적을 게 없어 메일을 보냈던 어느 날, 다음과 같은 답장을 보내왔다. 내게는 단비 같은 소식이었다.

*

지훈에게.

안녕? (잘 지냈니? 라고는 차마 인사를 못 건네겠구나.)

하지만 나에게 메일을 보낸 걸 보고는 다행이라는 생각이 들었어. 그건 어쨌든 네가 조금씩 안정을 찾아가고 있다는 뜻일 테니까. 그때로부터 또 많은 시간이 지났으니 지금쯤은 더 그렇겠지. (그렇게 믿고 싶다.)

날짜를 보니 답장이 늦어서 미안하구나. 여러 가지 일들로 정신이 없었다는 말로 변명을 대신할게. 하여간 반갑고 고마웠어. 여기까지 와서 나를 만나고도 좋은 기억이라곤 하나도 없었을 텐데 말이야. 이제라도 네가 말을 걸어주니 내 마음이 한결 편하구나. 그래서 편하게, 조금은 가벼워진 마음으로 네가 궁금해한 것들에 대해서 말해줄 수 있어서 다행이다.

우선 나부터. 무사할 리가 없었지. 발등의 총상이 다 아물기도 전에 경찰서로 대사관으로 몇 개월을 불려 다녔어. 그 바람에 듣고 싶지 않은 한국의 소식을 듣게 되었지만 그리 놀라지는 않았어. 어쩌면 그건 나도 익히 예상했던 바였으니까. 때때로 진실은 너무도 무력하여 그 모습을 드러내기까지 꽤 많은 시간이 걸린다는 걸 다시 한번 깨닫게 되었다고나 할까. 중요한 건 우리가 그걸 잊지 않는 것 아닐까. 라틴어 경구에 진실verritas의 반대말은 거짓falsum이 아니라 망각ablivio이라는 말이 있듯이 말이야.

어쨌든 지금은 그동안 해오던 사업을 정리하고 미스터 임과 학교를 운영하는 일에 집중하고 있다. 이제 보니 난 아무래도 교육 사업이 체질인 것 같아.

그리고 네가 가장 궁금해하는 에일리. 그 애는 생각보다 빨리 마음을 추스르고(겉으로만 그래 보이는 건지 모르지만) 학교로 돌아갔어. 방학이면 팔라완으로 가서 어머니 일을 돕기도 한다고, 여전히 듬직한 징코가 대신 그 얘기를 전해주었지. 그리움과 분노로 무너져 내린 그 애의 마음에 어느덧 슬픈 체념이 찾아온 것일까. 내게

에일리에겐 아무 잘못이 없다

더 이상 아버지 얘길 묻지 않는 모습이 마음이 아프지만 절대 서두르지 않으려고 해. 아직은 나도 에일리도 서로 얼굴을 마주 보기 힘든 건 사실이니까.

에일리 엄마 테스도 지금은 많이 안정되어 다시 누군가 자신을 찾아올 거라는 두려움 없이 지하강의 짐 보관소로 돌아갔다고 들었다. 여전히 많은 관광객이 찾아오는 그곳에서 지금은 간간이 웃음소리도 들려온다고. 두어 달 전 에일리와 함께 그곳에 다녀온 징코가 말해주었어.

정말 다행이라는 생각이 들었다. 그러면서도 한편으로는 애틋해지고 말았는데, 그 어려운 환경에서도 에일리를 낳고 키워온 그녀의 삶을 내가 얼마나 훌륭하게 생각하는지 전해줄 수 없어서였어. 아직 우리에게 서로를 부를 이름이 없다는 게 그렇게 슬프게 느껴질 수 없더구나.

이런 내 마음을 알아차린 건지 징코가 그러더구나.

"선생님 일에 대해서는 굉장히 미안해하십니다. 그리고 에일리를 도와줘서 고맙다고 했습니다. 선생님이 그렇게 여러 번 경찰서에 와 진술을 해주지 않았다면……. 그런데도 저는 아직 선생님의 얼굴을 똑바로 바라볼 수가 없습니다."

그런 징코의 고백이 도리어 나를 얼마나 부끄럽게 했는지 모른다.

얼마 전엔 징코와 함께 학교 옆 스페인 성당에도 다녀왔어. 때마침 우리 학교 선생님 중 하나가 그곳 성당에서 결혼식을 올렸거든. 그때 또 징코와 많은 얘기를 나눌 수 있었지. 내가 한참 신부의 목에 걸린 하얀 꽃목걸이를 바라보며 생각에 잠겨 있었더니 징코가 그러더구나.

"저도 언젠가는 에일리의 목에 저 꽃목걸이를 걸어줄 수 있을까요? 선생님, 그런 날이 꼭 왔으면 좋겠습니다."

"당연하지 징코. 그걸 말이라고 해?"

하고 고개를 돌리는데 갑자기 눈물이 핑 돌아버렸다. 왠지 아니? 다른 사람도 아닌 징코가 에일리에게 그토록 걸어주고 싶어 하는 그 꽃의 이름이 삼파귀타이고, 그 꽃말 속에는 약속합니다(필리핀어로는 '숨파 코')라는 숭고한 뜻이 숨어 있기 때문이었어. 너에게 미처 말하지 못했지만 그건 오래전 우리 아버지가 에일리의 엄마에게 준 꽃이기도 했으니까.

추신 : 한 가지 알려주고 싶은 게 있다면, 지난번 붙잡힌 살인청부업자의 가족과 잘 알고 지내는 필리피노에게 이번 사건과 관련된 중요한 정보를 얻게 되었다는 것이야. 사실 별로 어려운 것도 아니었는데 검찰이 놓친 건지 무심했던 건지 알 수 없는 일이지만 나는 이것을 어딘가에 있을 정의로운 사람들을 위해 남겨놓으려고 해. 진실이 진실답게 세상의 빛을 볼 수 있도록. 한국은 곧 선거겠구나. 아버지가 이 사실을 알면 또 어떤 표정을 지을지. 자세한 이야길 여기서 다 할 수 없는 것이 유감이구나.

다만 지금 내가 바라는 게 있다면 언제이든 너와 함께 에일리와 테스가 있는 지하강에 한번 가봤으면 하는 거야. 가서, 아버지가 못한, 아니 어쩌면 평생 하지 못할 사과를 우리가 대신 전했으면 하는 거야. 그게 언제가 될 수 있을지 나도 잘 모르겠구나.

에일리에겐 아무 잘못이 없다

하지만 언젠가는 그런 때가 오겠지. 아직은 아무것도 확신할 수 없지만 그때에는 우리가 서로를 어떤 이름으로 불러야 할지 알게 되지 않을까. 그렇게 믿고 싶다. 그러니까 언제든 오고 싶은 마음이 들면 전화해. 그때는 우리 둘이 정말 신나게 팔라완의 천국 같은 비포장도로를 달리고 또 달려보자.

새로 온 겨울, 따가 이따이에서 형이.

*

메일을 받은 지 일주일이 지난 어느 날 오후, 나는 형에게 전화를 걸었다. 그리고 잠시 후 마닐라행 비행기를 탈 것이라고 말했다. 가능하다면 마닐라가 아닌 팔라완공항에서 얼굴을 볼 수 있었으면 좋겠다고도 말했다. 알았다, 고 대답하던 형의 목소리에 어떤 떨림이 있었던가. 잘 기억이 나지 않는다.

다분히 충동적인 여행이었지만 어쩌면 나는 그런 날이 빨리 오길 기다리고 있었던 것인지 모른다. 맨 처음 아버지가 내 등을 떠밀었을 때처럼 형의 편지가 결정적인 동기가 되어준 것만은 부인할 수 없는 사실이다. 하지만 그러면서도 우울하게 달라붙는 생각들의 꼬리를 잘라내지 못한 채 어느 정도는 불안하고 두려워지는 마음을 가라앉히기 위해 자주 한숨을 내쉬어야 했다.

이제 와서요? 테스는 이미 저 지경이 되어버렸는데요. 라는 울림을 남긴 채 동굴 속으로 사라져가던 지하강의 목소리가 오랫동안 귓전을 맴돌았다.

그러나 너무 늦은 때란 언제인가. 거꾸로 가장 빠른 때는 또 언제인가. 어쩌면 바로 지금이 가장 빠른 때가 아닐까.

한겨울에 휴가를 떠나는 사람들과 소음 같은 뉴스들로 공항은 전보다 붐비고 있었지만 나는 오직 내가 너무 늦지 않았길 바라며 재래시장통 같은 출국장을 천천히 빠져나갔다.

〈끝〉

* 본문 '지하강 앞에서' 부분에 수록된 필리핀 내전에 관한 내용은 'KIDA 세계분쟁 데이터베이스―필리핀편'을 참고하였습니다.

우선 먼 곳에 사는 에일리에게 미안하다는 말을 전하고 싶습니다.

그녀가 정말 이 세상에 살고 있는지 저로선 알 길이 없지만 혹시라도 있다면 말입니다. 한 번도 만난 적 없는 사이인데 이런 이야기를 쓴 것에 대해서. 그러나 꽤 오랫동안 생각을 해서인지 이제는 당신이 자매처럼 느껴진다는 말로 위로를 대신하고 싶습니다. 그러니 힘을 냈으면 좋겠다고. 다행스럽게도 그녀에겐 사랑하는 준이 있습니다. 어서 빨리 그녀가 준과 결혼한다는 소식을 받았으면 좋겠다는 생각을 해봅니다.

세계 각지에 친절하고 상냥한, 능력과 선의를 지닌 코리안들이 많이 살고 있다는 것을 알고 있습니다. 그들이 낯선 땅에서 낯선 사람들과 섞여 살면서 한국을 알리고 한국 사람들에 대한 깊은 인상을 남기고 있다는 것도 알고 있습니다.

문제는 늘 그와 반대편에 서서 그동안 우리가 쌓아온 선의의 열매들을 단번에 무너뜨려버리는 어글리 코리안들이겠지요. 아주 많이 부족하겠지만 이 이야기가 그들의 어글리 마인드를 좋은 쪽으로 되돌리는 데 작게나마 기여할 수 있기를 희망합니다.

이 작품 속에 등장하는 '미스터 임'은 실제와 가까운 인물로, 제가 아주 좋아하는 선배의 절친이기도 합니다. 여러모로 힘들었던 시기, 그분들은 아들의 영어 교육을 핑계로 그곳을 찾았던 제게 필리핀의 다양한 모습을 보여주었습니다. 그때 함께 나누었던 좋은 경험과 기억들이 없었다면 이 이야기는 태어나지 않았을 것입니다. 바라건대, 제멋대로 그 기억들을 연결하고 상상을 보태 한 편의 이야기를 만든 것이 그분들께 누가 되지 않았으면 좋겠습니다.

누가 뭐라 해도 제게 그곳은 언제까지나 좋은 곳, 평화로웠던 곳으로 기억될 것이니까요.

한인 납치니 총기 살인이니 하는 자극적인 뉴스들이 때때로 우리 마음을 심란하게 만들지만 그곳에 사는 많은 선한 코리안들처럼 저도 알고 있습니다. 뉴스가 보여주는 세상이 전부가 아니고, 그것이 다 진실이 아니라는 것을 말입니다. 이곳에 사는 많은 사람들도 그 사실을 알고 있을 것이라고 생각합니다.

에일리에겐 아무 잘못이 없다

책을 세상에 내보내며 줄곧 드는 생각은 에일리에게 중요한 건 '아버지가 없다'는 사실이 아니라 '존재의 긍정'이라는 것입니다. 세상 모든 사람들이 그렇듯 우리는 무엇이 없는 채로는 살아갈 수 있지만 무엇을 할 수 없을 만큼 자신의 존재가 부정되는 상황에서는 살아갈 수 없기 때문입니다.

그것은 비단 멀리, 비행기를 네 시간 반이나 타고 가야 만날 수 있는 에일리에게 국한된 문제가 아니겠지요. 어떤 이유에서든 자기 자신이 누구인지, 무엇을 원하는지 잊게 하는 세상이 우리 주변에도 널려 있고, 생각보다 많은 사람들이 자기 존재를 잊고 세상이 요구하는 대로 살아가고 있다고 느끼기 때문입니다.

그러나 바로 지금, 여기 우리가 태어나 살아가고 있다는 사실만큼 중요한 것이 이 세상에 있을까요? 그렇게 살아가는 한 있는 힘껏 우리 스스로를 아끼고 사랑해야 한다는 것만큼 중요한 것이 또 있을까요?

결국 인생은 혼자 하는 여행이라는 생각이 듭니다. 타인을 자기 삶의 건축용 석재로, 자기 구원을 위한 일벌로 만들지 않고(파스칼 메르시어의 『리스본행 야간열차』의 한 구절) 그걸 할 수 있는 사람만이, 온전하게 누군가와 함께 여행할 수 있는 자격도 얻을 수 있을 것입니다.

이제 하나의 파도를 힘겹게 넘어간 이 작품 속의 인물들 모두 그럴 수 있게 되기를.

마지막으로 이 작품의 주요 무대가 된 팔라완의 지하강 입구에 테스가 운영하는 '짐 보관소' 같은 것은 없다는 것을 밝혀둡니다. (혹시라도 누군가 그곳에 가서 소설 속 짐 보관소를 찾는 드라마틱한 일이 현실에서 일어날 리 없겠지만) 에일리가 엄마와 함께 피크닉을 갔던 시프리 해변도, 따가 이따이의 호텔도 없습니다. 그것들은 오로지 작가의 상상 속에 존재하는 것으로 제게 창작의 또 다른 기쁨을 느끼게 해주었습니다. 마음대로 무언가를 짓고 이름 붙여 실재하는 것처럼 보이게 할 수 있었으니까요.

그러나 그 외 대부분의 장소들은 실재하는 것으로, 책에 언급된 여러 장소들 중 특히 지하강의 풍경은 압권입니다. 그러니 짐은 두고 최대한 가벼운 마음으로 한번 다녀오시길 추천합니다. 혹시 아나요. 볼 때마다 경이로운 지하강의 신비를 맛보고 난 뒤, 어쩌면 여러분 마음속에도 테스와 에일리, 준과 틴이 자연스럽게 떠오를지 모르겠습니다.

존재의 조건이 어떠하든 우리 모두 연결된 사람들이라는 사실을 다시금 떠올려보면서, 이 책이 나오기까지 도움을 주신 모든 분들께 깊은 감사를 전합니다.

2019년 새해

최형아